陳炳良 編

中國現代文學新貌

臺灣學生書局印行

代序

衆彩繽紛　辭理兼勝——現、當代文學研討會綜錄

由香港大學亞洲研究中心主辦、香港大學中文系陳炳良教授策劃的現、當代文學研討會，已在一九八八年十一月三日至五日期間，在香港大學校本部舉行。與會者包括了王德威（哈佛），錢谷融、許子東（華東師大），張漢良（台大），周英雄、王建元、譚國根、王宏志（中文大學）、葉少嫻、陳國球（浸會學院），容世誠（嶺南學院），鍾玲、梁秉鈞、陳炳良、蘇彩英（港大）共十五人。這個會的主題是用新方法或新角度來研究中國的現、當代文學，以探索和發揮作品的意義。

這個會一共提出了十三篇論文，依次撮錄在下面：

(1) **王德威**，「原鄉神話的追逐者：沈從文、宋澤萊、莫言、李永平。」他以為原鄉小說中的故鄉召喚可視為一個政治、文化神話。他以異鄉情調、時序錯置、和時空交錯的特徵來看原鄉文學。在論文中，他主要討論沈從文的《邊城》和《長河》、宋的《蓬萊誌異》、莫的《紅高粱家族》、和李的《吉陵春秋》。《邊城》所描寫的，表面似世外桃源的湘西，但在時

間的洪流中，它只是個失樂園。翠翠對情郎的期待也就反映了對前途的迷惘。宋澤萊的故事沒有餘音裊裊的依戀，鄉夢就和故事相終始。莫言的諧仿（Parody），對懷鄉之情作了大大的諷刺。李永平更進一步創造了紙上的吉陵鎮，又把鄉夢轉成夢魘。

(2) **葉少嫻**，「從成長小說看《邊城》。」葉博士的論文是用西方成長小說的觀點來詮釋《邊城》女主角翠翠的經歷，使我們對這篇小說多一層的了解。小說的開放式結局告訴我們翠翠還在期待着儺送的回歸。她似乎還未能達到某一程度的自知，但葉博士認爲這是一個「似傷感却帶有正面樂觀意義的結局。」

(3) **譚國根**，「中國現代文學中的癩子小說。」他把〈阿Q正傳〉看作一篇廣義的癩子小說（picaresque novel），把阿Q作爲一面鏡子，照見趙太爺等形形式式的人物和他們代表的價值觀念。又指出老舍〈我這一輩子〉是狹義的西班牙模式癩子小說。這篇小說要諷刺的當然也是些愚昧、貪婪、刻薄成性，但又官運亨通的人。它的主角和阿Q都是失敗者。

(4) **梁秉鈞**，「中國現代的抒情小說。」捷克學者普實克（Průšek）指出中國現代小說中有抒情的素質。梁秉鈞就根據費狄曼（Ralph Freedman）和高友工的說法提出了一組標準來看沈從文、廢名（馮文炳）和汪曾祺的小說：——內化過程，象意性質，中國文學傳統中情景交融的無我境界，和詩的對仗、畫的留白、文氣等。梁博士強調沈從文的抒情達到了物我合一的境界。他指出在《邊城》中，沈揉合了手上的材料，塑造出一個藝術化的世界。至於廢名，却用寫絕句的手法來寫小說。梁氏都加以印證。另一方面，他認爲廢名的近似意識流寫法是一種把人物內心與外面世界的連合；此外，汪曾祺的〈受戒〉也是抒情小說。

(5) **錢谷融**，「論新時期的探索小說。」他首先指出探索小說形成於八十年代初期的「反思文學」，高潮於八十年代中、後期的尋根文學與現代主義的文學潮流。如果我們把它界定爲在形式上有所突破、文字上有所創新、和政治上有新的覺醒的一種作品，便不會把劉心武的〈班主任〉作爲它的濫觴了。雖然有些人認爲探索小說過於模仿西方作品，或者有語言晦澀、形式怪誕、技巧過當的弊病，但是錢還是對它加以肯定。

(6) **王建元**，「張系國《星雲組曲》的詮釋主題。」王氏指出科幻小說不乏嚴肅之作。它的主要功能在於想像和處理人類的環境怎樣演變、科學的可能發展怎樣在人的社會造成影響。王氏把《星雲組曲》的十個故事逐個分析它們的內容，來凸顯出「人由於時空變幻、歷史文化衍化、認知模式分歧而產生的詮釋、交通和瞭解」這主題。

(7) **周英雄**，「紅高粱家族演義。」這篇論文主要探討《紅高粱家族》這本「奇特」的小說的文體和他的敘事技巧。題目中的「演義」，一方面指這本小說用了古典小說中的歷史演義體裁，另一方面表示要把這本小說的意義演述出來。的確，這本書既用了全知的敘事觀點，又用敘事的我，「令人耳目一新」。

(8) **蘇彩英**，「主動的疏離——〈沉淪〉及〈莎菲女士的日記〉分析。」蘇女士用馬克思的疏離觀念來分析〈沉淪〉和〈莎菲女士的日記〉中的男女主角。她指出他們都有心理或生理的病，因此，和別人疏離，更進一步和人類疏離。他們得不到他們所追求的愛情，最後，便退隱到無人的地方，甚至自殺來超越一切的痛苦。

(9) **許子東**，「中國當代小說中的青年文化心態——對一個非虛構文學形象的精神歷程的抽樣分析。」這篇論文主要把最近在大陸暢銷的文革小說《血色黃昏》作一分析。它把書中的主人公——老鬼——的文化心態分作五個階段：①做紅衛兵，和家庭劃清界線，②做革命戰士，取得下鄉的資格和權利，③被誣為罪犯，但只恨幾個壞人，對於迫害他的整個政治文化秩序毫無疑問地加以認同，④為自己申辯無罪，⑤平反後的反思，但却還跳不出那舊的框框。作者分析得很仔細，觀察力也很強，例如：「文革中及文革後，中國世俗人倫關係和社會結構中的那種政治文化秩序感反而更為強化了。」「傷痕文學骨子裏是種孩子型的青年心態，青年人無意間還是將黨、政府認同為父母家長。」

⑽ **王宏志**，「從村婦到『烈士』——丁玲早期的小說裏所反映的婦女解放問題。」王博士指出五四以及中國婦女解放問題除了經濟自主之外，還要顧及到女性精神上的需要。他提出，丁玲早期的小說裏的女主角全都強烈地意識到自我獨立的需要。雖然如此，她們所走的道路却不一樣，所以也就代表了幾個不同階段的覺醒。有趣的是：王宏志從婦解運動來看莎菲，而蘇彩英則從疏離來分析她的心態。我們可以看到，一方面是積極的，另一方面却是消極的。文學上的討論，就是這樣的微妙。

王氏又指出〈一九三〇年春上海（之一）〉中的女主人翁美琳所受到新女性所遇到的精神和心理上的束縛，這使人想起了矛盾的〈創造〉。它的女主角和美琳一樣，不甘受丈夫的擺佈。王氏最後問：丁玲筆下的新女性都壯烈犧牲了，她們算得上是烈士嗎？現在女性主義（尤其是在文學方面）高唱入雲，這問題是值得我們去檢討和思索的。

⑾ **陳炳良**，「水仙子人物再探。」這是〈水仙與玫瑰〉等三篇討論水仙子人物的文章的續

篇。它提供了中國當代小說中厄科（Echo）的實例。那就是蘇偉貞〈陪他一段〉中的費敏。她愛上了一個年輕的雕塑家，他向她要求很多的愛，但却仍愛着以前的女朋友。費敏後來發覺他並不愛自己，便自殺死了。臨死前，在日記中寫下：「我需要很多很多的愛。」這句回聲似的說話證明了她扮演着厄科的角色，而她的男朋友當然是水仙子了。

這篇論文又繼續討論鍾玲的三篇小說——〈女詩人之死〉、〈刺〉和〈過山〉——和張愛玲的〈紅玫瑰與白玫瑰〉。主要是用浮誇自我來分析小說人物的性格。

⑿ **張漢良**，「都市詩言談——台灣的例子。」張教授首先從理論層面討論研究方法和研究對象這兩個問題。他認爲以前的城／鄉二元對立模式對都市詩的研究已不適用。他談到都市的正文化、和語碼轉移等。雖然對大多數人來說，這篇論文很抽象化／理論化，但作者在會上能夠用深入淺出的方式演述出來，眞有「手揮五絃，目送飛鴻」之感。

⒀ **鍾　玲**，「試探女性文體與文化傳統之關係——兼論台灣及美國女詩人作品之特徵。」鍾玲博士指出用外國的女性文體概念來看台灣女詩人的詩，顯著地有不盡相同之處。她認爲生理因素在女性文體上應占一個重要的地位。由於文化傳統、造型藝術的表現、和文學上陰柔風格的傳統等方面的影響，台灣女詩人的詩和外國的應有不同。鍾玲這篇論文指出了中外比較文學研究中所應注意的一方面——不同文化背景對文學作品所產生的差異。只有用宏觀角度來審視，而不是零碎的比附，才能使比較研究顯得有意義。

回顧一下，整個研討會的十三篇文章除了可分爲詩和小說兩大類之外，我們可以把有關小說的論文再分爲三類：⑴主題研究，有王德威的原鄉神話，王宏志的婦女解放，陳炳良的自戀症（即水仙子人物的心理病態）；(2)文類研究，有譚國根的癩子小說，梁秉鈞的抒情小說，錢谷融的探索小說；(3)小說分析，有葉少嫻的《邊城》分析，蘇彩英的〈沉淪〉和〈莎菲女士的日記〉分析，以及許子東的《血色黃昏》分析。每一篇論文都提出了新觀點、新讀法。下面是我個人的一些觀感。

王德威把原鄉作爲神話來看，我們的視野得以擴潤，而包容在這主題內的作品更多。神話的特點是：它既是現實中（或幻想中）已過去的，也是現在的。在這些過去／現在、現實／虛構、懷舊／夢魘的辯證關係中，王德威所提出的不同作家的作品之間的關係，我們會看得更清楚。翠翠被動的成長（用陳國球的看法），與其說是一種歡欣，毋寧說是一場夢魘。（當然，正如梁秉鈞指出，沈從文寫《邊城》會有其他實際的動機。）原始人用神話來驅除焦慮，因此，《邊城》中的端午節和儺送這個名字（都有祓除的意味）想來不是隨意安排的。宋澤萊安魂祭式的鄉土故事，其實也像大觀園的建立一樣，只給人在歷史的洪流中一個短暫的喘息機會罷了。至於莫言《雙城記》體的說話（高密東北鄉無疑是地球上最美麗最醜陋、最超脫最世俗、最聖潔最齷齪、最英雄好漢最王八蛋……的地方）和謔仿，以及李永平的夢魘，都可從神話的角度得到體認。

至於婦女解放問題，王宏志指出除了經濟獨立之外，還要能自我獨立。但是在心理學上對自我的討論，就複雜得多了。丁玲在接受了「戀愛＋革命」公式以後，她筆下的女性雖然「解放」了，但却失去了「自我」。蘇彩英用疏離的觀念和陳炳良用水仙子性格來分析莎菲，都使我們有更深的了解。

陳炳良參考了很多心理學論文，證明了水仙子人物並不是一種猜想。令人驚訝的是：心理學理論和臨床經驗居然可以用於文學作品中的虛構人物身上。難道眞的像古人所說的：在有意無意之間寫出來的作品才是好的嗎！

第二類的論文中，譚國根從癩子小說的角度看〈阿Q正傳〉和老舍的〈我這一輩子〉。雖然從文類的角度來看，兩個例子似乎太少，但他的新讀法也使我們眼界大開。梁秉鈞對抒情小說的討論又提供了一個新的觀點給我們去讀《邊城》。至於廢名的叙事性少、抒情性強、令人難懂的小說，我們也可以通過這一個讀法來欣賞。

錢谷融對探索小說的討論相當的全面。値得注意的是，他對「文學是階級鬥爭的武器」這一說法的批判。由於極左思想的籠罩，可以被利用作政治服務的「功利主義文學」不斷地把異己力量排斥在文學舞台之外。他又指出：「如果沒有較爲寬鬆的社會、政治氛圍，沒有現代民主思想的傳播，沒有各種價值觀念的變化，沒有西方文學的直接刺激，那麼，探索小說的繁榮將是不可能的。」換句話說，由於閉關政策的影響，「十七年文學」和文革時期文學都交了白卷。

反過來看，台灣的王文興在一九七三年發表的《家變》，可以說得上是一本探索小說。當時一些人對《家變》的批評也對應着現在大陸對探索小說的負面批評。不過，我們知道，既然是探索，那當然是先鋒（或前衛），它不爲大部分人所接受是可以理解的。因此，我希望大陸作家們不要因缺乏掌聲而放棄。至於模仿外國，我以爲只要能推陳出新，就不足爲病。

許子東用青年文化心態的變化來分析《血色黃昏》，我覺得非常的有意義。中國的知識份子一向都不被當政者所重視。李白的「糟糠養賢才」倒不是一時氣憤的說話。我覺得家長制下人治社會中的知青，就像舊約聖經中的約伯一樣，無辜受罪（「其實，你知道我沒有罪惡。」十六章二十一節）。對於當權者所做的事，無人能過問（「誰敢問他：你做甚麼？」九章十二節）。被批鬥的人只求能夠辯白（「不要定我有罪。」十章二節）。西方學者把約伯的故事作爲一齣悲劇，因爲它探索「人是甚麼」這個問題，但在家長制統治之下，人（尤其是知識份子）又算得是甚麼呢？

人在都市中異化的情況，在台灣的都市詩中可以看到。不過，張漢良對台灣都市詩的討論較富理論性。它的精采之處，也斯已在他的文章加以指明（《大公報》十一月七日）：

> 張漢良的論文讓我們看到他不斷突破自己和同代的批評家，吸收和反省新的觀點。他的理論與艾高、班哲明、懷特、地撒圖、詹明信和佛萊有時呼應、有時反駁，反覆思考都市言談的問題，令我們讀來有所啓發。………只是當論文中說到新一代詩人對語言信念的改變，並舉林燿德用電腦所寫的〈五〇年代〉作為對五〇年代詩人紀弦的批評作結時，我不禁同時想到：林燿德用電腦殘缺的「孤獨的」字眼諷刺紀弦的「孤獨的」用得太多。（張論稱之爲把語碼剩餘變成語碼不足的「語碼轉移」）跟前代的余光中刪改戴望舒有沒有一定程度的平行呢？這刪改中有沒有同樣的歷史觀、文化霸權觀和文字的拜物化傾向呢？林燿德自得地用以刪改（挑戰）前代的武器是電腦，跟台灣目前社會經濟的發展（現代化過程）有沒有某種間接的關係？還有則是在似乎後現代的姿勢下，林燿德對符

號的態度（即使是電腦造出來的殘缺文字）會不會也是一種對能指和所指關係比較固定的看法？

同樣精采的是鍾玲論台灣女詩人所作的文章。它指出外國模式不盡可用於中國文學作品上面。因此我們不能做對號入座式的比較研究。她對中國文化、文學、哲學傳統的廣泛理解和修養，使她的論文既能指出問題所在，又富有說服力。

綜的來說，這次的研討會已達到了我在開幕詞中所提出的目標，那就是：交流經驗，開拓視域，提高水平。與會者都齊感滿意。

陳炳良

八八、十一、十二於港大中文系

這本書是上述研討會的論文集。其中周英雄的〈紅高粱家族演義〉因已出版，故另換一篇。它是從叙事學角度看《天堂蒜苔之歌》這個小說。梁秉鈞的文章則作了相當大的增訂；而我則把在去年十一月中旬在中山舉行的閩粵台比較文學會議中提出的對〈沉淪〉和〈莎菲女士的日記〉的研究文章也合併在〈水仙子人物再探〉中。至於其他的文章也有少許的增改。

一九八九年二月十日　附記

《中國現代文學新貌》目次

原鄉神話的追逐者

——沈從文、宋澤萊、莫言、李永平

王德威

在現代中國小說的傳統裏，「原鄉」主題的創作可謂歷久而彌新。從魯迅的〈故鄉〉（一九二一）起，五四及三、四十年代的作家如廢名、沈從文、蕭紅、艾蕪等均屢有佳作。一九四九以還，台灣以軍中作家爲主的懷鄉文學（司馬中原、朱西寧、段彩華），還有日後由本地作家所鼓吹的鄉土文學（黃春明、王禎和），也曾各領風騷。中共作家過去秉承毛的延安文藝談話指示，對「土地」或「農民」其實從未或忘，但直到八〇年代中的尋根文學，才算一放異彩。而晚近隨著政治局勢轉換，驀然興起於台灣及海外的「探親八股」，啼笑喧嚷，亦不妨視爲原鄉文學的一支奇兵。

儘管描摹原鄉題材的作者背景、年歲有異，懷抱亦自不同，但他們的作品卻共享不少敍事抒情的模式；或緬懷故里風物的純樸固陋、或感歎現代文明的功利世俗、或追憶童年往事的燦爛多姿、或凸顯村俚人事的奇情異趣；綿亙於其下的，則是時移事往的感傷、有家難歸或懼歸的尷尬、甚或一種盛年不再的隱憂——所謂的「鄉愁」亦於焉而起。「故鄉」因此不僅祇是一地理上的位置，它更代表了作家（及未必與作家「誼屬同鄉」的讀者）所嚮往的生活意義源頭，以及作品敍事力量的啓動媒介。的確，情牽萬里、夢斷關山，歷經數十年的家國動亂，原鄉小說之盛行於現代中國文壇，自有其歷史因由，但同時「故鄉」的召喚也極可視爲一有效的政治文化神話，不斷激盪左右著我們的文學想像。

以「神話」一詞來描述原鄉題材作品，並不就此否認其所投射之歷史經驗的重要性。但有鑒於邇來閱讀或抒寫是類作品的濫情甚或儀式化傾向，我們可以質問有關「故鄉」的言談述作是如何輾轉構造而成的？在百無寄託的「鄉愁」情懷下，是否另有心理及意識形態動機有待發掘？探本溯源的原鄉衝動是否也遙指又一場自我徵逐意義的循環遊戲？

在本文有限的篇幅內，我們當然不能細膩討論這些問題。但下列數點初步的觀察，或可作爲未來研究的起點。第一，原鄉小說基本沿襲了傳統寫實主義的模擬信條，但也同時誇張或戲劇化其內蘊的矛盾。卑微的人物，樸拙的風俗，傳奇的往事往往是作家的拿手好戲，而大量原鄉作品集中刻畫農村經驗乃至其無奈的變遷，又豈僅是偶然？反諷的是，故鄉之成爲「故鄉」，亦必須透露出似近實遠、既親且疏的浪漫想像魅力。當作家津津樂道家鄉可歌可記的人事時，其所貫注的不只是念茲在茲的寫實心願，也更是一種偷天換日式的「異鄉」情調（exoticism）。

第二，原鄉作品的敍述過程以及「鄉愁」的形成，都隱含時間介入的要素。今昔的對比，傳統與現代的衝突，往事「不堪」回首的淒愴，在在體現了時間銷磨的力量。但也正由於突出了時光的主宰地位，原鄉式作品才得大肆展現「回憶」功夫的重要，以及「欲望」失落及再現的種種悲喜劇。究其極，原鄉主題其實不只述說時間流逝的故事而已；由過去找尋現在，就回憶敷衍現實，「時序錯置」（anachronism）才是作家們有意無意從事的工作。

第三，相對於「時序錯置」的現象，我們亦兼可考察「空間位移」（displacement）的問題。此不僅指明原鄉作者的經驗狀況——「故鄉」意義的產生肇事因於故鄉的失落或改變，也尤其暗示了原鄉敍述行爲的癥結——敍述的本身即是一連串「鄉」之神話的移轉、置換、及再生。比附傅瑞也(Frye)對神話傳佈與置換的看法，我們不妨質問原鄉作者如何在遙記和追憶的敍述活動中，不自覺的顯露神話本身的虛擬性與權宜性。

第四，「故鄉」的人事風華，不論悲歡美醜，畢竟透露著作者尋找烏托邦式的寄託，也難逃政治、文化、乃至經濟的意識形態興味。與其說原鄉作品是要重現另一地理環境下的種種風貌，不如說它展現了「時空交錯」(chronotopical)的複雜人文關係❶。意即「故鄉」乃是折射某一歷史情境中人事雜錯的又一焦點符號。神話何曾外於歷史？以「神話」來看原鄉作品，其實正是又一門徑，觀察現代中國作家反省、詮釋歷史流變的成果。

對照這三種觀察，下文將以沈從文、宋澤萊、莫言、李永平的作品，抽樣加以引伸討論。沈是三〇年代原鄉文學的佼佼者，他的作品中亦顯展不少自我琢磨、質疑「故鄉」敍述的脈絡，值得注意。宋澤萊是台灣鄉土文學運動末期的健將，莫言則是大陸尋根文學的主催者之一。兩者的代表意義，不在話下。而李永平以海外華人身分選擇居住台灣，並且「無中生有」，於「紙上」創作出鄉土傳奇，當是對中國原鄉傳統的最大敬禮與嘲諷。必須強調的是，我的討論將不刻意在四者表面影響傳承上作文章。(又一種尋「根」式企圖？)我所關心的毋寧是他們在前所暫述的原鄉特徵下，所顯示的自我及相互對話關係。

一

無論以創作的數量或探觸題材的廣度而言，沈從文（一九〇四－一九八八）均可稱之爲現代中國原鄉文學的巨擘，他的生命歷程也恰似印證許多後繼者的共同體驗。沈出身自漢苗雜處、障蔽無文的湘西地區，早年的經驗曲折處處卻又充滿不羈野趣。二十歲那年他離開了追隨六年的軍旅及家鄉，一路跋涉來到北京，「開始進到一個使我永遠無從畢業的學校，來學那課永遠學不盡的人生」❷。但城市的經驗從未使沈滿足。在以後的年月裏，他雖然輾轉京華，卻寫就了一篇篇鄉土故事。形體及知識經驗上的「背井離鄉」儼然成就了沈述寫「故鄉」的志業。在他的筆下，辰河、沅水流域的人物風情，一一來到我們眼前。誰能不爲湘西的草木蟲魚所吸引？誰能不爲那裡的販夫走卒、舟子妓女的行徑所感動？誰能不隨蕭蕭、翠翠、夭夭這些小女子的悲歡命運而浩歎？湘西不再只是沈個人的故鄉，它也將漸漸幻化爲萬千讀者心嚮往之的文學「故鄉」。

然而湘西豈眞是水甜人美、清奇秀麗的地方？沈從文在《湘西》的引子裏寫出了外人對湘西的印象：湘西是苗夷之區，「同時又是個匪區」，婦人會放蠱，男人喜殺人；湘西地形崎嶇蔽塞，民風兇險；湘西出辰州符，出「趕屍」奇觀，但也是古傳桃花源的所在；湘西文化落後，「人民蠻悍而又十分愚蠢」❸。要在這樣一塊窮山惡水間建立一「世外桃源」般的「故鄉」，沈從文的野心不可謂不大。化窮鄉爲神奇景致，甲邊城於中原之上，沈浪漫激進的寫作姿態往往爲他平淡謹約的文字所掩蓋。而我以爲這正是他對現代原鄉敍述最重要、也最應引起爭議的貢獻。於此沈其實不乏自知之明。他點出地理上的湘西正是文學裡的桃花源，一方面強調兩者間的關連，一方面卻也嘲弄歷來文人墨客的興寄；虛實並敍、褒貶兼陳，「桃源」神話流傳千載，至此可說又翻出一新高潮。沈的原鄉企圖猶不止此，他更要在湘西不毛之地上，編織出歷史的網路，兩千年前屈原孤憤悲歌的路線，東漢馬援南征的故實遺址、沅水中游的伏波宮來由、廂子岩的崖葬木棺之謎、白河岸邊的立約銅柱、鳳凰縣山間的古堡等，無不訴說著湘西與外界接觸來往的血淚點滴。沈是一流的「說故事者」，也是一位準方志家；他的鄉土作品是（自）傳記，也是傳奇。依違於神話與歷史間，湘西所煥發的幽邃視景，在現代中國小說中得未曾有。

在描寫演述故鄉風習及人物遭遇時，沈從文浪漫之餘，實不離傳統寫實風格的訓練。鄉土的「感覺」或「氣氛」看似純任天然，卻兀自有其述寫方法。風景的印象式白描（如〈辰河的船〉）、小人物的塑造（如〈丈夫〉、〈柏子〉），內裏均包含沈經營排比的匠心。沈也從不諱言得自西方大師的影響。屠格涅夫（Turgenev）在《獵人日記》中所運用的疏離的、靜觀的「外鄉人」視角，在沈的作品中時時可見，而莫泊桑（Maupassant）的說故事方式及戲劇性的逆轉煞尾，沈亦優以爲之（如〈夜〉、〈貴生〉）❹。尤其在所謂「地方色彩」（local color）的敷陳上，我們更得見如沈的原鄉作者如何在方言土話乃至奇風異俗間多所取捨，使讀者既感受異鄉異地的新鮮情趣，又不失對己身行爲、價值、及語言認知的立場。也由這些地方沈洩露了「故鄉」的形象實是一文字及文化價值相互指涉衝擊下的產物——儘管沈終身自許爲「小苗子」、「鄉下人」，他仍得站在外場或過來人的立場來重新詮釋故土。更進一步說，無論就寫作的行動或描述的對象及方式而言，沈從文都徵顯了一位傳統寫實作者的兩難：他要再現故鄉本來的面貌，重組往日生活的情境，卻總無奈的帶出想像與原欲，文字與世界，回憶與「往事」間的罅隙。「鄉愁」的出現因此不只是主體意識何去何從的問題，也是寫實文學敍事形式內蘊緊張的表現。

由是觀之，沈從文的鄉土文學以一特殊地理空間起始，卻終必須慮及時間流變的痛苦，或非偶然。烏托邦的意義只有在與時俱移，不斷延挪後退的條件下，才得持續。由沈從文輩代表的原鄉衝動來看，現實的墮落、文明的傖俗，人心的澆薄，固有外在環境的佐證，也暗指作家與一特定寫實規範相生相剋的立場。桃花源果眞坐落湘西，也必早已分崩離析。但只有在不斷的遙擬追憶那「已失」並「難再復得」的故土時，原鄉的敍述方得以綿綿無盡的展開。沈從文在中期以後的作品中，似已逐漸體認是類寫作情境的弔詭性。其最戲劇性的告白，則非《邊城》與《長河》兩作所形成之對話形態莫屬。

《邊城》（一九三四）與《長河》（一九三八）沈從文三〇年代兩次返鄉後的作品。少小離家老大回，沈的感慨可以想見。尤其歷經軍閥匪寇的盤旋割據，都市文明的侵擾，故鄉的情景早已有了劇變。沈乃希望藉著文字的形式，將他對故鄉的憧憬及憂懼細細紀錄下來。乍看之下，兩作恰似形成銳利對比：《邊城》充滿牧歌情趣，沈抒情詩式的筆觸寫盡了二十世紀初湘西小社會的自足環境，以及人事關係的自然純眞。翠翠的愛情故事更是淒美幽麗，羨煞天下多少痴男怨女。《長河》則將《邊城》所投射的田園詩境界拉到現實的洪流中。沈對湘西在抗戰前夕惡劣的政經軍教形勢，有極其細膩的觀察。他對家鄉在刦難逃的未來，更有份不能已於言者的悲愴。由《邊城》到《長河》。沈儼然示範了兩種原鄉文學的敍述模式，而前者屹立的空間意象轉換為後者流動的時間意象，倒也說明其間的辯證關係。從不同的角度來看，我們更可說沈從文把同樣的故事說了兩遍：翠翠與天夭，老水手與老船夫，儺送與三黑子這些人物不都相互照映？愛情的波折、生活的變數亦總縈繞兩作不去。只是沈的用心何其不同。《邊城》出入桃花源畔，成就暫時的神話想像，《長河》溶匯雜沓的人世糾葛，直逼擾攘的歷史夢魘。

這樣的比對或許言之成理，但筆者以爲仍不免小看了沈從文原鄉敍述的複雜性。我想強調的是，《邊城》或《長河》各皆包涵了自我質詰增替的層次，爲沈所冥思的「故鄉」平添了多音歧義的可能，也更耐人尋味。先以《邊城》爲例。沈嘗自謂寫作《邊城》的目的，「不在領導讀者去桃源旅行，却想借重桃源上行七百里路酉水流域一個小城小市中幾個愚夫俗子，被一件普通人事牽連在一處時，各人應有的一份哀樂，爲人類『愛』字作一度恰如其分的說明」❺。陶然在此「愛」字訣下，難怪不少讀者要覺得《邊城》是「一部證明人性皆善的傑作」、是「一首詩」❻。然而仔細讀來，《邊城》內有暗潮洶湧，怎是一個「愛」字了得？書中各個角色想履行一場「恰如其分」的哀樂，更談何容易。相對於翠翠與儺送這段淒美的愛情，我們也得見翠母當年與屯戍軍人及楊馬兵的悲劇，以及邊城上下那些妓女舟子間無償的露水恩情。沈從文要寫人與人、人與土地間恰當的關係，卻徒然證明其可望而不可求的難堪。整個《邊城》的情節其實是在祖孫父子、兄弟情侶間的誤會遷延下，迤邐展開。在欣賞翠翠貞靜含蓄的愛情表現同時，我們也必須了解沈從文對其下欲力衝動的驚詫與悲憫。湘西兒女放蠱「落洞」（〈鳳凰〉）、私奔情殺（〈巧秀與冬生〉）、甚至瘋癲屍戀（〈阿黑小史〉，〈三個男子與一個女人〉）的事蹟，因不妨看爲翠翠故事所「未」實現的各種可能❼。習於讚美《邊城》意義豐足圓融、人物善良美麗的讀者，都就著故事建築了自己的桃花源；然則我們還是要說，理想的懸宕質變而非完成，才是主導沈作敍事意義的力量。

另一方面，對於《邊城》所包含的歷史社會意義，近年已有學者作周延的分析。凌宇教授就指出《邊城》中的宗法禮俗背景，早已點滴滲入一看似純眞素樸的始原社會，而湘西經濟活動的指標（碾坊相對於渡船），也不斷影響人際交往的關係[8]。不僅此也，陳清僑教授也曾自勞動與欲望報償的觀點，評析翠翠與祖父的擺渡營生，是如何反映了社會經濟行爲與感情生活互相爲用[9]。凡此皆在說明《邊城》的世界畢竟坐落於各個歷史因素交會的網路裏，也爲前述的人情誤會遷延，提供了外在文化壓力的理由。沈從文的原鄉情結原可以《邊城》所召喚的桃源夢境爲極致，但這寄託塊壘的邊城到底還是個落入時間陷阱的失樂園。儘管書中一再暗示生死去來的神話式循環節奏，時間流轉、不知何所終的恐懼依然籠罩在主要角色的心頭。翠翠對成長的惶惑、老祖父對晚輩的操心，能不使人喟歎同情？小說將盡，我們但見翠翠獨操一槳，痴心等待情郎。「這人也許永遠不回來了，也許『明天』回來！」[10]翠翠的等待，是面向時間無窮呑噬力的悲劇性挑戰；但也正因常懷水畔伊人、倚槳翹盼的憧憬，原鄉作品的讀者與作者才能掩卷長興胡不歸去的浩歎。《邊城》的結局完而未完，適足以作爲原鄉作者（與讀者）與「故鄉」誘惑間，相互召喚而又不斷閃爍牽延的寓言。

《長河》紀錄的是沈從文於抗戰前夕二度返鄉的見聞。較諸《邊城》的寫作動機，《長河》更直截的表達了沈對湘西現狀的沉痛。誠如金介甫教授（J. Kinkley）所指出，沈「感時憂國」的歷史情懷，早已充塞字裡行間[11]。掩映於《長河》敍述間的歷史因素至少包括了中央政府對地方的干預（新生活運動），湖南省主席何鍵、「湘西王」陳渠珍間的相互傾軋，還有地方蠢蠢欲動的苗族武裝力量，以及山雨欲來的日軍侵華行動。在這樣一個紊亂的時空交點上，沈從文更看到了現代文明如何剝蝕荼毒他故鄉的父老。在《長河》題記中他寫道：「表面上看來，事事物物自然都有了極大進步，試仔細注意，便見出在變化中的墮落趨勢……『現代』二字已到了湘西，可是具體的東西，不過是點綴都市文明的奢侈品大量輸入。」⑫前此沈從文已寫出了極具自然主義格調的〈小寨〉，縷述湘西貧苦淪落的實況。《長河》持續此一主題，但沈顯有意更藉機他對歷史「常」與「變」的喟嘆。而從原鄉文學的角度來看，沈的喟嘆本身亦具有文學史意義。前引沈《長河》題記中的自述，三、四十年後豈不又改頭換面，出現在鄉土、尋根文學的口號中？

在此我無意否認沈對湘西的觀察之深、責備之切。事實上，他的《長河》以及散文集《湘行散記》及《湘西》等均不失爲今日研究民國史的第一手資料。但對這些歷史變動，一位原鄉作者要如何傳達他的感情呢？新與舊、城與鄉、戰爭與耕作、文明與野蠻等常見的對比於此再被渲染，而交錯其間所產生的「時代錯置」的主題，正是沈落力之處。《長河》前半部敍述呂家坪鄉對「新生活」的反應，或視爲天兵神將、或視爲洪水猛獸，滑稽突梯，令人絕倒，卻適足以說明傳統社會的成員努力了解新事物、新觀念的窘態。「新生活」的內容無從捉摸、行止詭秘飄忽，它總結了湘西對未來的恐懼與好奇，但也因爲有了「新生活」的魅影，故鄉的一切突然顯得古拙可觀了。

「時代錯置」的感覺凸出了湘西好景不再，每下愈況的危機感。歷史經驗的流轉恰似前浪後浪，相與洶湧而去。沈的感傷，誠是良有以也。但在《長河》這樣的敍述裏，我們也發現另一層弔詭：沈既能指出湘西新舊雜陳、青黃不接的現狀，顯已預設一風調雨順的理想年月；然則他在承認時間遞變、勢不可遏之道理的同時，又何能找出一時代「不曾」錯置的黃金歲月呢？故鄉的意念成為一永遠後退的鏡中折影，一再敍述著「幻」失的時間徵逐遊戲。「時代錯置」竟暗暗成為原鄉作者本身（而未必是他關心的鄉人）的執念，不能須臾稍離。在這個角度下讀《長河》，我們乃能在急促嘈雜的歷史表象下，質疑沈從文是否仍在經營「故鄉」的神話。《長河》與《邊城》兩作所形成的循環對話關係，因此不能局限在簡單的歷史——神話的二元辯證模式下來看；兩作各自其實已衍生了不請自來的對話聲音了。

二

筆者前面用了較長篇幅描述沈從文的原鄉題材及敍述方式，主要是鑒於他所完成的言談風格（discursive style），可以作為我們評估後之來者（不僅限於模仿者）的指標。隨著一九四九年的政治分裂，原鄉文學的形式與內容也有改變。台灣五、六〇年代以軍中作家如司馬中原、朱西寧等為主的懷鄉小說，曾經廣受注目。人在天涯、心懷中土，他們的作品不論是寫田園哀樂或鄉野傳奇，都能牽引我們神遊故國之思。但六〇年代末期興起的鄉土文學運動卻是異軍突起，其所照映的美學及意識形態轉換問題，尤足耐人尋味。

台灣鄉土文學於七〇年代的興衰起落，關心當代文學走向者應已熟知，毋須贅述。值得注意的是，歷來我們強調此運動在政治文化上帶動了「本土」化風潮，反往往忽略其對原鄉文學傳統本身的衝擊。在「故鄉」與失去的中原已逐漸合為一義的年月裡，黃春明、王禎和等人的嶄露頭角、以及楊逵、鍾理和等人的重被發掘，實在暗示了「故鄉」的所在不必僅定於一。「台灣」的鄉土之得「出現」，也再次說明原鄉神話何曾只是有關地形地物的追認而已。它更是個充斥意識形態動機的人爲佈置，代表不同價值、意識系統的角逐場地，鄉土文學與原有的懷鄉文學拉鋸於文壇之上，其實已悄悄揭發了「鄉」的專屬權問題。

歷來討論台灣鄉土文學的重心，多集中於前述黃春明、王禎和等人。他們筆下的小人物，猥瑣卑憐，卻時能煥發出一種憨直誠厚的性格；其與自然以及城市威脅的搏鬥，雖每每居於下風，卻不乏「壓力下的風度」，令人無奈之餘又勃生敬意。白梅（〈看海的日子〉）、青番公（〈青番公的故事〉）、萬發（〈嫁粧一牛車〉）、阿緞（〈香格里拉〉）這些名字勢將成爲刻劃一代台灣人辛酸歡笑的最佳見證。於此同時，鄉土小說也紀錄了台灣因經濟成長、政治挫折所帶來新的社會結構劇變，除前述者外，王拓（〈金水嬸〉）、宋澤萊（〈打牛湳村〉）等人的作品，可爲佳例。原鄉的主題不只代表作家們尋根的欲望，也成爲一中批判、檢討「中央」政經措施的符號。鄉土運動之演變爲激烈的泛政治化風潮，所謂其來有自。

在芸芸台灣鄉土作家中，本文僅擬討論宋澤萊（一九五二—）的例子，因爲他的作品一方面總結了鄉土文學的特色，一方面也有意無意的搖動了前此作家所奉行的信條。宋澤萊「其生也晚」，他廣受注目的〈打牛湳村〉發表時，已是一九七八年春。儘管鄉土論戰的「內亂外患」仍是方興未艾，整個運動已呈夕陽無限好的局面。平心而論，〈打牛湳村〉寫農村經濟蕭條，鄉民勉力自持而終不免一敗塗地的情形，是有誠摯感人的力量。即便如是，宋也不過承襲了近半世紀前茅盾〈春蠶〉的口吻，訴說著又一個無償的努力的農村故事。其後的長篇《牛眺灣的變遷》則是個二流《長河》型的原鄉作品，只能讚之爲用心頗佳。宋澤萊此際的問題不是缺乏關懷故土的熱誠，而是難以在人云亦云的模式下，提出一己的視界。

宋澤萊最大的成就，應屬後以《蓬萊誌異》爲名結集發表的三十三個短篇小說。宋自述《蓬》書的創作，基於兩個預設目的：一、紀錄一九七九年以前（台灣）平民經濟社會狀況；二、並在那種環境中去探討他們的反映。而他所描繪的時空背景及材料，「大部分來自鄉村和小鎭」，偶爾也有港口和都市」⑬。按照宋的說法，這些故事以自然主義的手法寫就，企圖用冷冽的、社會科學式的眼光，看待鄉土上種種可悲可怪的事件與人物。西方自然主義本身立論與習作間的矛盾，一向是文學評論者的熱鬧話題，在此不能盡詳。宋「版」的自然主義一面標榜作家「客觀」的「科學」態度，一面鋪張迹近神秘主義的宿命觀，已是破綻畢現。但我以爲，正是由於這些漏洞，宋寫出了一系列淒清奇詭的「誌異」故事，爲台灣鄉土文學幽幽的畫下一個句點。

《蓬萊誌異》三十三篇作品所概括的時間約從日據時代到台灣與美斷交前後，其內容則自日軍征夫、地主淪落、小鎭姦情、鄉情特寫、工廠剝削、選舉恩怨至杏壇醜聞等無所不包，儼然構成台灣五十年變遷的浮世繪，其規模之大，堪稱獨步。與黃春明等人及宋稍早作品相較，《蓬》書諸作不再突出特定人物；宋澤萊所長者，是觀察他的角色如何在動亂的歲月及錯綜的社會經濟關係中，成爲身不由主的命運犧牲。西方自然主義所號召的「遺傳」、「環境」等機械決定論因素，似乎重現於此。但是仔細讀來，我們則可見宋對生命中不可測的力量以及陰錯陽差的因緣際會，總有一份迷戀。而宋極度素樸簡約的敍事方法，尤其給予他的作品一種欲言又止的啞謎般力量。

宋澤萊對故鄉往事的探討，的確是懷著解謎的心情。他最動人的小說多是以說故事的方式進行：敍述者來到或回到某一城鄉所在，遇到一件難以廓清的現象或浮光掠影的經驗，卻往往引出第二敍述者，揭開事件的謎底。這類「故事中的故事」結構不只在形式上造成戲劇性的懸疑效果，也直指說故事者及聽衆間的權宜性關係。比如〈蕉紅村之宿〉中，敍述者與朋友載著農藥治鄉兜售，在蕉紅村偶遇一戴著帽子的年輕人。兩下談起，年輕人述說了一則當地曾發生的故事，無非是少妻老夫、紅杏出牆的悲劇。但故事演至少妻婚外懷孕難產，生下一頭部畸形嬰兒後，突急轉直下。原來廿載光陰已過，一切恩怨似皆不存，惟戴帽的說故事人揭下帽子，我們才赫然明白他就是那畸形嬰兒，他的「故事」就是他生命經驗的回顧。小說告終，年輕人誓言繼續找尋生父，也拋下一句話：「一切的依戀中，沒有比對父母和土地的依戀更令人感動的。」⑭

宋澤萊所運用的說故事形式，果然留有他所崇拜的莫泊桑之敍事風格。但在追懷往事，重溯鄉情的大纛下，說故事的手段也很可以看作是塡充時間的空隙，連鎖現在與過去的「一種」努力。當年不可說的禁忌，被壓抑的行爲，受挫阻的情欲經由後人的追憶與敷衍，重又拾回其意義；或嘲諷現實社會，或慨歎時光流轉、或驚詫人生無常，這些故事的批判動機，亦不言可喩。像〈舞鶴村的賽會〉寫大戶人家的淪落、〈在港鎭〉寫村婦爲女力斷孽緣、〈許願〉寫奸商發達史等，皆爲佳例。對讀者而言，宋寫作「故事中的故事」猶有另一層擴散意義的效果。他的敍述者往往成爲另一故事的聽衆，而該說故事者竟至於揭露其本身與故事的密切關係：除前述〈蕉紅村之宿〉外，〈劍痕〉以太平洋戰爭台胞充軍的歷史爲背景，也最後帶來說故事者

「現身說法」的撼人高潮。至此我們方了解每一個故事下均暗藏神秘悲愴的背景，每一說或聽故事的情境，均足觸發始料未及的往事奇情。當宋的敍述者自其所引述的故事喟然而退時，我們這些讀者又要如何面對「宋澤萊的」故事呢？說與聽故事成了一場環環相套的意義傳播試驗。

沈從文在〈三個男人與一個女人〉結尾寫道：「我老不安定，因爲我常常要記起那些過去事情……，有些過去的事情永遠咬著我的心，我說出來時，你們卻以爲是個故事，沒有人能夠了解一個人生活裏被這種上百個故事壓住時，他用的是一種如何心情過日子。」[15]宋澤萊或可爲這樣的自白而覺深獲我心，但若進一步比較，我們可見宋澤萊的傳奇故事亟於說明、解釋事件的來龍去脈，使每一返鄉或思鄉的敍述成爲告別過去的自覺姿態。他的故事如此繫於「解」謎的任務，竟有瓦解他原構思的原鄉執念之虞。像〈蘇苞〉中的蘇苞，在前妻死後居然擺脫噩運力爭上游；像〈婚嫁〉中的貴婦，藉女兒的婚禮終償自己當年的屈辱。故事原所設計的張力，每因眞相大白而使我們如釋重負。「故事」說完了，「故鄉」的魅力似乎也將隨之消散。同樣是運用了傳統的原鄉主題對比及人物造型，宋澤萊卻不再假設「圈內人」的眼光看待鄉土的點滴往事。不似沈從文的故事那樣餘音嫋嫋，宋的故事或出諸還願似的企圖，或煞似安魂祭的儀式。當此一敍述「儀式」告終，不論是故事中的角色或聽／說故事者似乎共同體認到，鄉夢已遠，諸般往事不論悲歡絕續與否，均須作無奈的了結。恰如〈病〉的結局，子女懷念爲父捨身的母親，也只能在她的墳頭追念過往。宋澤萊的原鄉小說淒淒冷冷，「記」起了鄉土一切，卻也解脫了鄉土的情結。台灣鄉土文學以宋的出現而告一段落，或許不無軌跡可循。

三

大陸的尋根文學自一九八二、八三出現後，一時風起雲湧，足足熱鬧了兩三年。踩著傷痕作家留下的迹印，尋根的作者們或是回顧插隊下放邊區的見聞，或是重探故園老家的風貌，或是揉和「想像」的鄉愁與傳說，寫出了一篇篇叫座的小說。尋根文學堪稱是七九年以來，大陸作品在藝術及意涵上的第一次的高峰。顧名思義，尋根是要找「尋」失落的根。但在一泛政治傾向濃厚的社會裡，尋根自有其喩意：相對文革強烈反傳統的風潮，八〇年代的作家們企圖點點滴滴的拼湊出那「落後」的、「守舊」的社會、歷史、文化層面，其本身已具十足抗辯姿態。另一方面，尋根也極具個人化、主體化的反思色彩。恰如評論家李慶西近作〈尋根：回到事物的本身〉一文所示，尋根文學何止是玩弄鄉土色彩、擺弄神話傳奇的小技？它更隱含了作家追溯人間倫理關係，重估歷史軌道，自我發掘以及重建生存意義的抱負。⑯

雖然沈從文於四九年以後卽退隱文壇以外，尋根文學的興起仍不免使我們油興追逐「尋根」作者文學之根。與沈有師徒之誼的汪曾祺早自八一年以來，卽寫作了系列以「鄉味兒」見長的小品，風格直追乃師。八二年賈平凹的《商州初錄》以散文隨筆形式記載故鄉風物，不啻是沈《湘行散記》、《湘西》之類作品的當代迴聲。阿城曾自承對沈印象深刻，而韓少功、古華、何立偉、葉蔚林等作家根本是以三湘山水作爲他們原鄉想像的起源。特別値得一提的是，這些作家的風格多具實驗性，抒情寫實、浪漫魔幻，各有千秋。顯然尋根的號召非但未局限他們的創作活力，反成刺激他們另闢蹊徑的起點。較之沈從文當年看似保守、實爲激越的寫作姿態及風格試煉，尋根作家的努力自然不宜小覷。

這裡我要介紹的作家是莫言（一九五六—）。莫言以《透明的紅蘿蔔》等作崛起，但眞正使他走紅的則是《紅高粱家族》系列作品。在其中莫言以他的故鄉山東高密東北鄉里爲背景。那裡的高粱地廣袤狂野，成爲他魂牽夢縈的創作視景；生活在高粱地周沿的農民，貧苦激憤，每是引生出各種奇聞異事的主要人物。不僅如此，莫言更打算自尋根的寫作裡，重建家族的譜系，並據其歸納出一（抗日）歷史的淵源。原鄉與探史這兩種欲望在莫言的小說中相互並列衝擊。自特定的空間中追尋歷史的痕跡，從時間的洪流裏淘洗「故鄉」的精華，莫言的胆識用心，首先引人注目。他的故鄉也因之成爲反映中國現代史的新輻輳點，提供我們特殊角度省思一些熟悉的關目。

莫言作品於敍述形式上的創新處，已屢有方家論及。他的文字意象豐富，象徵手法瑰麗多姿，常令讀者迷眩不已。像〈大風〉裏那場驚天動地的狂風，〈狗道〉中五彩斑斕，爭食人屍的野狗，〈秋水〉中行踪詭秘的黑衣人與紫衣女等，寫來介於鄉俚野史奇談與高度個人想像間，確是與衆不同。此外，莫言對敍述時間的掌握，亦有獨到之處。他的故事發展，常揉和不同的時間觀念及行進層次，造成今古同步、虛實難分的現象。據此常有評者指出他師承國外大師如福克納、葛西亞·馬奎茲之處，亦或言之成理[17]。

但我以爲莫言的文字魔術如落實在原鄉文學的述作傳統裡，才更有可觀。《紅高粱》家族系列作品對故鄉愛恨交織的複雜感覺，苟非得力於新穎的表達形式，不免有重蹈前人窠臼之虞。

沈從文以次的原鄉作者，常視時間爲回返過去，一償鄉愁的最大阻碍。莫言則似反其道而行。在名作如〈紅高粱〉、〈紅蝗〉裡，敍述者雖然意識到歷史的不可逆轉性，卻能施施然運用幻想補充其缺憾。於是他回到了五十年、甚至百年前家族長輩的思維行動情境裏，「重新」替他們再活過那些艱難困苦、卻又充滿傳奇手彩的日子裡。「我爺爺」、「我奶奶」等這些輩份上的老古董居然因此下得凡塵，又成了飽有七情六欲的血肉之軀。是「創造性」的回憶，暫時滿足了莫言的愁鄉情懷，但也因此，他的作品揭露了更多是類敍述的漏洞：當〈紅高粱〉裡的「我奶奶」在高粱地的遐思，或「我父親」在游擊戰中的驚嚎被如此細膩渲染後，敍述者已有意無意的暴露「過度」寫實下的失眞性，使〈紅〉作染上了自我嘲諷的色彩。雖與台灣作家宋澤萊刻意與題材拉遠距離的作法恰相反，莫言的超近特寫敍事格調同樣使讀者不知所措。這些因回憶造成的「時」「空」錯置的問題，其實也存在於「正統」原鄉作家如沈從文的作品裡，只是莫言更爲自覺的在運用或戲劇化其間的矛盾而已。

由是推之，我們要說莫言的原鄉作品一面以田野調查式的勤懇態度，又爲中國現代小說開發了一處「故鄉」，一面又以喧嘩自嘲的筆法，暗暗搖動他所據之寫作的傳統。在〈紅高粱〉裡，抗日戰爭的歷史與家族的恩怨情仇相互糾纏，甚而成爲作者個人腦力激盪下的演義故事，幻想與史實、現在與過去全都成爲飄動的意象，供作者編鈔排比。這一現象到了〈紅蝗〉裡尤見尖銳。身處都市的敍述者在經過一段莫名其妙的艷遇後，返鄉觀察五十年僅見的蝗災。由是他牽引出了家族上兩代的蝗害經驗，以及長輩夾纏不清的感情孽債。按照情節安排的理路，莫言似乎要以現代人生的虛浮無根來照映當年父老的激情愛憎、快意恩仇，以尋根的行動治療遊子的創傷。然而當故事逐漸進行時，莫言這敍述者的目的逐步混淆了。人世的關係從未紊亂，前人的志節行止未必勝過今人。只有相傳每五十年一次的蝗災來到，才一再顯出了人們的卑瑣無能，不因時稍變。褪去鄉愁的外衣，莫言猛然發現「追憶吃草家族的歷史，總是使人不愉快；描繪祖先瘋傻的形狀，總是讓人難爲情。」他強烈的犬儒主義正如作品中的紅蝗一般，一旦蔓延開來，將噬盡所有的價值，破壞所有的意義。過去與未來終成一混沌的循環，使原鄉的高貴呼聲，削弱成衆音交錯中的微小鼻息。

相對於〈紅高粱〉及〈紅蝗〉這類夾雜史實與傳奇的尋根故事，莫言的另一組小說如〈白狗鞦韆架〉、〈爆炸〉、或〈枯河〉等，卻好像執意折回現實的泥沼，展現鄉愁不足爲外人道也的一面。這兩種類型的原鄉小說已自展開了互相辯證的衝突力量。〈白狗鞦韆架〉尤其具有強烈嘲諷意圖。敍述者又是受過良好教育，抽暇返鄉的城市青年。故鄉貧瘠傖俗依舊，並不能帶給他任何美好印象。惟有在高粱地邊巧遇兒時玩伴時，方纔勾起他一些青梅竹馬式的回憶。只是當年的娉婷少女後自鞦韆架上跌下，瞎了一隻眼，委屈嫁了個啞丈夫，又生了三個不會說話的孩子。她的障蔽飄零，自是對沈從文以降、翠翠原型人物的諧仿。面對敍述者的似水鄉愁，她的回答是：「有甚好想的，這破地方。想這破橋？高粱地裏像他媽×的蒸籠一樣，快把人蒸熟了。」[18]鄉愁是鄉下人消費不起的奢侈品，但仍是隱藏在心頭一角的模糊欲望。小說繼續發展，我們仍知女子曾與一解放軍官有段美夢成空的邂逅；只是〈紅蝗〉、〈紅高粱〉所彌漫的昂揚激情，不論結局悲喜，已不復得見。據此比較前後兩類作品有關歷史政治（抗日／解放）的「插話」，莫言的批判意圖，已若隱若現。

〈白狗鞦韆架〉原可彷照魯迅、沈從文等人返鄉小說的前例，來上個淒涼無奈的告別故鄉結局。然而當我們的敍述者草草再奔上離鄉之路時，瞎了一眼的當年女伴赫然殺出。她向敍述者要求野地苟合，一爲能生個會說話的孩子，一爲稍償少年眉目傳情之誼。當代文學裡，再沒有比這場狹路相逢的好戲更露骨的褻瀆傳統原鄉情懷，或更不留情暴露原鄉作品中時空錯亂的癥結。莫言筆下的「獨眼」（！）女子要以肉體片刻的歡愉，跨越時間的障碍，實踐她心目中的鄉愁欲望，而這一深具嘉年華意義的舉動，實亦質疑原鄉作者種種顰眉蹙首的「回憶」、「述寫」姿態。〈白狗鞦韆架〉未必是莫言最絢麗眩目的作品，卻能切中邇來尋根、鄉土情結的要害。與〈紅高粱〉等作並列，才更能體現莫言關懷面的深廣。

四

本文的討論將以李永平（一九四七—）的鄉土小說作結。在前面的例子裡，我們已得見作家在不同的時代及社會背景下，如何來往折衝於原鄉的主題間。他們的風格與角度容或有異，基本上卻都能掌握一地理位置，使其成爲敍事意義鋪展的根源。沈從文的湘西、宋澤萊的南台灣、莫言的山東高密各個皆成爲作家詮釋歷史、評價社會的終極根據地。李永平的例子卻爲我們帶來又一新的尷尬。李原是婆羅州的華僑，及長赴台完成大學學業。邇後又在美取得比較文學博士學位，並回台任教、創作於斯。這樣高學歷的作者並不多見，而他以獨特的成長背景來寫作「鄉土」小說，更是引人注目。李的《吉陵春秋》自八六年在台出版以後，一直廣受好評，讀者讚美其精緻文字象徵者有之，品評其深邃寓意主題者有之，但對李所塑造的鄉土小鎮視景，猶未有適切觀察。簡單的說，李原爲土生土長的華僑，他的「根」到底要如何尋起？他的「故鄉」到底坐落何方？失卻了中國地緣的連繫關係，歷經了輾轉浮游的成長經驗，李永平還能明正言順的插足於原鄉的行列中麼？

李永平的答案自然是肯定的。而他顯然利用了此一矛盾，用心的「寫」出了一個烏有鄉卽景，而其細膩動人處，尤勝那些「有」家可歸的原鄉作者三分。準此，我以爲他把現代中國小說的原鄉主題更加發揚光大，同時也逕行暴露其「神話」底細，使得整個傳統游離起來。莫言的作品多少已顯出這樣的傾向，但他畢竟沒是李永平那樣激進的決心，高密東北鄉的重重高粱捲起了莫言回歸故里的尋根情懷，而李永平卻要在前人書寫故鄉的「千言萬語」間找到他的歸宿。他的吉陵鎮 似脫胎於司馬中原那樣的蘇北荒僻小鎮，卻又兼具了南洋熱帶風情，既有台灣小調的人物情趣，又遙擬古典話本中的市井喧聲。虛虛實實，直讓評者如劉紹銘教授等大歎「山在虛無縹緲間」⑲。李永平當然可能意識到福克納等人予他的影響，但他擺脫現實的羈絆，封阻了自傳或歷史的牽連，實有更甚於前人之處。

《吉陵春秋》的故事主線其實很簡單。吉陵鎮刨製棺材的劉老實有美妻長笙爲無賴孫四房所垂涎。某年觀音誕辰的遊行當兒，孫得妓女春紅及一幫潑皮慫恿，乘亂強暴長笙，後者受辱後自戕。劉老實得知後，殺孫妻及春紅而獲罪。多年後吉陵鎮角有神秘人物出現，狀似劉老實，引得全鎮人心惶惶。果眞劉又返鄉報仇？或僅係鎮民罪惡感的投射？眞耶幻耶，全作至此戛然而止。然則這一故事在《吉陵春秋》漫漶開來，使主線人物影影綽綽，邊配角色卻各有獨當一面的機會。全書共以十二短篇構成，各篇分可獨立，合則共同襯托主線故事。可是此一堆積木式的結構底下大有文章。細心的讀者會發現各篇時序的發展，人物性格的描寫，以及故事情節的交代竟頗有齟齬。任何想要將其合而爲「一」的努力，終不免徒勞無功之憾。李永平的小說因成就一萬花筒式的視景，不斷幻化出似曾相識卻又迥有不同的樣式。

一般評者最關切的，莫如《吉陵春秋》的要義何在。李永平於此最爲拿手。舉凡我們習見的文學題材公式，如罪與罰、神與魔、靈與肉、今與昔、眞與幻等等，無一不包。他的象徵場景，如妓女巷中的觀音誕辰，日正當中的正邪對立，棺材店裏的生死行當，也正是文學課程中大作文章的好材料。正所謂動靜皆得、左右逢源，其極致處，稱之爲「十二瓣的觀音蓮」亦不爲過[20]。筆者自不願唐突這樣的詮釋方法，但卻覺得《吉陵春秋》的重要性實不在於爲「一個中國小鎭塑像，亦不在於視其爲二十世紀的中國「荒原」象徵[21]。它是原鄉傳統流傳數十年後，一項最弔詭的「特技表演」，在在凸出李永平個人風格化的色彩。形式本身的玩耍試驗，才是該書最大的成就。它顯示有心人可以閑熟的擺弄原鄉作品中的各個修辭符號，而不必汲汲追尋鄉土的「本質」或「根源」問題，它更顯示時間的錯置乃至停擺，已不再值得追悔或嗔怪。原鄉的渴求，或是天長地久、或是稍縱卽逝，何必斤斤計較？前此我們習見的那個上下尋找「鄉」之意義的主體意識，在《吉陵春秋》中似乎銷聲匿跡，但換個角度看，李永平何嘗再需要一個尋根的代言人？整個吉陵小鎭就是作者的心中丘壑，無處不瀰漫著他製造摩挲鄉情的身影。也就是從這些方面，我們瞥見李永平與現代主義掛鉤的線索，以及他對原鄉文學又一嶄新的詮釋。

由是觀之，李永平吉陵鎭內一些風風雨雨，不妨皆視爲一自覺性的矯情安排。其中最顯著莫如此鎮謔仿烏托邦的特質。與多數鄉土、尋根作品所誇飾的純樸落後的鄉野不同，吉陵鎮是個諸神見棄的市儈小鎮，其中人心之險惡，風俗之敗壞，十足引人側目。誘拐姦殺、詐騙橫死的事件層出不窮，距離《邊城》呈現的天地遠矣。但一切經過李永平的細細點染，竟也「引人入勝」。恰似與傳統反其道而行，他的紙上故鄉不作興「俱往矣」的浩歎，只提出一種弔詭的論式：如果沈從文可以將湘西美化成人間桃源，視故鄉如罪惡淵藪是否是「理想的另一極端表現呢？對像劉老實這樣的角色，故鄉所留下的不是鄉愁，而是鄉「仇」。李永平作品尚少，到底不能像福克納的約克那帕陶伐郡那般投射複雜多義的象徵，但我們仍不應忽視他極具原創精神的視野。魯迅當年營造的那個墮落的、衰頹的魯鎮或紹興，只能充作道德批判的佈景；吉陵鎮卻在失去了禮教的憑依後，衍生出一頹廢卻自足的風貌，生生世世，成爲原鄉者的夢魘，不能不視爲對原鄉傳統的重大「貢獻」。

本文的篇幅有限，只能就現代小說中的四位作家，作點到爲止的描述。我對他們個人作品細微處，並未作深入討論，僅希望對「原鄉」這一觀念的傳承遞變，提供初步的觀察。回顧三十年代以還的各類原鄉作品，我們的研究其實大有可爲。而以下的結論，或可權充未來是類努力的起點：第一，原鄉的觀念或關係個人追本溯源的欲望，或牽扯宗族法統的感召，或表現地域山川的特質，可謂衆說紛紜，各有道理。但本文的目的不在於分殊這些道理，只希望跨出一般地理上或空間上的定義範疇，探討其所暗藏的歷史動機及社會意義。如前所述，只有我們將故鄉視爲一種時空向度的指標，文化、意識形態力量的聚散點，方不至於落於（簡化）盧梭式的浪漫公式中。

第二、在不否定歷史、情感經驗確眞性的前提下，我們亦須注意各種原鄉文學所兀自構成的敍事規範及符號象徵傳統。作家對故鄉的嚮往或係誠中形外的表現，但在「寫作」鄉情的同時，仍必須不斷的「推陳出新」，以肯定自己故鄉的獨特性。這其中牽扯的意義、修辭相互指涉的問題，自是一大挑戰。由沈從文的湘西山水到李永平的紙上吉陵，作家們縱使懷抱寄託不同，終須在字裡行間見眞章。而原鄉文學所衍生的言談論述力量，如何左右作者讀者想像，亦是相生而起的問題。

第三、綜上所述，以「神話」一詞來審視原鄉文學的傳統，非但毫無貶意，反而強調其於我們的文學及社會體系中，運作不息的力量。這些作品已經發生了單純鄉愁以外的影響，爲我們的社會總體敍述行進，注入對話聲音。宋澤萊代表的台灣鄉土及莫言所屬的大陸尋根運動，都是現成的實例。但對於關懷「原鄉」情懷何所之的讀者們，也只有在了解神話意義本身不可免的詮釋循環，以及神話運作不能稍離的歷史環境，「原鄉」的閱讀行動墮入一廂情願的追逐中。

註釋

❶ Chronotope一詞藉自巴赫汀（Bakhtin），意爲小說時空交會所構成的場景不只是一單純背景，而每每代表一文化符號的集結，投射作品作潛藏社會及歷動機。其使用見"Forms of Time & of the Chronotope in the Novel," in *Dialogical* Imagination, trans Caryl Emerson & Michael Holquist (Austin: U of Texas P, 1983), pp. 84-258；又相關延伸討論見Katherine Clark, "Political History and Literary Chronotope: Some Soviet Case Studies," in *Literature and History: Theoretical Studies and Russion Case Studies*, ed. Gary Saul Morson (Stanford: Stanford UP, 1986), pp. 230-246.又可參考James Turner, *The Politics of Landscape* (Cambridge: Harvard UP, 1979).

❷ 沈從文，《從文自傳》，《沈從文文集》，卷九（香港，三聯，一九八四），頁一一八。

❸ 沈從文，《湘西》，引子，《沈從文文集》，卷九，頁三三六—三三七。

❹ 沈從文曾與凌宇教授談及所受屠格涅夫及莫泊桑等西方作家的影響，見《中國現代文學叢刊》，第四期（一九八〇），頁三一五～三二〇。

❺ 沈從文，〈邊城題記〉，《沈從文文集》，卷十一，頁六九。

❻ 引自凌宇，《由邊城走向世界》（臺北：谷風，一九八七），頁一三七。

❼ 更進一步的討論，見拙作〈初論沈從文：《邊城》的愛情傳奇與敍事特徵〉，《衆聲喧嘩》（臺北：遠流，一九八八），頁一一一—一一六。

❽ 凌宇，《從邊城走向世界》，（臺北：谷風，一九八七），頁二四四。

❾ 陳清僑（Stephen Chan），"The Problematics of Modern Chinese Realism: Mao Dun and His Contemporaries" diss., U of California-San Diego, 1986, pp. 282-296.

⑩《邊城》，頁一六三。

⑪金介甫(Jeffery Kinkley)，〈沈從文與中國現代文學的地域色彩〉《聯合文學》，二七期（一九八七），頁一二六。

⑫沈從文，《長河》題記（上海：開明，一九四八），頁一。

⑬宋澤萊，《蓬萊誌異》（臺北：前衛，一九八八），頁二一。

⑭同上，頁六七。

⑮沈從文，〈三個男人與一個女人〉，《沈從文文集》，卷六，頁四九。

⑯李慶西，〈尋根：回到事物的本身〉，《文學評論》，四（一九八八），頁一四—二三。

⑰溪清、呂方，〈當代文學中「魔幻現實至義」小說的勃起〉《當代文學研究：資料與信息》，四（一九八八），頁四—六。

⑱莫言，《白狗鞦韆架》，《透明的紅蘿蔔》（臺北：新地，一九八八），頁二四。

⑲劉紹銘，〈山在虛無縹緲間〉，《聯合報》副刊（一九八四、一、一二）。

⑳余光中，〈十二瓣的觀音蓮〉，序《吉陵春秋》（臺北：洪範，一九八五），頁一—一七。

㉑龍應台，〈一個中國小鎮的塑像〉，《當代》，第二期（一九八六），頁一六六。

試探女性文體與文化傳統之關係

——兼論臺灣及美國女詩人作品之特徵

鍾玲

一、女性文體之兩個基礎

「女性文體」(feminine style lécriture féminine)成為歐美女性主義評論家近年來探討的一個焦點。探討的角度很多，有從「解結構主義」來看女性文體如何瓦解或由底層削切(undercut)父系社會中的主流主體。有從語意、文法、或象徵之運用，來研討女性文體之特徵。法國女性主義的學者，更由心理分析及女性生理方面，企圖建立女性文體之指標。

當然，在界定「女性文體」的過程中，會有諸種陷阱。瑪麗•伊格爾頓(Mary Eagleton)討論過這個問題：「文學批評到底能否肯定辨明何謂女性文體，仍是個未知數。我們無從知道，某些普遍性的因素，是源於以下那一種原因：諸如作者的性別、或她們共同的階級背景、或共同的種族背景、或受了她們都採用的文字形式之影響，或受其他十多種原因中任何一項的影

響。」❶

然而，就瑪麗・伊格爾頓所言的顧慮，不僅女性文體研究會面對這個問題，舉凡文學風格的研究皆有同樣的問題。例如要劃分同一時期那些作家屬於象徵主義作者、或表現主義作者等，同樣會面對類似的問題。女性與男性在生理上、心理上、社會經濟地位上，甚至文學傳統的承繼方面，都有明顯的差異。既然可以用社會階級背景的差別來討論文學特徵，那麼從性別的角度來探討，又有何不可呢？關鍵在於能否廣泛地考察文體風格與諸種形成原因之間的關係，以避免把其他原因造成的文體風格，當作是女性文體之特徵。

那麼，討論女性文體，應該由那些基礎出發呢？伊蓮恩・蕭瓦特（Elaine Showalter）把近十多年有關批評女性作品的理論分成四種模式：生理的、語言的、心理分析的、文化的（biological linguistic psychoanalytic cultural）❷。她又認爲最後一種文化理論能涵蓋前三者：「女性有關自己身體的、性的、生殖機能的觀念，跟她們處身的文化環境有錯綜複雜的關聯。女性的心理亦可由文化潮流的成品，及其建立過程兩方面來探討。如果我們考慮如何在社會諸層面運用語言，或考慮那些是決定語言運用的社會因素，或文化理念如何塑造語言的行爲模式，那麼語言也自然包涵在文化理論之中了。」（二五九－二六〇）我大致同意她的看法，即文化理論能涵蓋其他三方面。但是就女詩人而言，生理方面的因素也佔同樣重要的地位。因爲比起其他的文體，詩歌是比較訴諸直覺與感性，而女性感覺比較敏銳並非一種無稽之談，而是與女性的生理狀況有很密切的關係。

通常是在比較神經質的狀況之下，則會更敏銳地感受到人際關係之細微變化，或環境的細微變遷。由於生理因素，女性神經質的徵狀比男性嚴重。例如每隔二十多天，女性會有月經前緊張(Premenstrual tension)，卽常導致神經質的徵狀。因爲雌激素平衡生變化，女性身體液體積聚，因此每個月女子都會有兩天到七天類似情緒不定、煩躁易怒、敏感脆弱、哭泣等徵狀，現諸身體上的徵狀則會頭痛、疲勞、腹部疼痛、背部不適等。此期間自然有神經質或情緒敏感的現象，這類情緒的波動或多或少都會影響到女詩人作品的表達方式。

歐美女性主義批評家在心理分析與理論方面，有相當沉重的包袱，因而生出障礙，例如學凡涉及心理分析，必須先面對佛洛伊德的陽具理論，卽認爲因爲女性無陽具，故自幼會生嫉妒與缺憾的心理。因此她們從事心理分析理論，會陷入爲反叛而反叛的泥沼。於是，她們有些強調「先伊德帕斯階段」(the pre-oedipal phase)，認爲由於是母親育子，所以孩童首先認同的性別是女性，而非男性，以此來抗衡陽具說（Showalter，二五八）。法國女性主義學者，爲了抗衡陽具理論，提倡說，因爲女性的性感官遍佈全身，所以這種生理現象會影響到女性文體❸。其他著重生理現象的女性批評家，又因傳統有女性在生理方面天生不如男性種種說法，而陷於困境（Showalter，二五〇）其實，身體與本人的關係，再密切也不過，密切到不能分割的地步。女性有別於男性的生理現象——諸如月經出血、月經腹痛，及與生殖有關之懷孕、生產、流產、打胎、哺乳等——對女性心理狀態必有深刻之影響，對女詩人作品的風格及內容也一定有某種程度的衝擊。因此我認爲對女詩人而言，她自身的生理變化，以及她所處身的文化環境，一是小我、一是大我，其一是切身體驗，另一則是生存環境，兩者對她寫作的心理狀態，及她的表達方式，都有決定性的影響。

二、文學傳統與文學內容

對女詩人的創作而言，在諸多影響她的文化原因之中，文學傳統有其一定的份量。換句話說，對某一傳統的吸納及採用，男女詩人很可能會有歧異之處。此歧異仍源於男女生理因素之不同，或源於男女在社會經濟教育等因素上之差異。以美國現代當代詩歌爲例，詩人對佛洛伊德的心理分析及容格的神話儀式諸觀念，大加採用，已形成一文學傳統。大多數詩人作品都時會涉及對自我潛意識層之探索。美國當代詩歌的個例，包括約翰‧貝里曼(John Berryman)的「夢之歌」(The Dream Songs)，西爾維亞‧普拉絲(Sylvia Plath)的「爹地」(Daddy)，安德里安娜‧李奇(Adriamne Rich)的「潛水入沈船」(Diving into the Wreck)，詹姆斯‧廸基(James Dickey)的「雪橇葬禮，夢的儀式」(Sled Burial, Dream Ceremony)及凱洛琳‧凱澤(Carolyn Kizer)的「支解再生之司土女神」(Semele Recycled)等等❹。

女詩人也曾表示對這些心理學說深感興趣，如西爾維亞‧普拉絲主張詩歌應該處理病態心理此一題材：「我相信一個人應該能夠控制及駕馭經驗，包括最可怖的經驗，如瘋狂、受折磨之類的經驗。一個人應該以廣達明智的心智，來駕馭這類經驗。」❺女詩人H‧D也對心理分析興趣至大，尤其是神話語言、心理的性慾聯想等，因此她於一九三三年親身與佛洛伊德合作進行心理分析❻。

以一男一女詩人的作品爲比較，即貝里曼的「夢之歌」及普拉絲的「爹地」，兩者皆涉及對父親的情意結，及弒父心態，多少都是受伊狄帕斯情意結（Oedipus Complex）觀念影響下的作品。兩首詩自傳的成分皆不小，兩位詩人在眞實生活中都童年喪父。貝里曼的銀行家父親吞槍自殺，他恨父親不盡父責，把自殺傾向遺傳給他。普拉絲則在詩中把父親塑造成納粹黨人與吸血殭屍的形象，把她自己對男性的憤恨全部投射到父親身上。但是兩位詩人的表現方式則很不相同，可以顯示男女文體之差異，這文體上的差異則是由生理因素及社會環境因素造成的。

在這個壞蛋銀行家的墳頭我吐口痰
一個佛羅里達州的清晨他把自己心臟射開花
唉喲唉呀呀
那一天才會變得冷淡？我呻吟我狂喊
我要扒要抓，好到下面去
離開去到草底下

於是用斧頭劈開哈棺材看
看他怎麼吞下它，那個他死命尋求的它
我們要撕碎
他腐朽的殮衣哈，然後亨利
會再高舉斧頭，他最後一張王牌卡

砍向這個開頭

——貝里曼，〈夢之歌三八九〉❼

爹地，我總是非殺你不可。
我來不及殺，你却已經死了——
……
二十歲的時候，我試過自殺
要回到回到你那裏
我想就算是一堆白骨也好。
……
如果我殺一個男人，等於殺兩個——
那個說他就是你的吸血鬼
整整吸了我一年血
如果你真要知道，吸了七年。
爹地，你可以安心躺回去。

你肥壯的黑色心臟上，插一根木棍
而村民從不曾喜歡過你。

他們起舞，脚踏在你身上。
他們早就曉得是你作怪。
爹地，爹地，你這雜種，我完了。

——普拉絲〈爹地〉❽

貝里曼詩中的劈棺砍父，顯示生理上雄性動物以體力爭地盤的格鬥方式，又表現社會上男性對手面對面抗衡的鬥爭方式。而普拉絲詩中明明說要殺父親，却不寫弒父的行爲，明明是自己恨他怨他，却寫成別人恨他怨他。此處用迂迴曲折的方式來表示恨意，當然用傳統佛洛伊德的說法，是因爲戀父情結所致，但更有其他兩種因素也一樣言之成理：在生理上切合雌性動物爲了繁衍後代生產育子，委曲求全的生存方式；由社會環境的角度來看，反映男權中心的社會上，女子慣用的迂迴曲折語言方式。貝里曼與普拉絲處理類似的題材，一男一女却用了不同的文體，一爲直接陽剛的風格，一爲曲折迂迴的風格。

伊洛伊德的心理分析學爲歐美文學界敞開了探索潛意識層內心世界的大門，許多美國女詩人對情慾深入探討，對性愛與身體性器官亦坦言無忌。阿麗西亞・歐絲特里克（Alicia Ostriker）認爲美國女詩人的作品，比諸男詩人，更能坦言無隱地廣泛使用身體意象❾。然而反觀台灣女詩人的作品却無此現象。這種重視身體意象的特徵，只是西方文化產物。除了佛洛伊德學說的影響，更與西方藝術方面的人體觀念有關。由希臘文明開始，西方無論是雕刻或繪畫，都崇尚人體身體的藝術美。在源遠流長的影響之下，當代美國女詩人在詩中直接呈現女體是理所當然的。

但是中國由於幾千年的傳統，人體觀念與性愛觀念，跟西方的差距很大，因此反應在文學中也自不同。美國當代女詩人作品採用女體意象蔚爲一種風格特徵，而印證之於台灣女詩人作品，却行不通，由一九五〇年代至一九八〇年代，重要女詩人沒有一個著重身體意象。直到一九八〇年代才有利玉芳（一九五二—）及夏宇（一九五六—）採用這類意象。

你一定不能接受
不能接受我突然處女起來的
牆
坐落在你面前
……………
給我用肉體歌唱不朽的詩
給我厚實堅強的肩膀
我需要灌滿一夜的愛
遊蕩的心彼此窺探恰恰
他在上面冷淡的擺動恰恰恰

——利玉芳，〈給我醉醉的夜〉⑩

以延長所謂「時間」恰恰
我的震盪教徒
她甜蜜的說，她喜歡這個遊戲恰恰恰恰

——夏宇〈某些雙人舞〉⓫

但是以上兩位台灣女詩人的詩，比起美國女詩人描寫性愛的詩，可說是瞠乎其後。丹妮絲•利文朶夫(Denise Levertov)的「虛僞的女人」(Hypocrite Women)(*Contemporary American Poetry*,306)中暢言對女陰的看法。安妮•沙克絲頓(Anne Sexton)的「雞公的憤怒」(The Fury of Cocks)⓬以陽具爲主角。夏宇與利玉芳的詩則含蓄溫厚多了。一方面是因爲社會風氣仍比較保守，另一方面則與傳統文化觀念有關。對人體，中國人在古典時期鮮以寫實主義的審美觀念視之。人物畫中的人體多爲衣物掩蓋，即使裸露之時，也以簡化的線條表現，不似西方以寫實藝術處理。孫隆基認爲中國人對自我及身體的觀念基本上是歸諸道德範疇，常把個體的精神問題「身體化」，在最實際的層面處理身體，如重「吃」，重進補⓭。因此，中國人很少提升人體爲美學欣賞的對象。他又認爲：「中國人之間，基本上並沒有個體化的Sexuality的觀念，亦即是沒有一個成長了的人對自身生命力內容應有的憬悟。對中國人來說，『性』總是被等同於『繁殖』。」(孫隆基，一九九)因此中國文學中即使對性有直接描寫，如明朝小說或明女詩人黃峨的曲，其處理方式也多用套語，相當形而下，絕少投射個人的主觀精神，或用理想化的方式呈現。

另一方面，台灣由五十年代迄今，崛起了三十多位女詩人，她們作品大多遵循古典詩詞中的婉約風格，或沿此風格而發展衍變。婉約風格崇尚清空、含蓄的表現方式，連敍事談情都講究欲言又止，飄逸空靈，更遑論描寫性愛與身體意象了。加上在清朝士大夫階層的女子作詩塡詞之風氣盛行，「才女」之形象已然樹立，台灣女詩人在讀者心目中，或在先輩或同輩男詩人的心目中，皆爲前輩才女的當然繼承人，因此她們對自己詩中的自我形象會特別在意，常著意刻劃，避免與「才女」形象相背，於是她們詩中的第一人稱女子，多婉約含蓄、或情深不悔，大抵都以形而上的方式描寫浪漫情懷，鮮有像沙克絲頓及普拉絲那般赤裸裸地面對自我潛意識層種種混亂、暴力傾向的情意結。由台灣及美國當代女詩人的作品爲證，她們作品中固然會反應出與同文化中同儕男詩人風格相異的文體，但是處身不同的文化之中，她們却發展成風格內容皆爲殊異的女性文體。

三、文學傳統因素

歐美女性主義批評家，由不同的角度，歸納出女性文體的一些特徵，這些特徵能否放諸四海呢？前面已舉出身體意象爲例，以下再舉二例，以證明文化傳統對語言模式之影響，常凌駕於性別的影響之上。

瑪麗・艾爾曼（Mary Ellmann）認爲女性文體有「瓦解權威」(disruption of authority）及「瓦解理性方式」(disruption of the rational）的特徵，現諸文體上有以下特色：「不顧一切地、胆大地、諷諭的口氣，個性魯莽者那種善變脾氣，閃爍不定地、狂亂滔滔不絕地，以及精簡式的，她們用以上這些風格特徵，在底層削切（Undercut）已樹立權威的男性模式。」（*Feminist Literary Theory*，201,210-213）。

艾爾曼所擧出以上七種文體特徵，印證於台灣女詩人作品，幾乎沒有一樣特徵在她們詩中廣泛地出現。比較適用於她們作品的只有一種，卽「精簡式的」（laconic），而這種精簡式之體也只能印證於以下四位女詩人：羅英（一九四〇－）、朱陵（一九五〇－）、夏宇、筱曉（一九五七－）。就三十多位女詩人而言，比例上人數太少了，難以確立爲女性文體風格。那麼多位女詩人中，也只有一位——夏宇，其詩擁有艾爾曼列擧的大多數特徵。雖說她是唯一的特例，實則很難斷定她是從女性主義的立場出發，來反抗男性的文體模式，或只是因爲她秉賦卽有反抗權威的個性使然，而現諸文學表現方式。

照理說，艾爾曼的風格準則，印證於男權中心的社會應該是都適用的，何以不適用於台灣的文壇呢？這就與個別的文化、文學傳統有關了。中國道教思想，主張天地萬物皆有陰陽兩極，互生互尅，二者可說是等量齊觀。這種文化傳統現諸於文學，則有陰性的文體出現，卽詩詞中的閨怨體與婉約風格，在古典時期，陰性文體的作家大部分是男詩人，著名的例子包括李白的「長干行」及晏幾道、周邦彥的詞等。因爲有這種文化、文學傳統的遺產，台灣女詩人不必在男性的語言模式中尋求夾縫，反而可以光明正大，直接繼承兩千年來固有的陰性文體，並加以發展及衍變。台灣女詩人作品呈現的婉約風格特徵，許多幾乎與艾爾曼所擧的相反，如含蓄欲言又止的口氣，嚴肅認眞的語調，包容平順的情懷，鋪陳的手法等。換句話說，她們是把男權中心文化中肯定的陰性文學特徵，加以發揚光大，成爲一種女性文體。台灣詩壇上八十年代興起的女詩人，其必須「瓦解」與「底層削切」的對象，則往往不是男性的語言模式，反而是這種兩千年下來以至於五十六十七十年代台灣女詩人造就的女性文體了。夏宇的「今年最後一首情詩」（中國時報，三月十九日）則嘲弄了台灣女性文體中的纏綿語調及輪迴觀念，在夏宇此詩中與第一人稱女主角轉世重逢的愛人，竟是垃圾場裏的一個頭蓋骨。

另一位美國女性主義評論家還舉出美國女詩人的一種文體特徵，但此特徵印證於台灣女詩人亦是不適用的，這種歧異現象也與兩國的文化傳統有密切的關係。瓊・康默（Jean Kammer）⑭以瑪麗安・莫爾（Marriame More）艾彌麗・狄金遜（Emily Dickenson）與H. D.三位美國女詩人爲例，企圖證明「意象並列模式」（Diaphoric mode）是一種女性文體。她如此界定此模式：「僅僅並列兩個或以上的意象，即能產生新的意義；每個意象詞皆屬具體，對意象之間的關聯，也不加以解釋……此模式因根植於潛意識層的聯想特性，因此其運作不一定是直線式的，也不需要語法的輔助。『意象並列詩』採用構造方式，而非採用陳述方式。」

瓊・康默所學的這種模式，實與埃茲拉・龐德（Ezra Pound）主張的意象詩（Imagist poetry）觀念相類，而龐德此觀念則源自日本的俳句。實際上這種詩法在中國古典詩詞中是一種源遠流長，常用的模式，台灣詩人只要多少熟悉古典詩詞，他們便能不待思考而運用這種模式。因此，不僅女詩人如林泠（一九三八—）、敻虹（一九四〇—）、藍菱（一九四六—）、羅英（一九四〇—）、劉延湘（一九四二—）、馮青（一九五〇—）、蘇白宇（一九四九—）、葉翠蘋（一九五六—）等大量使用，舉凡重要男詩人如洛夫、葉維廉、余光中、鄭愁予、楊牧、瘂弦、周夢蝶、商禽等，莫不採用。很難說男女詩人那一邊用得更為頻繁。

瓊・康默學此模式為女性文體之特徵，印證於台灣詩歌則很容易推翻她的說法，也許女詩人比起男詩人的確更傾向採用這一種模式，但在美國詩壇因為此模式未形成強而有力的傳統，方便男女詩人自由選擇，才有此女性文體之出現。上面談到三個例子都說明，有些似乎是女性文體的特徵，不一定能放諸四海。很可能另在某一文化中才能形成女性文體，在另一文化中，由於其他文化因素，如文學傳統等，或導致此特徵泯於無形，或成為男女詩人皆採用的文學模式。

四、神話因素與生理因素

桑朵拉・紀爾伯特（Sandra Gilbert）指出：「特別是在女作家著意自己女性身分的情形下而寫作時，她們常常會依仗某些情節與模式，用以暗示一些令人繫懷的神話及童話模式。」[15]那麼，女作家是否的確傾向採用神話與童話模式呢？以此印證於台灣女詩人，則有徵可信。羅英的詩全面反映了許多神話基型。敻虹、林泠、古月、藍菱、王渝（一九三九－）、方娥真（一九五四－）、朱陵、斯人（一九五二）、蘇白宇等，則在詩中編織富神話或童話意味的私有象徵。而夏宇、陳斐雯（一九六三－）、羅任玲（一九六三－）等，則常採用西方的童話，改頭換面以表現當代的處境。而台灣男詩人在神話童話模式的運用方面，整體而言則不如女詩人之頻繁，美國詩人羅伯・布萊（Robert Bly）則視這種傾向為一種社會現象，他認為：「童話很明顯是一種女性的形式，是女性與現實妥協的一種方式，由於面臨父系社會的蠶蝕，古老的母系社會即以童話作僞裝，以爲有力的反抗工具。」（Gilbert,243）。

女作家之好用神話及童話模式，除了布萊所指出社會兩性角色的因素之外，也有其生理因素。女性生理之月事、懷孕、產子等本能，具體實現了神話中的再生基型（rebirth archetype）女性之月事週期呼應大自然的四季循環，及月亮之圓缺；女性的生育本能則呼應大地農作物之收成及畜類之生產。男性生理上則沒有這些現象。因爲此神話模式本身密切寓於女性切身的生活現實之中，所以女作家作寫作自然會多加採用。

羅英的詩神話色彩特別濃厚，常出現的神話基型除了再生基型，還有幻化的魔術力量（The magic power of transformation）、犧牲祭禮（Sacrificial rite）、靈媒（Medium）作用，聖體的分屍（Sparagmos）等等。如羅英在〈蛻變〉[16]一詩中，表現了再生基型，以及跨越人生門檻的儀式。以破繭而出的蛾象徵人的復活，而小宇（microcosm）之跨越門檻，則以大宇（macrocosm）的破曉爲呼應。過程中具儀式必有之舞蹈及祭祀，因爲「跳舞的雪」及「衆手間蠢動的光」，可影射儀式。而把晨光比作果實，切割流下汁液的意象可象徵祭禮中的犧牲：

……
六時正
在初切為兩個半圓的
時鐘上
晨的汁液

逐滴地
降臨於
夜底殘垣上

從一盞剛熄滅的
路燈
之眾手間
蠢動的光
已然
誕生

我
突然
蛻變成
蛾

台灣女詩人中不少人表現了一種共通傾向，而這種傾向鮮見於當代美國女詩人的作品之中；卽透過宮感意象，呈現病態的、陰森怪異，或陰狠暴戾的氣氛。安妮·沙克絲頓與西爾維亞·

拉絲等亦處理病態心理，但是她們主要是挖掘自我潛意識層的活動。臺灣女詩人這種傾向不同，是非個人化的，處理普遍的、共相的感受，又多排演大自然意象之間彼此的關係，很少加入個人主觀的聲音。因此揭示的應該是人類種族潛意識的基型活動，而非個人潛意識的癥結。以下舉出五位台灣女詩人的例子⑰來說明：

黑藍色的天
壓擠著十五的月亮
逼出了
極圓
極圓的
白臉
惶痛的傷口裏
啵出了
冰寒的死嬰孩

——朱陵〈中元節的月亮〉

午夜
划傳說而來的舟子

是撕裂黑夜臍帶的
一把利剪

——朵思〈犬吠〉

最初的月光
尖尖的刺進肌膚後
鮮血哀痛了一地

——沈花末〈離棄十行〉

一枚赭色的螺絲釘
將日旋入夜
螺紋與螺紋，壓路機與路面
節節落荒，且無退路
沉船後
無鰓動物掙扎著陷落

——蘇白宇〈暮〉

陰暗的地底
嬰兒紛紛夢著的天空
竟然
魚肚一般的白了

——馮青〈貓〉

朱陵〈中元節的月亮〉貫穿全詩的意象仍爲女人生產的痛苦過程，以蒼天爲女體，以月比死嬰，女性生理經驗爲此詩主體。沈花末〈離棄十行〉中，暗示女子破瓜的痛苦經驗，也是以生理經驗爲主的詩。朵思〈犬吠〉的主要意象是女子產子時切臍帶的經驗。這些女詩人能巧妙地把切身的生理現象與客觀的大自然意象結合，是男詩人作品鮮爲涉足的領域。

上列五位台灣女詩人的句子，全都表現面對暴力的恐懼，及受傷害、受逼迫的感受。這與女性生理相信有密切的關係。例如少女自初經開始就要面對自己生理上的極端變化，交替經驗正常狀況與類似受傷現象，且是週期性的，似乎永遠擺脫不掉，即使性教育告訴她這是正常的生理變化，但由體內流出的總是血，自然會令少女有受傷的感覺。此外，這種傷口是看不見的，深藏及潛伏在身體，會令她慌惑不知是什麼傷，傷得有多深。這種與生俱來的傷害感是純屬女性生理經驗的範疇。

朱陵與沈花末的詩句不但表現受暴力傷害者的心態，也呈現神經質式的恐懼感。她們以「月亮」爲暴力的象徵是不可思議的，因爲在中國文學傳統中，月亮象徵完美及團圓，或象徵女性之溫柔潤潔；就嫦娥神話而言，是女性的庇蔭所。在西方文學傳統中，月神黛安娜代表智慧與貞潔，但這兩位女詩人，一個把月亮寫成死屍，一寫成殺手，相信不但與女子月事有關（因為月事與月亮盈虧的週期相若），也與女子承受內在潛伏的傷口有關。比起男性面對面陽剛式的暴力鬥爭，女子的暴力方式是內在化的，陰性的，所以她們會選擇陰性的月亮爲暴力象徵。

這種陰森而有暴戾傾向的文體，見諸朱陵、沈花末大部分的作品，其他台灣女詩人雖不以此文體爲主，但也不時會有這種風格的句子出現。而當代中國女性小說家中，張愛玲的〈金鎖記〉、李昂的〈殺夫〉、香港的辛其氏及中國殘雪的作品，都表現了這種傾向。神話學認爲女子的月事與她的啓蒙儀式（initiation rite）有密切的關係。約瑟夫・韓德遜（Joseph Henderson）說：「女子的超越儀式The rite of passage主要著重於女性本能的被動心態。由於月事的週期，女子在心理上的自立感覺會打折扣，因此更易有被動心態。有一說法，卽從女性觀點而言，月事週期實際上可能是啓蒙經驗的主要部分，因爲在女性內心深處隱知生命的創造力會籠罩她，月事週期實能喚醒這種知覺。此後，她會投入女性的天生機能運作之中。」[18]由此推斷，台灣女詩人所表現的陰森、暴戾傾向文體，則是女性面對自身潛伏的巨大生命創造力，因而驚恐、因而不安的狀態之下產生的作品。

反觀美國女詩人的作品，則沒有出現類同的傾向，艾彌麗・狄金遜的詩細緻精確，常處理死亡題材；西爾維亞・普拉絲的詩有暴力傾向，語調逼切；安妮・沙克絲頓的詩文字精簡，題材大膽；瑪麗安・莫爾與安德里安娜・李奇的詩，思路細密，層層推出。但她們的詩都不曾呈現陰森暴戾的傾向。台灣女詩人形成這種風格多少與傳統的道教思想有關係。

道教思想認爲，陰與陽是天地之間化生萬物的二氣，此二氣現諸於形的卽是天地、日月、乾坤、晝夜、寒暖、男女、君臣等對立的二元。太極圖說曰：「太極動而生陽，動極而靜，靜而生陰，靜極復動，一動一靜，互爲其根……乾道成男，坤道成女，二氣交感，化生萬物。」⑲雖說兩千多年來在中國父系中心社會裏，女性的地位卑下而被動，但因有此陰陽平等互補的思想根植人心，於是乃相信女性賦有不假外求的主動力量，卽一種陰柔的力量。「陰」常指女性，由中文辭彙可見一斑，如「陰體」、「陰人」指女子，後者更指月事來潮的婦女，「陰門」則指女性生殖器。又常有陰字組成的詞彙，表現以上所言不假外求的主動力量。如「陰侵」指陰氣侵襲，「陰慝」指傷害萬物之陰氣，「陰脅」指陰氣脅迫陽氣，「陰義」指秋殺之義。因此女子的力量呼應了宇宙間一股強烈而有力的自然力。台灣女詩人作品中反應的陰森暴戾的傾向，很可能反映這種「陰柔害物」的力量。如此說屬實，則可印證文化思想傳統如何促成文學中某一種文體的出現，對個別作者而言，則可印證涉及性別的文化傳統思想，如何加強了女詩人生理方面的敏銳感觸。

本文採用的方法，基本上是由中美現代當代女詩人作品中顯現的一些不同的特徵出發：如美國女詩人作品中對情欲性愛的探討，對潛意識層的發掘，表現的身體意象，瓦解權威的文體風格，意象並列模式等等，以及台灣女詩人作品中的婉約風格及陰森暴戾的傾向等等。考察之下，往往這些內容、意象、文字風格方面的特徵，只是一種個別的文化現象，不是能放諸四海的準則，而是受了個別的文化思想、女性的社會角色，或文學傳統的影響。作品中顯現的女性文體特徵，常是由文化傳統因素及女性生理因素二者交織造成。各種女性文體的實例中，以桑朵拉・紀爾伯特及羅伯・布萊所舉出的神話與童話模式，最具普遍性，印證之於中美女詩人作品，皆有徵可信。這大概是因爲神話與童話模式理論，仍根據人類的原始種族經驗發展而成，又與女性生理經驗有密切的關係，具有最廣濶的基礎。當然，本文的推論僅採用中美兩個文學傳統的作品爲例證，幅度仍然很狹窄，希望將來能援引其他文學傳統爲例，以求立論更爲周全。

註釋

❶ Mary Eagleton, ed. *Feminist Literary Theory: a Reader* (Oxford: Basil Blackwell, 1986), p. 201.

❷ Elaine Showalter, "Feminist Criticism in the Wilderness," *The New Feminist Criticism* (New York: Pantheon Books, 1985), p. 249.

❸ Ann Rasalind Jones, "Writing the Body: Toward an Understanding of l'Écriture féminine," *The New Feminist Criticism*, p. 364.

❹ *The Dream Songs* (New York: Farrar, Straus & Giroux, 1969). "Daddy," *Ariel* (New York: Harper & Row, 1961), pp. 49-51. "Sled Burial, Dream Ceremony," "Semele Recycled," "Diving into the Wreck," *Contemporary American Poetry*, A. Poulin, Jr., ed. (New York: Houghton Mifflin, 1985), pp. 105-106, 273-277, & 433-436.

❺ A. Alvarez, "Sylvia Plath," *The Art of Sylvia Plath: a Symposium*, Charles Newman ed. (London, Faber & Faber, 1970), p. 64.

❻ Susan Gubar, "The Echoing Spell of H. D.'s Trilogy," *Shakespeare's Sisters: Feminist Essays on Women Poets*, Sandra Gilbert & Susan Guhar ed. (Bloomington: Indiana University Press, 1979), p. 200.

❼ *Contemporary American Poetry*, p. 34.

I spit upon this dreadful banker's grave
Who shot his heart out in a Florida dawn

O ho alas alas
When will indifference come, I moan & rave
I'd like to scrabble till I got right down
away down under the grass

And ax the casket open ha to see
just how he's taking it, which he sought so hard
We'll tear apart
The mouldering grave clothes ha & then Henry
will heft the ax once more, his final card,
and fell it on the start.

❽ *Ariel*, p. 49 & 51.

Daddy, I have had to kill you.
You died before I had time ——
......
At twenty I tried to die
And get back, back, back to you.
I thought even the bones would do.
....
If I've killed one man, I've killed two ——
The vampire who said he was you
And drank my blood for a year,

Seven years, if you want to know.
Daddy, you can lie back now.

There's a stake in your fat black heart
And the villagers never liked you.
They are dancing and stamping on you.
They always *knew* it was you.
Daddy, daddy, you bastard, I'm through.

⑨ Alicia Ostriker, "Body Longuage: Imagery of the Body Women's Poetry," *The State of Language*, Leonard Michaels ed. (Berkeley: Californica UP, 1980), pp. 247-63.

⑩ 利玉芳，《活的滋味》（臺北： 詩社，一九八六），頁八四。

⑪ 夏宇，「腹語術十五則」之四，《中國時報》，一九八七年七月十七。

⑫ Anne Sexton, *The Death* Notebooks (Boston: Houghton Mifflin, 1974), p. 35.

⑬ 孫隆基，《中國文化的深層結構》（香港，集賢社，一九八三），頁三四—三九。

⑭ Jean Kammer, "The Act of Silence and the Forms of Women's Poetry," *Shakespeare's Sisters*, p. 157.

⑮ Sandra Gilbert, "A Fine, White Flying Myth: The Life/Work of Sylvia Plath," *Shakespeare's Sisters*, p. 248.

⑯ 羅英，《雲的捕手》（臺北：林白，一九八二），頁五二—五三。

⑰ 朱陵，〈中元節的月亮〉，《剪成碧玉葉層層》（臺北：爾雅，一九八一），頁二〇三；朵思「犬吠」，《笠》，一九八二年六月；沈花末，〈離棄十行〉，《水仙的心情》（臺灣國家書店，一九七八），頁一一

三；蘇白宇，〈暮〉，《待宵草》（自印，一九八三），頁一二一；馮青，〈貓〉，《天河的水聲》（臺北：爾雅，一九八三），頁八九。

⑱ Joseph Henderson, "Ancient Myths and Modern Man," *Man and His Symbols*, Carl Jung et. al. (New York: Doubledey, 1964), p. 132.

⑲ 曹端，《太極圖說述解》，四庫全書珍本六集，五五册（臺北，商務印書館），頁七—一二。

水仙子人物再探

——兼析〈沉淪〉及〈莎菲女士的日記〉

陳炳良

一

這幾年，我先後寫了三篇有關「水仙子人物」（Narcissus character）的文章，都收在《張愛玲短篇小說論集》和《文學散論》裏面。近年來，外國方面對自戀症（narcissism）有很多的研究。去年暑假，我在洛杉磯加州大學閱讀了相當多的有關資料，覺得以前的討論還可以加以補充，因此便寫成這篇文章，主要仍是用中國現代小說裏面的人物和他們的理論互相印證。

我們知道關於水仙子神話的記述，以奧維德（Ovid）的《變形記》（Metamorphoses）最爲詳盡。這本書第三卷第三三九行至五一〇行包含了整個故事的前因後果。我們現在把楊周翰譯文中講述那耳喀索斯（即水仙子）和厄科故事的一段引錄在下面。

> 那耳喀索斯現在已是三五加一的年齡，介乎童子與成人之間。許多青年和姑娘都愛慕他，他雖然丰采翩翩，但是非常傲慢執拗，任何青年或姑娘都不能打動他的心。一次他正在

追鹿入網，有一個愛說話的女仙，喜歡搭話的厄科，看見了他。厄科的脾氣是在別人說話的時候她也一定要說，別人不說，她又決不先開口。

厄科這時候還具備人形，還不僅僅是一道聲音。當時她雖然愛說話，但是她當時說話的方式和現在也沒有什麼不同——無非是聽了別人一席話，她來重複後面幾個字而已。這是朱諾幹的事，因為她時常到山邊去偵察丈夫是否和一些仙女在鬼混，而厄科就故意纏住她，和她說一大串的話，結果讓仙女們都逃跑了。朱諾看穿了這點之後，便對厄科說：「你那條舌頭把我騙得好苦，我一定不讓它再長篇大套地說話，我也不讓你聲音拖長。」結果，果然靈驗。不過她聽了別人的話以後，究竟還能重複最後幾個字，把她聽到的話照樣奉還。

她看見那耳喀索斯在田野裏徘徊之後，愛情的火不覺在她心中燃起，就偷偷地跟在他後面，她愈是跟着他，愈離他近，她心中的火燄燒得便愈熾熱，就像塗抹了易燃的硫磺的火把一樣，一靠近火便燃着了。她這時真想接近他，向他傾吐軟語和甜言！但是她天生不會先開口，本性給了她一種限制。但是在天性所允許的範圍之內，她是準備等待他先說話，然後再用自己的話回答。也是機會湊巧，這位青年和他的獵友正好走散了，因此他便喊道：「這兒可有人？」厄科回答說：「有人！」他吃了一驚，向四面看，又大聲喊道：「來呀！」她也喊道：「來呀！」他向後面看看，看不見有人來，便又喊道：「你為什麼躲着我？」他聽到那邊也用同樣的話回答。他立定腳步，回答的聲音使他迷惑，他又喊道：「到這兒來，我們見見面吧。」沒有比回答這句話更使厄科高興的了，她又喊道：「我們見見面吧。」為了言行一致，她就從樹林中走出來，想要用臂膊擁抱她千思萬想的人。然而他飛也似地逃跑了，一面跑一面說：「不要用手擁抱我，我寧可死，不願讓你佔有我。」她只回答了一句：「你佔有我！」她遭到拒絕之後，就躲進樹林，把羞愧的臉藏在綠葉叢中，從此獨自一個生活在山洞裏。但是，她的情絲未斷，儘管遭到棄絕，感覺悲傷，然而情意倒反而深厚起來了。她輾轉不寐，以致形容消瘦，皮肉枯槁，皺紋累累，身體中的滋潤全部化入太空，只剩下聲音和骨胳，最後只剩下了聲音，據說她的骨頭化為頑石了。她藏身在林木之中，山坡上再也看不見她的踪影。但是人人得聞其聲，因為她一身只剩下了聲音。❶

尼斯浦爾（Kenneth J. Knoepel）指出「來」和「佔有」的原文，都含有歧義❷（梅爾維爾 A. D. Melville 的英譯作 join 和 yield，并指出「來」的原文有做愛的意思❸）。厄科的回應都含有情慾色彩，正如中國古語所謂「神女有心，襄王無夢」。她因得不到水仙子的愛，便憂鬱而死。費耶克（A. Fayek）說她不能成爲「有欲求的客體」（desiring other），是因爲她被朱諾（Juno）所詛咒，使她不能先開口說話。結果，她不能表達她的自我，只能依附水仙子的自我。（這也是說，她由主動變成被動。）換句話說，她是水仙子的「聽覺影像」（auditory image），她的存在不被承認。對水仙子來說，她是「有中之無」（absence in the presence），她希冀（wish）水仙子能對她產生欲求（desire），但是，水仙子寧死也不讓她擁抱，於是對她做成了「自戀症損傷」（narcissistic injury）。由於她的「浮誇自我」

（grandiose self）和「眞實自我」（true self）發生衝突，於是她要通過死亡返回原始的狀態。她的死亡象徵了水仙子的死亡。（象徵是不存在的實體的代表）❹。

厄科的故事和蘇偉貞〈陪她一段〉裏面的故事相似。這故事通過一個敘述者把女主角費敏的日記複述出來。這是拉烏爾（Valerie Raoul）所說的「虛構記事」（fictional journal）❺。費敏是個大學畢業生，在一家報社當記者，她結識了一個比她年輕的雕塑家，愛上了他。後來知道他和以前的女朋友李眷佟繼續交往，便自殺死了。

表面看來，這是一個妞兒愛俏，自食其果的故事（雖然小說裏沒有描寫她的男朋友長得怎樣英俊。）但是，仔細分析之後，我們知道這故事可以用水仙子神話去理解。首先，我們注意到一開始她就有「也許不能跟他談戀愛」的念頭。但對於他「我需要很多很多的愛」（頁四、六—七）的要求，又不能拒絕。她在日記的最後寫着：「我需要很多很多的愛。」這和神話中的厄科一樣，重複着所想愛的人的說話。同樣地，費敏也只是一廂情願，始終不能打動男朋友的心，不能把他握住。（頁七）

費敏要扮演一個「施予者」（頁三）的角色，希望像厄科一樣去打動對方。從另一角度來說，她像一般女孩一樣，有戀父的傾向❻。所以對那個「深沉又清明，像個男人又像孩子的人」特別垂青，尤其是崇拜他的「在藝術界很得名望的父親。」（頁五）作者更暗示這種畸情。她說：「他們之間沒有現代式戀愛裏的咖啡屋、畢卡索、存在主義，她用一種最古老的情懷對他，是黑色的、人性的。他們兩人都能理解的，矛盾在於這種形式，不知道是進步了，還是退步了。」（頁一四）

一個晚上，他們住在溪頭，他們之間的防閑消除了（「夜像是輕柔的撣子，把他們心靈上的灰，拭得乾乾淨淨，留下一眼可見的真心。」）（頁九）他們發生了關係之後，她就有罪疚的感覺（「她那麼希望死掉算了。」）（頁九）如果我們不從這角度來看這些情節，那麼，「她不能見他，想到自己總有一天會全心全意要佔有他方會罷手，就更害怕」（頁九）這幾句話，就無法解釋了。

故事發展到後來，她看到他和李眘佟一起，感到「報應來得這麼快」（頁二一），便自殺死了。她引用李亞仙在鄭元和高中金榜時說的話：「我心願已了，銀箏，將官衣誥命交與公子，我們回轉長安去吧，了我心願與塵緣。」（頁六）從心理學來說，她的死可能是對所有問題的一個解決❼。費耶克認為她這樣的死是對方對她並無欲求。她產生了一個虛假目的（false aim），要返回原始的無機狀態中去❽。

她對男朋友的愛，似乎是發於所謂「上帝情意結」（the God Complex）❾。她以為自己是全能的，同時有着膨脹了的自尊。她的男朋友，(1)比她年輕，（頁六）(2)像個孩子，（頁三）(3)她想填補他的空虛，（頁四）(4)她替他操心。（頁四）我們可以說她對他有着母性的憐惜。

她之所以被他所吸引的原因，由於在故事中欠缺交代，我們不能知道，如果上面關於她的戀父情意結的推論可以成立的話，她輕易地愛上了一個有別的女人的男人是可以理解的❿。因為她要奪去令她飢餓的母親的愛人（父親）。（「想到自己總有一天會全心全意要佔有他方會罷手。」）她雖然知道不能得到他的愛，但仍然覺得沒有了他，便不能生活下去，為了維持他們的關係，就自虐地作出了各種犧牲。這種自虐的屈辱是她所付出的代價⓫。（「她恨死自己了。」）（頁一二）她一方面不服氣地要打擊他，（「費敏就是太純厚不知道反擊。」）（頁六）一方面又把他的重要性增加，（「有人會爲他將來可見的成熟喝采的」）（頁一五）來平衡這種衝動。但總會偷偷的懷疑他，最後，又不敢知道眞相。（「怕誤會了他，卻又不敢問，怕問出眞相」）（頁一八）這樣便形成了自虐的性格⑫。有人或許會說，一般正常的戀人都會把對方擡高，把他作爲自己的影像⑬。但是正常的戀人是不會有自虐的行爲的。

費敏的男朋友是神話中的那個水仙子。他的「自我外像」（self-representation）非常不穩定，而要維護它的防衞機制已經開動，引起了他對欽羨、注意、和讚美的要求，作爲扶掖這自我外像的嘗試⑭。他只愛自己，對別人無所謂愛。西伯士（Siebers）把水仙子比作希臘神話中的女妖戈耳工（Gorgon），任何人見到她的頭，都要化成石頭⑮。費敏見到他的男朋友之後，也是六神無主。她「見他眼睛直視前方，一臉的恬靜又那麼熾熱，就分外疼惜他起來。她一直給他。」（頁四）又例如：「兩個人便在黑暗裏對視着，……留下一眼可見的眞心。」（頁九）「在他面前，費敏的心被抽成眞空，是透明的。」（頁一八）事實上，他對費敏並不眞心，但她對他却總帶點情欲色彩。羅賓斯（Robbins）指出有些水仙子人物把照顧他的人貶低。認爲他們只顧各種需要和感情。他們應該照顧他，但他却少去理會他們，這樣，他會有一種舒暢的感覺。他不大理會自己的需要，却要其他人替他打點。他把需要和感情都放在一個距離之外，不毀滅它們，也不把它們內化⑯。根據尼斯浦爾的研究，奧維德所寫的水仙子故事中厄科的說話是帶有情欲色彩的。（見上文）

綜合上面的討論和蘇偉貞的文字，費敏無可懷疑的是文學上的厄科。

戀父情意結也可以在鍾玲的〈女詩人之死〉看到。歐陽潔秋所表現出的是心理學上的男器羨慕（penis envy）。這問題引起很大的爭論，有些女性主義者認爲這是陽器中心主義（phallocentrism），所以否定它的存在或者是它的重要性⑰。不管怎樣，它仍被很多心理學家所接受，所以我們不妨用來討論一下現代作品。歐陽潔秋在幻覺中回到童年時候⑱，（「牀頭的金色小時鐘，一聲滴滴噠噠是金色的小帆船，駛入牆上的海藍」）（頁七六）她爸爸要買一隻鳥娃娃給她，但是爸爸死了，他變得支離破碎。「支離破碎」這個詞兒也可以用來形容她的自我。後來，藍鳥把她帶上天空，在沙漠中的金字塔外面，看到自己和一個男孩（修改本把這個男子描寫成潔秋自己）做愛。這一個情節非常富有心理學的意義。藍鳥是男性象徵，所以藍鳥抱着她飛翔，以及她和男人造愛的幻象都可說是「自我愛慾」（autoerotism）的表現。（賴克（Reich）認爲有些女性幻想自己是男人和自己做愛⑲。）至於金字塔是女性器官的象徵，應是無可否認的。

後來，故事又說，「她與藍鳥滑入最深沉的睡眠」（修改本），我們應該可以說潔秋回到深藏在潛意識的境界中——得到了父親。「這麼深沉的睡眠她這一生從來沒有經驗過，完全的靜止，很美，好令人依戀，死亡一定也是這樣。」（頁七七）這段描寫完全符合心理學所說的生前的無機狀態（prenatal inorganic state）。潔秋自殺於浴缸中，這是所謂「受容與容的結合」（contained-container union）⑳，更證成了她在幻覺中得到父親的性器。也是馬庫瑟（Marcuse）所說的「涅槃原則」（nirvana principle）㉑。根據盧因（Lewin）的說法，在睡眠中發生的事是眞實的㉒，正如伊俄卡斯忒（Jocasta）在《俄狄浦斯王》（*The*

Oedipus Tyrannus）一劇中所說的話——「許多人曾在夢中娶過母親」（第三場）[23]……——完全是眞確的。歐陽潔秋的幻覺是潛意識在意識中的呈現。

潔秋由於把父親從母親那裏搶了過來，（艾斯尼茲 Eisnitz 引述一個病例，一個女病人幻想着被父親強姦）[24]因此產生了罪疚感（guilt）和羞恥（shame）。她說：「媽，長痛不如短痛，難過這一次，以後媽就不必再爲她擔心了。」（頁七七）這種罪疚感使她通過自殘（self-mutilation）而自殺。她的自殺是安詳的[25]，因爲她憧憬着回到家裏，也許像嬰兒般回到母親的懷抱裏[26]。科哈特（Kohut）認爲這種自殺不是由罪疚感引起，而是由不可忍受的空虛、死寂、或強烈的羞恥所引起。其實，她不是求死，而是求生——回到出生前的存在[27]。格倫伯杰（Grunberger）說：「這個強烈感受的欲求不是和死亡而是和生命有關，即使在現實中，這深沉的倒退願望可能會有時在實際方面走進死亡裏面。」[28]費耶克認爲這是一個虛假的目標……——一個要達到生存的最原始的、近乎靜止狀態（state of homeostasis）的目標[29]。

根據他的說法，歐陽潔秋的死是幻覺的死（imaginary death），因爲水中的影像是沒有實體的存在（being without being）。水仙子希冀水中影像對自己產生欲求，但是對方却無動於衷。他們彼此都沒有欲求。我們可以說他們沒有愛情客體（love object）。他們不愛生存着的客體，却愛上沒有主體的客體（subjectless object）[30]。在故事中，歐陽潔秋對司馬和安迪都不中意。我們固然可以說他們兩人都相當庸俗，不能達到她的理想。但是，我們也可以從另一角度來看，她不能愛的原因是在於她有著戀父情意結在潛意識中作祟，以致她做成一個浮誇的自我。她離家時，穿得很性感。

> 今天她要改變作風，給自己的身體一個機會。於是她穿上條緊身的白色牛仔褲，再翻出抽屜裏那件鮮紅的貼身線衣，一個美國女同學送的，她從來沒有穿過，因為胸口開得太低，動一動，連奶罩都會露出來。現在鮮紅的彩霞壓著兩座雪山，雪山中間嵌著一輪圓月——那是白玉環。（頁七二）

這是浮誇——展露性質的身體自我（grandiose-exhibitionistic body-self）[31]，她不愛司馬，是要和媽媽抬槓[32]；她不愛安迪，是因爲他沒注意到她的「艷粧」。韓利（Hanly）有一個女病人，在十一歲時因父母離婚和父親分開，因此，她認爲男性是自戀地爲自己利益打算的人。她對他們不假詞色，不滿足他們的欲求。後來，她希冀通過交媾得到男器。她覺得自己不是一個性感女性（sexual woman），她用服裝來美化和情慾化（eroticize）自己[33]。這病人和潔秋有很多相似的地方。但這些女性並不是追求性慾的滿足，相反地，她們把性理想化，強調愛情中的非性元素，而鄙視「肉的關係」[34]。當這個浮誇自我決堤般淹蓋了眞實自我時，它就感到麻木，同時體驗到強烈的羞恥和狂怒（rage）[35]。由於潔秋的父親在「意外」中死亡，她的戀父情意結得不到滿足，於是做成了自戀症損傷。她要把戀父情意結加以壓抑，因爲她的本能生活（instinct life）受到屈辱。佛洛伊德（S. Freud）把這種損傷和死亡本能（death instinct）聯繫起來[36]。萊頓（Layton）也說，如果父或母不在，孩子的自我結構（self structure）會有缺憾[37]。

潔秋的自殺是把內化的愛情客體（internalized love object）殺死，因爲那內化客體向她提出了在現實中過份嚴酷、不一致、和不恰當的要求。但是自我還是要超我的愛，就像嬰孩迫切地要父母的愛一樣，不管他們有多殘酷。這樣，自殺不單是原我把殘酷的超我殺掉，也是殘酷的超我把原我殺掉，所有自殺都是原我和超我的戲劇，結果把平和和平衡毀掉㊳。

我們注意到潔秋在鏡中裝扮自己，而鏡或影像（mirroring）是水仙子神話的一個主題。文格（Vinge）指出不管水的倒影或是回聲都算是影像㊴。史托洛盧（Stolorow）轉述了一些病人看着鏡中的影像，着了迷，爲的是要保持和安定那在崩析中的自我外像。同時又記述一個女性病人愛戀地看着鏡中的影像來治療那引致自我外像支離的創傷㊵。我們記得在張愛玲的〈傾城之戀〉中，白流蘇受了屈辱之後，回到了

> 她自己的屋子裏，她開了燈，撲在穿衣鏡上，端詳她自己。還好，她還不怎麼老。她那一類的嬌小的身軀是最不顯老的一種，永遠是纖瘦的腰，孩子似的萌芽的乳。她的臉，從前是白得像磁，現在由磁變為玉——半透明的輕青的玉。上頷起初是圓的，近年來漸漸的尖了，越顯得那小小的臉，小得可愛。臉龐原是相當的窄，可是眉心很寬。一雙嬌滴滴，滴滴嬌的清水眼。陽台上，四爺又拉起胡琴來了，依着那抑揚頓挫的調子，流蘇不由的偏着頭，微微飛了個眼風，做了個手勢。她對鏡子這一表演，那胡琴聽上去便不是胡琴，而是笙簫琴瑟奏着幽沉的廟堂舞曲。（頁二一一）

跟着，她就振作起來，和其他人周旋了。歐陽潔秋的對鏡自照也預告了她有自我愛慾的傾向。

至於白流蘇後來和范柳原第一次做愛的時候，感到「他們似乎是跌到鏡子裏面（頁二四〇）」。這表示她的眞實自我和理想自我得以拼合（integrated），所以這故事就喜劇收場了。

上文提到厄科由主動變成被動（由滔滔不絕變得只能作出別人說話的回聲）。事實上，水仙子也有主動和被動兩方面。當他爲倒影着迷時，他完全處於被動。他的性格和情緒因此也有相反的表現。安迪莉亞・莎東美（Andreas-Salomé）說：「可能他在鏡中看到的不光是他自己，而是仍然是整體的他。……憂鬱不是存在於他臉上的迷戀嗎？只有詩人才可以把歡樂和憂愁，分隔和投入，奉獻和自我表現的結合和盤托出來。」[41]……我們在丁玲的〈莎菲女士的日記〉和〈他走後〉就看到這種性格（參拙著〈中國現代小說中的水仙子人物〉，收入《文學散論》中）克恩伯（Kernberg）指出有水仙子性格的病人時而感到勝利，時而感到失敗[42]。賴克認爲由意氣風發到一無所有的情緒變遷是幼稚的原我（infantile ego）的特色[43]。

在神話中，水仙子有聽覺和視覺的影像，因此在文學上就有重像的出現。我曾經指出白先勇的〈永遠的尹雪艷〉和〈遊園驚夢〉裏的重像（或倒影）。（見上引文）我們也可以在鍾玲的三篇小說（〈女詩人之死〉、〈刺〉、和〈過山〉）中看到女主角的身外身（alter ego）（〈過山〉的舞姬是姊艷／紫燕的身外身。作者用魔幻主義的手法寫出一個奇情的故事。）她們對肉慾都加以鄙視。〈刺〉中的凌珂在朱炎泰吻她時：

> 她想，也許眞該放鬆一下，於是在他懷中閉上雙眼。一閉上眼，却感到另一個自己，乘著颯颯打旋的秋風，飄到傘蓋兩人的相思樹上，在密葉間向下探望，透視幽暗，觀察他

受慾念推動，臉漲滿紅潮，擁吻一個只存在於想像中的女孩子；觀察她雪白着臉，任一個她不愛的男孩子索求。真盲目，真可憐。她應該立刻止住他。（頁七一）

同樣地，當司馬吻潔秋的時候：

她還來不及招架，他的唇已經印在她唇上，他張開口，把她的小嘴銜在唇中，她覺得濕淋淋地，並不好受，真想不到自己的初吻這麼糟蹋了。同時他的手若有若無輕輕由她的背撫摸到她的腰，卻令她呼吸一緊，全身一抖，不是真正的快感，但自己身體卻有自然的反應。潔要自己的心作主，於是她輕輕推開他。（頁七四）

她們兩人都像韓利所說的女病人一樣，自幼失去父愛，所以對男人不假詞色。凌珂更因爲（在現實或幻想中）被強姦過，要向男性報復。對於那次自戀症損傷的創痛經驗，她早已通過防衞機制把它忘記掉㊷。

她不願意跟朱炎泰談自己內心的問題。（頁七二）

一直以為早把這件汚齷的事由記憶中抹去。（頁七四）

但是它所引起的狂怒，却要她報復。

> 無數上騰的相思樹幹，是大籠的鐵欄；搖擺弄影的枝葉，則是關在裏面逡巡的羣獸，風中傳來牠們沉重的鼻息。（頁七一）

這種心理使她得不到安寧。而這種虐待狂是含有情慾色彩的[45]。史坦納（Steiner）認爲情慾化的攻擊更爲危險[46]。凌珂對男孩子的挑逗純粹是基於這個理由。

> 不知道為什麼，凌珂老喜歡給人釘子碰，小孩子玩遊戲似的，百玩不厭。看見他們一副刺傷的表情，心底忍不住開心，活像小孩子玩遊戲得勝了一樣。她明知傷害人不對，但却上了癮似的，每次都禁不住用她微笑的嘴唇，微笑的眼睛去逗引人。她喜歡別人為她燃燒，熱烘烘的，很活血，但有個先決條件：別人的火只能供她取暖，不能燒到她一根頭髮。（頁七〇）

> 每次見到他們一副刺傷的樣子，哀求的眼神，她心深處的確滋生快感。她很殘酷。（頁七二）

由於她受到傷害，她發展了浮誇自我來平衡她的自我外像。她維持一個面具來掩飾內心的憤怒[47]。布魯切克（Broucek）說，浮誇自我和羞恥是互不相容的，因此，被浮誇自我佔有的人是不感到羞恥的[48]。凌珂有美艷的外貌，「修長婀娜，皮膚雪白……她一笑，就像初日射在雪白的花瓣上，她的面容旋即流轉著光輝和溫煦」（頁七〇）。克恩伯格指出，有水仙子性格的女性是冰冷的，雖然她們很媚惑和展露身體㊾。

> 美麗的白玫瑰，依舊不時嘴含花苞初放的微笑，依舊有男同學不怕銳利的刺，伸手採這朵花，結果一個個都帶傷退下。（頁七四）

朱炎泰探進她的內心，「衝潰她層層壁壘，拆除她一道道圍牆，引領她出來」，不是「到達愛的邊緣」，而是使她重新經歷一次所受到的創傷（頁七三）。

凌珂也和其他女孩子一樣，有着戀父的傾向，她親眼看到母親和另外一個女人搶奪她的父親，同時，她母親又告訴她，沒有一個男人是好的，因此把戀父的心理壓抑着，並且把好母親（good enough mother）內射（introjected），來減少內心的衝突㊿。

> 她一直把這張〔扭曲的〕臉鎖在潛意識中，那端莊、冷靜、而能幹的女人，才是她母親。（頁七三）

如果我們用「戀父」這一個母題來看鍾玲的〈女詩人之死〉這三篇小說，或許我們可以說，〈女詩人之死〉描述小女孩對男器——父親的羨慕，〈刺〉就指出這種心理對母親的影響，而〈過山〉就更進一步警告戀父是一種亂倫行爲，是會受到懲罰的。這是一種禁忌（taboo），是不能觸犯的。

談到自戀症損傷，我們會想到張愛玲〈紅玫瑰與白玫瑰〉中的佟振保。由於他在巴黎召妓時做不了主人，他的自尊便受到損害。爲了要補償，因此他也發展了浮誇自我，他要做自己的主人[51]。這就是說，他有一個全能的感覺（feeling of omnipotence），但他需要別人的讚美。

> 振保自從結婚以來，老覺得外界的一切人，從他母親起，都應當拍拍他的肩膀獎勵有加。像他母親是知道他的犧牲的詳情的，即是那些不知底細的人，他也覺得人家欠着他一點敬意，一點溫情的補償。人家也常常為了這個說他好，可是他總嫌不夠，因此特別努力去做份外的好事，而這一類的好事向來是不待人兜攬就黏上身來的。他替他弟弟篤保還了幾次債，替他娶親，替他安家養家。另外他有個成問題的妹妹，為了她的緣故，他對於獨身或喪偶的朋友格外熱心照顧，替他們謀事、籌錢，無所不至。後來他費了許多周折，把他妹妹介紹到內地一個學校裏去教書，因為聽說那邊的男教員都是大學新畢業，還沒結婚的。可是他妹子受不了苦，半年的合同沒滿，就鬧脾氣回上海來了。事後他母親心痛女兒，也怪振保太冒失。（頁九九—一〇〇）

如果有些不順意的事，就把它當成大逆不道（lèse majesté）[52]。

> 振保聽他母親的話，其實也和他自己心中的話相彷彿，可是到了他母親嘴裏，不知怎麼，

就像是玷辱了他的邏輯。他覺得羞愧，想法子把他母親送走了。（頁九〇）

由於他是主人，他便要別人依着他的意願去做事[53]。羅賓斯認爲水仙子人物把關心他的人看作是依靠他的人，這樣便可以培養他的浮誇自我[54]。哈特（Hart）認爲對愛的要求是因爲超我的指責把自尊降低，故需別人的愛來補償[55]。羅賓斯指出，這種人要把對方變成嬰兒[56]。振保把王嬌蕊看作在精神上還未發育完全的人（頁七五），他雖然被她所吸引，但却「說不上喜歡」，「幾乎沒有感情的一種滿足」[57]。（頁八〇）

事實上，振保是相當成功的（但是空虛的）[58]。

他是正途出身，出洋得了學位，並在工廠實習過，非但是真才實學，而且是半工半讀赤手空拳打下來的天下。他在一家老牌子的外商染織公司做到很高的位置。他太太是大學畢業的，身家清白，面目姣好，性情溫和，從不出來交際。一個女兒才九歲，大學的教育費已經給籌備下了。事奉母親，誰都沒有他那麼周到；提拔兄弟，誰都沒有他那麼經心；辦公，誰都沒有他那麼火爆認真；待朋友，誰都沒有他那麼熱心，那麼義氣、克己。（頁五七—五八）

爲了保持這個成功形象，他要別人的讚美，不能失面子，他在公共汽車的鏡子中，看見自己的眼淚滔滔流下來，爲甚麼，他也不知道。在這一類的會晤裏，如果必須有人哭泣，那應當是她。

這完全不對，然而他竟不能止住自己。應當是她哭，由他來安慰她的。她也並不安慰他，……」（頁九七）。這表現出他的浮誇自我和眞實自我沒有合併，因此，後來他怎樣對付他的太太，讀者就可以了解個中的原因了。

當他初次見王嬌蕊時，她濺了點肥皂沫子到振保手臂上，他感到「那皮膚上便有一種緊縮的感覺，像有張嘴輕輕吸着它似的」（頁六五）。水晶認爲這是他的戀物癖[59]，但史托洛盧則認爲自虐狂者要皮膚表面受到情慾的刺激和溫暖，因爲這可使他感到自我的渾然一體（self-cohesion）[60]。我覺得史氏的解釋對振保可以用得上，因爲他要做自己的主人。

上面所討論的都是女性作家的作品。她們用女性的直覺——睿智寫出了水仙子人物的心理。我們拿它和西方的心理學說加以驗證，它都和所謂病態自戀症（pathological narcissism）若合符節。尤其是鍾玲和蘇偉貞筆下人物的戀父情意結，更說明了心理分析和文學作品的密切關係，同時也爲女性主義文學標出了一個新課題。

二

〈沉淪〉的主角原來已有水仙子的性格，所以「世人與他的中間介在的那一道屏障，愈築愈高了」（頁十六）。他和世人的關係很淡薄，缺乏感情上的關連（empathy）[61]。他活在自己構築的世界中，如同在一個蠶繭之中[62]。即使在上課時，他也感到孤獨（頁二一）[63]。做一個他要孤高傲世的賢人，一個超然獨立的隱者。（頁二一）這大概是所謂「宏大的離居（splendid isolation）」吧！他留學日本，得不到別人的讚美和羨慕，便想回到母親懷裏，「他好像是睡在慈母懷裏的樣子。他好像是夢到了桃花源裏的樣子」（頁十七）。他退隱到田野間去，避開衆人，他對自己說：「這裏就是你的避難所。」（頁十七）但是他需要愛情，「從同情而來的愛情」，需要「一個伊甸園內的伊扶（案即夏娃）」。由於「過度智能化（overintellectualization）」[64]，他過份執着道德教條（「他從小服膺的『身體髮膚』『不敢毀傷』的聖訓，也不能顧全了」〔頁三三〕），對自慰行爲產生了強烈犯罪感。所以他是不合羣、反社會、反自我的人。他「怕見人面」（頁三四），對同學有「一種復仇的心」（頁三五）。他進一步退隱，搬進了梅園（梅的孤潔更襯托出主角的心態）。同一時間，作者安排了他和他的兄長絕交。這樣，他要走入自己的圓滿自足的世界這一個意義就更加顯現出來了。他自我陶醉。「他把自家的好處列舉出來，把他所受的苦處誇大的細數起來。他證明得自家是一個世界上最苦的人的時候，他的眼淚就同瀑布似的流下來。他在那裏哭的時候，空中好像有一種柔和的聲音對他說：

> 啊呀，哭的是你麼？那真是寃屈了你了。像你這樣的善人，受世人的那樣的虐待，這可真是寃屈了你了。罷了罷了，這也是天命，你別再哭了，怕傷害了你的身體。

他心裏一聽到這一種聲音，就舒暢起來。」（頁四一—四二）這也是「避過羞恥的現象」[65]。

最後，他受了別人野合的刺激，去找女伴，但因爲自己的道德超我把原慾壓抑，因此，他把祖國當作情人（頁四九）。杰各布森（Edith Jacobson）認爲一個青少年被原慾淹沒，但又懼怕異性和同性的關係時，他會包容整個人類和有關的問題，而不去顧及個人自己[66]。〈沉淪〉的主角，就在這情況之下，蹈海而死。他的死是要脫離「這多苦的世界」（頁五二），重返母胎，而海水就是胎水[67]。這樣，他回到了生前的無機狀態，不再有困擾了。他的自殺，就正如赫德所說的，是一幕超我和自我互相殘殺的戲劇[68]。史托洛盧指出：自戀症患者在主動地引致失敗、羞辱、虐待和懲罰後，會有一幻想，認爲自己有奇妙的方法去控制和有力量去威臨他的客體世界；甚至自殺也代表一種自戀式的勝利[69]。這個看法，用在〈沉淪〉主角身上是最恰當不過的。史韋格（Paul Zweig）也指出：這種人會把離居作爲考驗，作爲一個向地府取得信息的旅行[70]。

在丁玲的小說中，莎菲所處的地方也不是一個令人愉快的地方。包圍着她的是寂沉沉的四堵粉堊的牆；它們把她和一切事物都隔開來。（頁三）尼斯浦爾認爲奧維德水仙子故事的原文暗示着水仙子所面對的水池令人不能直視[71]。這和莎菲房間的鏡子一樣。

> 這是一面可以把你的臉拖到一尺多長的鏡子，不過只要你肯稍微一偏你的頭，那你的臉又會扁的使你自己也害怕。（頁三）

這暗喻了她和其他水仙子人物一樣對人際關係有着偏頗的看法。哥頓說：鏡是令人不安和莫名其妙之事的象徵[72]。

由於患了肺病（頁五、四一），莎菲受到「自戀創傷」。她一方面貶低了葦對她的愛意，

(頁四、八、三六)一方面又「迫切的需要這人間的感情，佔有許多不可能的東西。」(頁一三)她對凌吉士的愛，就如水仙子愛上他的倒影一樣，是自戀的表現。我在＜中國現代小說中的水仙子人物＞中曾指出，水仙子的：

> 他的自戀使他的純真染上情慾色彩。為了要保持純潔的形象，他把那不太理想的部份除去(就像軍事英雄一樣，犧牲了很多人之後才可以奠立他的無瑕的形象)。他被自己的美吸引住，沒有想到從別人身上找尋美。這些都使他不會為任何人冒險，更不會去愛人，因為愛會把自己迷失在別人心內。[73]

當她和凌吉士見面時，慚愧於自己所穿的破爛拖鞋(頁十二)，和破爛的手套，搜不出香水的抽屜，無緣無故扯碎了的新棉袍，保存着一些舊的小玩具。(頁五〇) 她所感到的羞辱，使她產生不同的心理反應。依據韓利的說法，她會有自戀式的弱點(narcissistic vulnerability)向本能的滿足後退、或侵犯別人的傾向[74]。在小說中，我們都可以看到這三種反應(詳後)她起初不敢望着凌，因為：

> 他的頎長的身軀，白嫩的面龐，薄薄的小嘴唇，柔軟的頭髮，都足以閃耀人的眼睛，但他卻還另外有一種說不出、捉不到的丰儀來煽動你的心。(頁十一)

後來才大膽地望了他幾次（頁十五）。像水仙子一樣，她「燃起愛情，又被愛情燃燒」[75]。她「覺得〔他整個人〕都有我嘴唇放上去的需要」（頁十六）。

> 我望着他快樂了，我忘了他是怎樣可鄙的人格，和美的相貌了，這時他在我的眼裏是一個傳奇中的情人。（頁五五）

但是，她雖然愛上他，（頁五一）却要「征服」他。

> 我要着那樣東西，我還不願去取得，我務必想方設計的讓他自己送來，是的，我了解我自己，不過是一個女性十足的女人，女人是只把心思放到她要征服的男人們身上。我要佔有他，我要他無條件的獻上他的心，跪着求我賜給他的吻呢。（頁十八）

同時，又認爲他不懂愛情，（頁三八、四七）認爲他是卑劣的，（頁五九）因此便要侮弄他，（頁四〇），給他一些嚴厲，一些端莊（頁二三）。這是因爲她（水仙子）不能愛上別人，否則就會迷失了自己。赫德也指出，沒有安全感的人會把「自戀」膨脹，來補償外界對自己不足的熱中和不自覺的自我非薄的感覺[76]。

> 我是有如此一個美的夢想，這夢想是凌吉士所給我的。然而同時又為他而破滅，所以我因

了他才能滿飲着青春的醇酒，在愛情的微笑中度過了清晨；但因了他，我認識了「人生」這玩意，而灰心而又想到死；至於痛恨到自己甘於墮落，所招來的，簡直只是最輕的刑罰！（頁三九）

這也是萊頓所指的「理想化和鄙視的循環」㉗。杰克布森認為一個人可能在有意識層面上贊同某些行為，但在無意識層面上却責難和懲罰這行為。這種衝突造成自尊的喪失，產生自卑感和羞恥㉘。例如，她說：「這種兩性間的大膽，我想只要不厭煩那人，是也會像把肉體來融化了的感到快樂，是無疑。」（頁二三）「難道因了我不承認我的愛，便不可以被人准許做一點兒於人也無損的事。」（頁五七）但終於她鄙夷自己（頁六一）。他上西山的目的，是要保存這個「美的夢想」。斯圖厄特曾說，水仙子退藏入至死亡㉙。莎菲也是要去無人認識的地方，悄悄地死去（頁六二）。

當凌吉士吻她時，莎菲又覺得糟蹋了自己。（頁三七、三八）她的心情是可以了解的。她要很多的同情。

我知道永世也不會使莎菲感到滿足這人間的友誼的！（頁五六）所要人們的了解她、體會她的心太熱烈太懇切了。（頁五八）

但又對人表示冷淡，因此，她覺得

> 沒有人來理會我，看我，我是會想念人家，或惱恨人家，但有人來後，我不覺得又會給人一些難堪，這也是無法的事。（頁五）

克恩伯說：這類病人的悲劇是他們既需要別人很多的給予，但又不能承認這一點以免引起羨慕，結果，就一無所有[80]。

在她幼時，有一個朋友不理睬她，因此，日後，那個像她朋友的貌容舉止的劍如，也能引起她的狂怒。（頁六）至於別人的批評（如頁三七的「狷傲」「怪僻」），她都無動於衷。（「我清清白白的想透了一些事，我還能傷心甚麼呢？」（頁七））

她對凌吉士的感情是矛盾的，她愛他，「要壓制住我那狂熱的欲念，」（頁四四）愛德爾堡（Ludwig Eidelburg）認爲消除性慾（desexualization）是把客體慾念（object libido）昇華成自戀式慾念（narcissistic libido）[81]。但她又貶低對方，因此帶來了自虐痛苦。柯恩伯認爲貶低別人是爲了避免引起自己的羨慕。這和浮誇自我也有點關係，亦是因害怕失敗而引發的防衛機制[82]。她「貪心攫取感情」（頁五六），但又不承認愛凌吉士，她在勝利中得到凄涼，下面一段是自虐心理的最佳寫照：

> 我應該怎樣來解釋呢？一個完全瘋狂於男人儀表上的女人的心理！自然我不會愛他，這不會愛，很容易說明，就是在他丰儀的裏面是躲着一個何等卑醜的靈魂！可是我又傾慕他，思念他，甚至於沒有他，我就失掉一切生活意義的保障了。（頁五八）

而所謂勝利，實在是死亡。因爲她所戰勝的仇敵，實在是她自己。（頁六二）凌吉士引發了她的原慾。她對凌的蔑視是要保護自己，不要去了解自己，所以決定去西山養病，以逃避糾纏。（頁五二）

最後，我們又注意到小說中，莎菲的姊姊蘊因爲得不到葦的哥哥的愛（頁二五）而死去。我們可以從下圖見到鏡子影像：

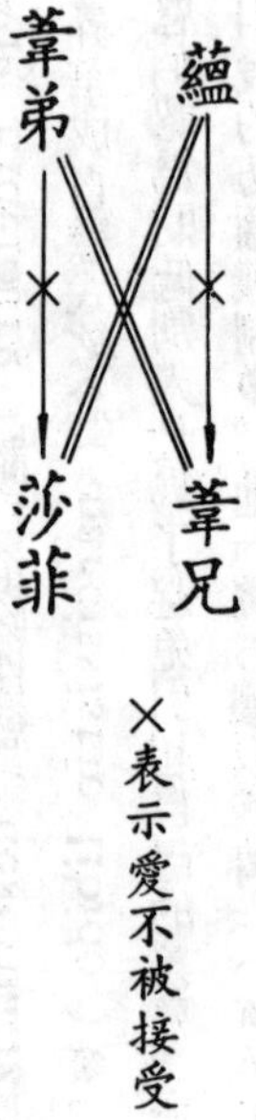

如果把蘊和莎菲、葦兄葦弟作爲兩對重像，那麼，她對愛情的矛盾便可以理解了。

（蘊、莎菲）←×→葦兄、葦弟

綜合來說，〈沉淪〉和〈莎菲女士的日記〉的主角都有病，一個是心理的憂鬱症，一個是生理的肺病。他們都和人疏離，一個留學日本，一個異地養病。他們都覺得受人注意，要躲藏[83]。他們的退隱是爲了要找尋一個快意或涅槃境界（ euphoric or nirvana state ）[84]。他們的死（莎菲並沒有眞正的死去），都是因爲那沒有主體的客體——可以說是個幻象（祖國、和凌吉士的愛），所以他們的死是幻覺的死。從上面的討論來看，我認爲用心理分析來讀這兩篇小說，可使我們有更深入的了解。而且，用這角度來看，可以解讀一些似乎不通的文字。

補記

這篇文章前半部曾在去年十一月初在香港大學亞洲研究中心舉辦的現當代文學會議中宣讀，後半部則在同月在中山舉辦的閩粵港比較文學會議中宣讀。

近日看到陳紅雯和呂明譯的《自戀主義文化》、（上海文化出版社，一九八八），其中有幾段可以加強本文的論證。

> 他們把自己那浸透了憤怒的需要及慾望看作是極其危險的，於是就築起了與它們要撲滅的慾望一樣原始的防禦工事。（頁四三）（可以印證〈沉淪〉中主人翁的心態。）
>
> 他能自如地操縱他給別人的印象，渴望得到崇拜但又鄙視那些受他操縱並崇拜他的人，如飢似渴地想用感情經歷來填補內心的空虛，害怕衰老和死亡。（頁四三）（可以幫助了解莎菲和〈他走後〉中麗婀的心態。）
>
> 由於這些病人的內心世界十分荒涼，……他們體驗到了強烈的空虛及不真實感。……他要依賴他人時時把贊美和崇拜之辭灌入他的耳中。他「必須把自己依附於某個人，過一種寄生生活」。可同時，由於他害怕在感情上依賴他人，也由於他對人際關係持操縱的、剝削的態度，他與他人的關係就變得無味、虛假而又令他深感不滿。……自戀者長期感到厭倦，並不遺餘力弄得片刻的親密。（頁四五）（歐陽潔秋和凌珂就有這種心態。）

一九八九年六月十九日

註釋

❶ 《奧維德》，頁六九—七一。
❷ Knoespel, 8.
❸ Melville, 62-63, 393.
❹ Fayek, 309-310, 313-314, 321.
❺ Raoul, 1-4 ff.
❻ Grunberger, "Outline," 72, 75.
❼ Steiner, 241.
❽ Fayek, 317-318.
❾ Stuart, 85; see also Bach 223.
❿ Ulanov, 51.
⓫ Reich, 26; see also Abenheimer, 323.
⓬ Reich 28, 43; see also Stolorow, "Narcissistic Function," 442.
⓭ Grunberger, *Narcissism*, 6; see also Olden, 353-354.
⓮ Macaskill, 137.
⓯ Siebers, 85-86.
⓰ Robbins, 469, 471.

⓱ Kohut, 137; see also Freeman, 550; Torok, 135-170.
⓲ Bach, 231.
⓳ Reich, 26.
⓴ Grunberger, *Narcissism*, 218. For the idea that mother is a container, see Wright, 81.
㉑ Marcuse, 231.
㉒ Lewin, 507.
㉓ 羅念生，頁九五。
㉔ Eisnitz, 20.
㉕ Kohut, 139-140.
㉖ Lewin, 495-498.
㉗ Kohut, 139-140.
㉘ Grunberger, *Narcissism*, 10.
㉙ Fayek, 318.
㉚ Fayek, 316.
㉛ Kohut, 136; see also Laing, 122.
㉜ Gordon, 262; see also Lax, 291.
㉝ Hanly, 435, 439.
㉞ Grunberger, "Outline," 80.
㉟ Kohut, 136.
㊱ Hanly, 429. See also Jacobson, 114. 失去父親，即是失去男器。

❸⓻ Layton, 99.
38 Hart, 107.
39 Vinge, 11-12; Gordon, 247; also Eymard, *passim*.
40 Stolorow, "Definition," 181; also "Narcissistic Function," 444.
41 Andreas-Salomé, 9.
42 Kernberg, 328.
43 Reich, 39.
44 Rothstein, 178; also Hanly, 431, 438; Stolorow, "Narcissistic Function," 444.
45 Kohut, 143, 144; also Eissler, 52, 53, 54, 56, 62, 72.
46 Steiner, 243.
47 Stuart, 110.
48 Broucek, 376. See also Kernberg, 228.
49 Kernberg, 238; also Grunberger, *Narcissism*, 24n.
50 Reich, 36.
51 Lax, 288.
52 Grunberger, *Narcissism*, 61, 106; also Abenheimer, 325.
53 Lax, 286.
54 Robbins, 467, 469.
55 Hart, 110.
56 Robbins, 471.
57 Hoffman, 183.

58 Kernberg, 332-333.
59 水晶，頁一一五。
60 Stolorow, "Narcissistic Function", 443.
61 Layton, 102; Jacobson, 331.
62 Modell, 276.
63 Kernberg, 230.
64 Jacobson, 200.
65 Mollon, 208.
66 Jacobson, 191.
67 Grunberger, *Narcissism*, 107n.
68 Hart, 107.
69 Stolorow, "Narcissistic Function," 445.
70 Zweig, 257.
71 Knoespel, 9.
72 Gordon, 249.
73 《文學散論》，頁一二五。
74 Hanly, 429.
75 《奧維德》，頁七二。
76 Hart, 107-108.
77 Layton, 100.
78 Jacobson, 154-155.

79 Stuart, 21; Zweig, 260.
80 Kernberg, 237.
81 Eidelberg, 258; Hanly, 431, 441.
82 Kernberg, 283, 328.
83 Broucek, 371.
84 Robbins, 470.

引用書目

水　晶　《張愛玲的小說藝術》（臺北：大地出版社，一九七三）

香港上海書局編　《奧維德》（一九七五）。

《郁達夫文集》（香港：三聯書店，一九八二—八五）

張愛玲　《短篇小說集》（臺北：皇冠出版社，一九六八）

陳炳良　《文學散論》（香港：香江出版公司，一九八七）

《張愛玲短篇小說論集》（臺北：遠景出版事業公司，一九八三）。

蓬子編　《丁玲選集》（影印本；上海：天馬書店，一九三九）。

鍾　玲　〈女詩人之死〉《文藝雜誌》十五期（一九八五年九月）；修改本，《聯合文學》十二期（一九八五年十月）。

〈刺〉《文藝雜誌》十七期（一九八六年三月）。

〈過山〉《聯合報》一九八七年七月三十日；又收入《八方》六期（一九八七年八月）；《臺港文學選刊》四期（一九八八年七月）。

羅念生譯　《索福克勒斯悲劇二種》（北京：人民文學出版社，一九七九）。

蘇偉貞　《陪他一段》（臺北：洪範書店，一九八三）。

Abenheimer, Karl M., *"On Narcissism--Including An Analysis of Shakespeare's King Lear."* British Journal of Medical Psychology 20 (1945), pp. 322-329.

Andreas-Salomé, Lou, *"The Dual Orientation of Narcissism,"* The Psychoanalytic Quarterly 31 (1962), pp. 1-30.

Bach, Sheldon, *"On the Narcisistic State of Consciousness,"* International Journal of Psychoanalysis 58 (1977), pp. 209-233.

Broucek, Francis J., *"Shame and Its Relationship to Early Narcissistic Developments,"* ibid., 63 (1982), pp. 367-378.

Eidelberg, Ludwig, *Encyclopedia of Psychoanalysis* (New York: The Free Press, 1968).

Eisnitz, Alan J., *"Narcissistic Object Choice, Self Representation,"* ibid., 50 (1969), pp. 15-25.

Eissler, K. R., *"Death Drive, Ambivalence, and Narcissism,"* The Psychoanalytic Study of the Child 26 (1971), pp. 25-78.

Eymard, Julian, *Ophélie ou le narcissisme au féminin: étude sur le thème du miroir dans la poésie féminine* (XIXe-XXe siecles) (Paris: Minard, 1977).

Fayek, A., *"Narcissism and the Death Instinct,"* Int. J. Psycho-Anal. 62 (1981), pp. 309-322.

Freeman, Thomas, *"Some Aspects of Pathological Narcissism,"* Journal of the American Psychoanalytic Association 12 (1964), pp. 540-561.

Gordon, Rosemary, *"Narcissism and the Self--who Am I that I Love?"*, The Journal of Analytic Psychology 25:3 (July, 1980), pp. 247-264.

Grunberger, Bela, "*Outline for a Study of Narcissism in Female Sexuality*," in Female Sexuality: New Psychanalytic Views (ed. Jane Chasseguet-Smirgel)(Ann Arbor:University of Michigan Press, 1970).

Idem., Narcissism: *Psychoanalytic Essays* (tr. Joyce S. Diamanti)(New York: International Universities Press, Inc., 1979).

Hanly, Charles, "*Narcissism, Defence and the Positive Transference*," Int. J. Psycho-Anal. 63 (1982), pp. 427-444.

Hart, Henry Harper, "*Narcissistic Equilibrium*," ibid., 28 (1947), pp. 106-114.

Hoffman, Madelyn, "*This Side of Paradise: A Study in Pathological Narcissism*," Literature and Psychology 28:3-4 (1978), pp. 178-185.

Jacobson, Edith, *The Self and the Object World* (New York: International Universities Press, 1964).

Kernberg, Otto, *Borderline Conditions and Pathological Narcissism* (New York: Jason Aronson, Inc., 1975).

Knoespel, Kenneth J., *Narcissus and the Invention of Personal History* (New York and London: Garland Publishing, Inc., 1985).

Kohut, Heinz, *Self Psychology and the Humanities: Reflections on a New Psychoanalytic Approach* (New York: W. W. Norton, 1985).

Laing, R. D., *The Divided Self: A Study of Sanity and Madness* (Chicago: Quadrangle Books, 1960).

Lax, Ruth F., "*Some Comments on the Narcissistic Aspects of Self-Righteousness:*

Defensive and Structural Considerations," Int. J. Psycho-Anal. 56 (1975), pp. 283-292.

Layton, Lynne, "*From Oedipus to Narcissus: Literature and the Psychology of Self,*" Mosaic 18:1 (1985), pp. 97-109.

Lewin, Bertram D., "*Sleep, Narcissistic Neurosis, and the Analytic Situation,*" The Psychoanalytic Quarterly 23 (1954), pp. 487-510.

Macaskill, Norman D., "*The Narcissistic Core as a Focus in the Group Therapy of the Borderline Patient,*" British Journal of Medical Psychology 53 (1980), pp. 137-143.

Marcuse, Herbert, *Eros and Civilization: A Philosophical Inquiry into Freud* (Boston: Beason Press, 1955).

Modell, Arnold H.,"*A Narcissistic Defence against Affects and the Illusion of Self-sufficiency,*" Int. J. Psycho-Anal. 56 (1975), pp. 275-282.

Mollon, Phil, "*Shame in Relation to Narcissistic Disturbance,*" British Journal of Medical Psychology 57 (1984), pp. 207-214.

Olden, Christine, "*About the Fascinating Effect of the Narcissistic Personality,*" American Imago 2:1 (March, 1941), pp. 347-355.

Ovid, *Metamorphoses* (A. D. Melville tr.)(Oxford: Oxford University Press, 1987).

Reich, Annie, "*Narcissistic Object Choice in Women,*" Journal of the American Psycholanalytic Association 1 (1953), pp. 22-44.

Robbins, Michael, "*Narcissistic Personality as a Symbiotic Character Disorder,*" Int. J. Psycho-Anal. 63 (1982), pp. 457-473.

Rothstein, Arnold, "*The Implications of Early Psychopathology for the Analysability of Narcissistic Personality Disorders*," Int. J. Psycho-Anal., 63 (1982), pp. 177-188.

Siebers, Tobin, *The Mirror of Medusa* (Berkeley: University of California Press, 1983).

Steiner, John, "*Perverse Relationships between Parts of the Self: A Clinical Illustration*," Int. J. Psycho-Anal. 62 (1981), pp. 241-251.

Stolorow, Robert D., "*Toward a Functional Definition of Narcissism*," Int. J. Psycho-Anal. 56 (1975), pp. 179-185.

Idem., "*The Narcissistic Function of Masochism* (and Sadism)," ibid., pp. 441-448.

Stuart, Grace, Narcissus: *A Psychological Study of Self-Love* (London: George Allen & Unwin, 1956).

Torok, Maria, "*The Significance of Penis Envy in Women*," in Female Sexualtiy.

Ulanov, Ann and Barry, *Cinderella and Her Sisters: The Envied and the Envying* (Philadelphia: The Westminster Press, 1983).

Vinge, Louise, *The Narcissus Theme in Western European Literature up to the Early 19th Century* (tr. Robert Dewsnapet al.)(Lund: Gleerups, 1967).

Wright, Elizabeth, *Psychoanalytic Criticism: Theory in Practice* (London and New York: Methuen, 1984).

Zweig, Paul, *The Heresy of Self Love: A Study of Subversive Individuation* (New York: Basic Books, 1968).

都市詩言談
——臺灣的例子

張漢良

此次研討會的主題是「以新方法/新觀點研究此一時期之中國文學」。這個主題包含兩個要項：㈠方法/觀點；㈡中國文學。兩者又分別由狀詞「新」與「此一時期」所界說。這種命題可以引發出兩個理論課題：㈠觀點或方法與文學的關係；㈡文學及文學批評的「新」、「舊」問題。進一步申論，前者涉及批評言談（critical discourse）作爲後設語言（Meta-language）與文學作品爲對象語言（object language）的關係；後者涉及文學及批評言談發展的現象。而這兩個分屬不同層次的課題，又皆可被歷史化（historicized）與相對化（relativized），落實在論者從事批評言談的今天。

一、都市詩言談

就本文所討論的台灣都市詩而言，上述理論問題可以被化約爲以下數項：㈠文類的認定問題，何謂「都市詩」？在同時性（synchronic）層次上，它是否是一個類型架構（typology）？構成此架構的類型（types），功能關係爲何？走出封閉的正文系統，這種詩和其他系統，甚至社會、經濟、政治等支系統構成何等因果、辯證、功能關係？在這些問題之上與之外，還有一根本問題，這個文類的名詞怎麼來的？根據那一種批評言談產生的？如果對象語言不是先驗的，而是被後設語言所界說與創造的，那麼是否不同立場、觀點、理論、方法及策略，不同主導語碼（master code），衆聲喧嘩的批評言談，會給它不同的面貌？甚至說穿了，會有不同的稱謂？在這種情形之下，是否根本就沒有一種叫「都市詩」的東西？在巴貝塔（Babel Tower）倒塌，批評言談衆聲喧嘩後，固然沒有都市詩；在巴貝塔之前，則既無都市，遑論都市詩。

上述各種問題，在回答之前，已經被歷史化。換言之，它們一方面落實在微觀的一九八八年，另一方面又似乎可以擺在一稍長時間的貫時性視域中來理解。因此這些問題益發難以提出，更不用談解答了。首先，如果文學批評史是由各種批評言談，各種典範的傾軋與遞嬗所界說的，那麼我們是否應該由此一歷史時刻出發，根據自己所選擧的與服膺的批評立場，回顧某一斷代中各種批評言談的發展，一直到此刻，最後才能說我現在的觀點／方法是「新」的？具體地說，我的第一步工作，是否應追溯批評史上各種後設語言對都市詩（包括台灣的）可能的敍述？如果答案是肯定的，那麼我是否無形中已經僞設了有一種先在的對象語言「都市詩」存在，它可以任憑各種批評家來界說？既然沒有一種被認可的「都市詩」，甚至詩或文學存在，那麼我們怎麼談它？

這個不能回答的問題，迫使我假設有一種「都市詩」，一種以主題或素材爲定位的文類存在，並祇選擇一種自己相信的觀點／方法。那麼我的第二部份工作是否應該敍述這種文類在台灣的發展與演變？假如這一切答案都是肯定的，我的工作有兩部份：㈠以我的觀點與方法，來敍述多種有關都市詩這種後設語言的發展史，這段敍述本身便是一後設語言的後設語言（meta-language of the meta-languages of an object-language）；(二)敍述台灣都市詩的發展，展示它的諸貌。

在暫時認可主題學（Stoffgeschichte）的前提下，如果各位允許我挪用一個都市詩意象，斑雅明（Walter Benjamin）說在波特萊爾（Baudelaire）筆下的巴黎，經常出現的遊蕩者（flaneur）那麼我作爲敍述者本身也是一個遊蕩者，我對都市詩的敍述便是黑登懷特（Hayden White）所謂的「歷史的遊蕩」（historical flaneurisme）（1982,11），或米歇德色赫多（Michel de Certeau）所謂的「巡視修辭」（perambulatory rhetoric）（1985,132ff），我自己也成爲遊蕩批評家（critic as flaneur），中介這行爲的正是都市詩，或斑雅明界說的「景觀文學」（diorama 或 panorama literature）（一九三八，三五）。因此敍述者和被敍述者，批評言談和詩正文可以相互置換，不但反射，且互成寓言。這種符碼轉換現象（transcoding），其實是都市詩，乃至一切文學言談的必要罪惡。然而重要的是，它顯示出都市詩與都市詩言談不可避免的正文（textuality and textualization）問題（如何化都市為正文），爲羅朗巴特（Roland Barthes）閱讀東京爲「符號帝國」，或前引之德色赫多視紐約市爲一修辭（一九八五，一二二—一四五）。

這種正文作用，是我們閱讀都市「詩」時不可須臾或忘的因素。然而，許多都市文學批評言談往往閱讀的是都市，不是詩，往往忽略了正文化過程。粗糙的摹擬論與衍生論假設素材和作品間的對應與因果關係。根據這種假設，以都市爲素材或狀寫都市的詩皆可稱之爲都市詩，都市詩便是都市的主題化或實體化（reification or thematization），至於其中的「都市」是否可以從歷史上抽離，而具有普遍共相，則是另一個懸而未決的問題。

這種決定論與簡化主義以不同的形相出現在都市文學的批評言談中，最常見的便是所謂原型批評。傅萊（Northrop Frye）的系統博大自不待言，在它以神寓（anagogic）爲依歸的社會學大敍述（master-narrative）中，都市是一原型象徵。「藝術——就其原型層次而言——是文化的一部份，而文化」是把自然賦予人的形相的過程，文化的發展構成人的形象，其主要成分包括都市、庭園、農莊、羊欄……，乃至整個人類社會」（一九五七，一一二）。他指出古典史詩基於自然週期，有兩種主要節奏：㈠個人的生死；㈡都市或帝國的興亡，（三一八）。荷馬（Homer）之〈伊里亞德〉（The Iliad）涉及都市的毀滅；維吉爾（Virgil）之《伊尼懿德》（The Aeneid）則有關新都市的建造（三一九）。在一切以神寓爲最高原則的詮釋階層中，文學作品中的其他殊相，皆可被此原型吸收。

傅萊的「大（師）敍述」在五〇年代中葉蔚爲大國，今天在文學言談的多元系統中，已被捲到漩渦的邊緣。然而他所揭櫫的城市原型所呈現的二元價值，譬如創造與毀滅，却爲後世此類言談奠基。一方面仍有續貂，如伯登派克（Burden Pike, 1981）；另一方面則被其他言談所挪用或取代，如詹明信（Fredric Jameson，1981）從不同取向出發的政治潛意識神寓，甚至史塔里布拉斯（Peter Stallybrass）與阿隆懷特（Allon White）規模巴赫汀（M.M. Bakhtin）而發展出的城市作爲中產階級軀體的政治慾望（1986）。

以主題爲定位的言談之所以有化約之嫌，一則由於它無法解釋歷史之殊相，再則它無法解釋正文的符號表意過程（signification）。就我個人經驗而言，十幾年前我以田園模式（1976）規模一九六〇—七〇中葉的台灣詩，雖然是敷衍英普遜（William Empson）的泛田園論，基本上則基於自然／文明、城／鄉對立的二元價值：

> 《八十年代詩選》的田園模式可以大略分為兩種：一為現實的、文化的層次；一為心理的、形而上的層次。其分別則在於時空的特定與否，前者屬於特定的、現實的時空，如臺灣、大陸、二十世紀與唐朝；後者屬於不定的，普遍的時空，如城市人對田園，成年人對童年。……這兩種田園模式，心理的或形而上的，我稱之為田園模式的第一主題（primary theme）；現實或文化的，我稱為第二主題（secondary theme）。第一主題是人類普遍的原型，第二主題是文化架構中的變奏（《八十年代詩選》序，頁三—四）

類似的以廣泛的田園詩（牧歌 pastoral）來化約詩史的流弊，威廉斯（Raymod Williams）在《鄉村與城市》（1973）中已有批駁。非但過去／現在、鄉／城的對立是僞相，其中有太多中介現實，使它們的對立關係成為辯證；在歷史之流中，這種化約式的對立更無法落實。二元對立的升降機，祇有往回升，到伊甸園停止（12）。他指出：

> 顯然鄉村和都市的對立，使吾人意識到經驗的重心和社會危機。正因為如此，論者禁不住把各種詮釋〔作品〕的歷史變奏，化約為籠統言之的象徵或原型：把最明顯的社會性

形式抽象，賦予它們一種原始的心理上或形而上的地位。……然而如果我們對〔某特定歷史的〕過程視而不見，我們便會蹈入某些思想模式，似乎可以不要歷史便創造出恆常（289）。

威廉斯不否認人類有恆常的需要，但顯然主題式的——無論是心理的或形而上的——化約，如何被歷史化，是一個需要重視與解決的問題。這種歷史化不是詹明信的抽象命題，根據一個預設的歷史（大寫的H）演進法則（如從前資本主義到後資本主義，最後到一個啓示錄的整體性〔an apocalyptic Totality〕），而演繹出的無法落實在特定時空的大敘述。我所謂的歷史（小寫的h）是微觀的、近距離的、具體的，譬如一九七〇年到一九八八年的台北市。這個都市所呈現的獨特的符號關係，我們無法以西方十九世紀以後都市的一些喻詞化約，譬如商品化或商品拜物（fetishism of commodities），或逛街（flaneurism）。逛街固然是一普遍都市符號，然而光怪陸離的台北街道，以及和它作爲類比的（斑雅明以為是具體而微的）百貨公司走道，佔據兩者的遊蕩者及攤販……所呈現的混亂符號關係（galaxies of signifiers，而非 structure of signifiers）（Lehan 1986, 112），絕非斑雅明所理解的波特萊爾筆下的巴黎。

我不否認詹明信在「規模」（model）文化；事實上，正文作用正是在規模現象。爲了避免粗糙的摹擬論、衍生論和決定論，論者把反映（reflection）解作折射（refraction），把都市作爲素材（Stoff, donnée），變爲都市作爲下層正文（subtext），由此產生了詩正文。

然而，即使批評「語言囚牢」（The prison-house of language）的詹明信，也不得不承認，所謂下層正文不是立即呈現的外在現實，而是語言的正文化，「文學正文重新書寫或重新結構一先在的歷史或意識型態下層正文（八二）。這種正文化作用質疑、顛覆，甚至泯除了下層正文的先驗性。

詩正文和下層正文的關係，猶如批評言談和詩正文的關係。表面上看來，下層正文→詩正文→批評言談是衍生的；其實是批評言談界說了詩正文，詩正文界說了下層正文；我的言談「典化」（codify）都市詩，詩正文典化了都市。更進一步而言，所謂的都市已經是一個被正文化、被書寫了的現象。在這裡情形之下，我們要談的台灣都市詩，與其說是「正文裡的都市／都市裡的正文」（The city in the Text／the Text in the city）的辯證，毋寧說是「正文作爲都市／都市作爲正文」(the text as city／the city as text）的辯證。使這種辯證關係成立的，主要是都市符號與詩符號的符碼轉移（transcoding）。

如何將都市正文轉換爲詩正文？基本上這是一個「規模」（modeling）問題，至少包含三個不同層次或範疇。第一是泛符號系統（pan-semiotic system）中，各種模式的建立與轉換，譬如從知覺模式（perceptual model）到語意模式（semantic model），從語意模式到表達模式（expressive model）等的變型。這主要涉及放送者（addresser）的符號生產（sign production）或建碼（encoding）過程（Eco 1979, 217-261）。第二，非語言／文字符號與語言／文字符號的區分，如何以後者規模前者，以及規模後的符號關係，這種關係的說法如何，則莫衷一是。第三，接受者（addressee）的解碼（decoding）過程，可算是上述一、二層次中過程的逆轉。當然，讀者反應左派論者會認爲這全是讀者的閱讀行爲；至於解構論者則根本與符號系統勢不兩立。這些問題暫時不論。

首先我簡述模式轉換問題。我們談符號（sign）時，其實說的是符號功能（sign functions），即「表達」（expression）與「內容」（content）兩種功能因子（functives）的關係（Hjelmslev 1969, 47）；或索緒爾（Saussure）所謂符徵（signifier）與符旨（signified）的關係。上述關係和符號與指涉（referent）的關係是兩碼事。我們談表意作用時，是指功能因子關係，而非符號的指涉性。模式的轉換過程則根據符號功能的各種類型而定，譬如艾柯所列之再認（recognition）、明示（ostension）、複製（replica）、發明（invention）等，它們透過或簡或繁的轉換程序，如「抽象」（abstraction）和「摹擬」（similitude）作用，將甲系統的內容規模或圖繪爲乙系統的表達，而乙系統的表達又決定了其內容。

從非語言／文字的甲系統轉換到語言／文字的乙系統，不可避免地涉及到正文化過程中「霸權」（hegemony）與性（sexuality）的結合問題。我們爲何可以語言／文字穩定物價？是否暗示兩個系統的「性」結合中，有一方是強勢的。語言／文字符號與其他符號系統不同之處，在於它包括的第二「性」（secondness）（Ducrot and Todorov, 1979, 104）。邦維尼斯特（Emile Benveniste）指出，語言除了是表意系統（system of signifying units）外，還可中介其他非語言系統，「任何非語言系統的符號學必須使用語言爲中介，因此它祇能透過語言符號學存在。……語言是一切其他系統的詮釋系統（"interpretive system system of all other systems”」(1985,239)。由於這種詮釋能力(interpretance)是無法逆轉的(即其他系統無法詮釋語言),再加上語意在詮釋過程中,把它的表、功能「頒贈」給其他系統(二四一),使得語意成爲無上的符號模式(semiotic modeling or matrix)。

這種語言萬能論早已被解構自不待言;而以語言模式爲符號學最高統帥,也一直受到其他符號學傳統的挑戰。它被質疑與挑戰之處,也正是其自家之處,即自滿於表意與詮釋功能的專制。換言之,語言符號學和詹明信一樣,從不同的立場與認知,相信一個不存在的「現存」(presence),一個是語言,一個是政治潛意識。反諷的是,詹明信必須使用語言來規模歷史與文學。

換言之,我們必須暫時臣服於語言/文字的「霸權」(即語言/文字的第一次規模以及文學的第二次規模(secondary modeling system)。唯有在這個前提之下,才能討論符碼轉換(transcoding)與正文化問題。正如同唯有在符碼轉換的書寫「性」行爲中,詩人才能獲得補償式的「性」滿足。因此詩人不斷把非語言/文字符號的都市轉換爲都市正文,並非爲了摹擬,而是慾望的追求與滿足。有趣的是,台灣都市詩的大宗師羅門,始終懷抱着象徵主義「迷思」,相信文字的魔術與規模功能:詩作爲第三自然,中介了、化解了,也超越了互相衝突的第一自然(原始的大自然)與第二自然(都市);而新生代的都市詩人,如林彧、林燿德、却往往對語言的功能質疑。如果我們要以貫時性觀點討論台灣都市詩文類語碼(genre code)如何透過斷代語碼(period code)轉換,詩人對語言信念的改變是一個值得逼近的方向。

二、臺灣的都市詩擧隅

討論台灣的「都市詩」的發展時，我們無法避免上述的批評言談論爭史。但是我要說明幾點：第一，作爲一個遊蕩者，我無意建立台灣十年來詩的類型架構，甚至文學多元系統中的支系統。在多元系統中，總有主導的文類與漩渦邊緣的支系統，彼此形成緊張的動態關係，界說這關係的則是讀者的預期視域。近十年來，文學獎的頒贈可以大略顯示都市詩已成主導文類。第二，我的抽樣初與編年無關，因爲我的規模行爲，已將編年史重新圖繪。事實上，詩的發展史不必契合編年史，兩者之間有太多的斷層與空白。

假設都市詩的興起「果然」是基於城／鄉的對立，基於浪漫主義式「田園詩（牧歌）」的形而上與心理慾求，正如它在西方被視爲肇始於浪漫主義運動（Versluys, 10-17），那麼讓我們逆歷史之流漫步到台灣的「田園模式」大敍述，亦卽我當時惘然的情形。根據這種城／鄉對立的神話，都市與鄉村也分別被賦予對立的道德含意，其結果便是「被譴責的都市」（"The City reviled," Versluys, 15），如同吳晟的〈吾鄉紀事〉：

自從城市的路，沿著電線桿
——城市派出來的刺探
一條一條伸進吾鄉

漫無顧忌的袒露豪華
吾鄉的路，逐漸有了光采
自從吾鄉的路，逐漸有了光采
機器們匆匆的叫囂
逐漸陰黯了吾鄉
吾鄉恬淡的月色與星光

自從吾鄉恬淡的月色與星光
逐漸陰黯
吾鄉人們閒散的步子
統統押給小小的電視機　（一九七二年）

吳晟的詩和余光中一九八六年的譴責作品〈控訴一枝煙囪〉都算是此類浪漫主義產物。

用那樣蠻不講理的姿態
翹向南部明媚的青空
一口又一口，肆無忌憚
對著原是純潔的風景

像一個流氓對著女童
噴吐你滿肚子不堪的髒話
你破壞朝霞和晚雲的名譽
把太陽擋在毛玻璃的外邊
有時，還裝出戒煙的樣子
卻躲在，哼，夜色的暗處
向我惡夢的窗口，偷偷地吞吐
你聽吧，麻雀都被迫搬了家
風在哮喘，樹在咳嗽
而你這毒癮深重的大煙客啊
仍那樣目中無人，不肯罷手
還隨意撣著菸屑，把整個城市
當做你家的一只煙灰碟
假裝看不見一百三十萬張
——不，兩百六十萬張肺葉
被你薰成了黑懨懨的蝴蝶
在碟裏蠕蠕地爬動，半開半閉
看不見，那許多矇矇的眼瞳

正絶望地仰向
連風箏都透不過氣來的灰空

中國時報「人間副刊」（三月十一日）

和被都市書寫的詩人不同，吳晟和余光中皆以局外人的觀點控訴都市。類似的化約式城／鄉對立，在台灣往往被變奏爲南北對立，如沙穗作品〈失業〉中的南部北上謀職青年在台北市產生的疏離感。坐夜車北上，天亮到台北的說話者見到的景象：

太陽由可口可樂的
瓶中爬出來
早安　陌生的太陽
陌生的車站陌生的噴水池
以及陌生的我
陌生的我卻對饑餓很熟悉　（十二—十七行）

我把饑餓摟的很緊
在西門町總得有樣東西摟著
才不像南部來的

即使摟自己影子

經過請大家告訴大家
我走累了饑餓也累了
但大家知道嗎？
生生皮鞋一千種樣子
沒一種樣子像我

因為我不流行
但我是流動的
太陽由可口可樂瓶中爬出來
我却想爬進去　爬進去
要花十二塊錢

入夜之後
台北沒有我　但我確實
是在台北　這很虛無　(二六—四二行)

化約式的城/鄉對立，使上述作品成爲都市詩的邊緣變奏。余光中和吳晟正文的第二度文學規模設計（secondary modeling constraints），如借擬人法使語意層次作語碼轉移（semantic transcoding, Riffaterre, 978, 36），以及說話者虛擬的天眞語氣，是典型的語碼過度（overcoding）例子。這些傳統設計，使它們淪爲八十年代的邊緣系統。

相對的，沙穗作品雖然也以南北對立爲背景，其對都市文學中常見的陌生/熟悉，遊蕩者/群衆（Williams, 232 ff; Benjamin, 171）等形象和繁富的多元符號，則作了複雜的第二度規模。他訴諸特定時空下的歷史讀者群，後者對台北市招牌與廣告用語的預設知識，是語意詮釋的參照座標，如可口可樂的廣告牌和生生皮鞋的口號「生生皮鞋一千種樣子」，「請大家告訴大家」。這種構成都市景觀與形象的符號——廣告語碼——被移轉爲詩正文語碼，除了涉及非文字/語言符號（未被書寫的〔？〕西門町）移轉爲文字/語言符號（〔西門町〕）外，一爲余光中和吳晟所爲，也包含另外兩個層次。作爲都市換喻的商品（可口可樂、生生皮鞋）首先被移轉規模爲另一層廣告符碼，「可口可樂」、「請大家告訴大家」，這種符號又分別以非文字的肖象符號（iconic sign）——可口可樂瓶——和文字象徵符號（symbolic sign）——「請大家告訴大家」——表達出來。兩者作爲素材被構成詩正文的語碼移轉、詮釋與表意。譬如以「可口可樂」象徵符號書寫了肖像符號；可口可口（虛）和烙餅（實）以認同/離異關係，聚合成語意群（semantic paradigm），向正文的組合軸（syntagmata）投射。同樣的，皮鞋廣告經過第二度文字規模，在詩正文中發揮複雜的功能，包括語言行爲的辯記（三十一—三二行）以及皮鞋換喻所暗示的逛街群衆。

以詩虛實相告，必須透過複雜的符號和語意解碼才能彰顯。可口可樂和皮鞋廣告作爲形式是虛的，欲望著不在的商品，復欲望著不在的群衆和購買者；在包含實用層次的詩正文過程中，它們又是實的材料爲表達規模，而成爲虛的。一千種樣子的皮鞋換喻的人群在詩正文中隱而未現（in absentia），是虛的；逛街的說話者又是實的（in presentia），但這實存的說話者是「飢餓的」、「摟著自己的影子」、「很虛無」；「流動的」他和「流行的」群衆的離異是實的，在正文世界中却又是虛的。戲用詹明信之言，沙穗使飢餓的（ressentiment）昇華，使形式成爲慾望，這正是後資本主義情況的實體化（二〇二）。

台灣都市詩的大宗師羅門喜歡處理都市／自然的辯證以及人的中介現象，試以〈玻璃大廈的異化〉爲例。

站在街口
看玻璃大厦
　將風景一塊塊
　　冷凍在玻璃窗裏
坐著火車出城
看玻璃大厦
　在飛馳的車窗外

很快解體
飛成一幅幅風景
溶入山水
化為煙雲
眼睛追不上
便轉回車內
望著空空的雙目
竟又看到另一座玻璃大廈
閃亮在那個鄉下小孩的
孔瞳裏
走過去
要五十年

（一九八七年）

物質文明的發展造成人的異化：人與自然以及人性的離異。這個通俗的「批判」概念與羅門大力宣揚的三重自然藝術觀可相互發明。作爲第二自然都市換喩的玻璃大廈，象徵著人與第一自然的異化（首段）。要克服異化祇有回歸第一自然，即二段所述玻璃大廈被解體爲山水。但這種慾望是挫敗的，眼睛已追不上山水。回眸望車內，另一座玻璃大廈在鄉下小孩的瞳孔內成形，半個世紀的異化過程已經改變了人性。在人爲的都市內，玻璃大廈規模自然，將風景凍住；走出城外，人爲規模又被解體。中介兩種自然，參與與銓釋它們的抗衡關係的，則爲人的眼睛（二、六、十二、十四、十五、十七行），一個羅門慣用的象徵，也是符號生產原則的第一因。依前述符號模式變型律，符號的生產以知覺模式的建立爲始；其實，閱讀過程豈不也有類似知覺模式。羅門的詩的正文（第三自然）昭示了這種符號的轉化過程。

羅門的〈玻璃大厦的異化〉在編年史上是近作，然而構成詩正文的主導符號「大厦」與「眼睛」非僅書寫了都市詩人作爲生活空間的觀察者，也是城市符號正文化的工具，且看青年都市詩人林彧如何〈在鋼架的陰影下〉凝視都市……

……在冰冷的鋁製落地窗中
觀賞著風景，看著一落落大樓
冒起，如同雨後爭長的菰羣
許多秩序這樣形成，許多
筆直的道路這樣無畏地伸展
在鋼架的陰影下，許多人依然
敏感：自一幢大厦踩著的一束枯瘦的
花朶上，得知春天的消息……
（九－十六行）（一九八一）

羅門的眼睛中介了都市與自然的衝突；林彧的眼睛所視，都市與自然實已不可劃分。羅門的舊作〈咖啡廳〉（一九七六年）中，眼睛這主導符號中介了實存的燈光與虛無的月色，但〈玻璃大廈的異化〉中，眼中無法抵除的大廈已書寫入都市詩人的軀體。換言之，自然（林彧的〈菰羣〉、都市（〈大樓〉）和發動符號表意工程的軀體，已經不可分。它們的互爲主體與互爲正文書寫是我所謂的都市詩。

對新生代都市詩人而言，都市便是他們的自然，他們的軀體。台灣近年以〈B大樓〉爲標題的作品果然如「雨後爭長的菰羣」，下面是林彧的例子。

許多鎖孔，由內向外
許多眼睛在門後，伺守著
在這個城市，許多人
已找到他們各自棲息處
許多門扉轉動著，在B大樓
有人酣睡，有人失眠

其實，我就是
B大樓，一座流動的建築
有許多扇門扉，在心靈
許多聲音輪迭起落

這扇徐徐開了，那扇幽幽闔上
有些心思已沉寂，有些
有些念頭在心版上終宵踱步

有些亮著，有些漆黑，在B大樓
全都住滿了，還溢出額外的
女子的笑聲，在子夜，我獨醒時
我的大樓燈火輝煌，誰來租賃
在空蕩的房中，我怒吼著
卻又把燈火全部熄滅了

（一九八二年）

詩人對凝視現象的自覺是都市正文化的開始，他們看到的現象是軀體的反射。林彧看到B大樓是自己的身體；更年輕的詩人林群盛則看到大廈的律動是一顆巨大的心臟。下面的是大廈的驚人內幕，標題爲〈那棟大廈啊……〉

「那棟完全由玻璃窗構築成的大廈必定禁錮著些什麼吧？」
站在遠處觀望的我低語，並迅速穿過匆忙而淡漠的人車進入大廈門口。找尋許久，竟連管理員也沒有。於是我走入唯一的電梯；發現這電梯只到頂樓……

走出電梯後我詫異的看到各色晦暗的燈光在附近走動。前方不遠處有一排白色欄杆；上面雕刻了許多各種不同姿態的獨角獸，還有一些形狀奇異的，不知名的陌生花卉……似乎在欄杆下有些什麼秘密……

我疑懼的緩緩走近欄杆，驚駭的看到了一顆、一顆——一顆超乎想像的，幾乎和大厦一般的巨大的心臟被放置在這棟中空的大厦，平穩的跳動著；從心上蔓延的兩根粗大的血管分歧出數萬根微血管繚繞糾結在大厦的內壁……啊，那似在沉眠中的，充塞整座大厦的心脈不正和我的心跳同頻且共鳴嗎？

我惶惑的看著在血管中流動的液體輕問：「那血管內流動著些什麼呢？」

欄杆上一隻流淚的獨角獸回答說：「流入的是悲傷；流出的是孤寂……」（一九八七年）

本詩極寫人和異象接觸時；不可名狀的（「超乎想像的」）雄偉感，整棟大厦、整個文明、甚至未可知的文明，難道不是人的影象（simulacrum）嗎？

林羣盛的作品顯示出科幻文學的雄偉經驗。以都市爲基礎的科幻作品是目前台灣都市詩的另一主流，最傑出的詩人是陳克華和林燿德，由詩集名稱《星球紀事》（一九八七）及《都市終端機》（一九八八）可見一斑。此處無法討論。

青年詩人溶入都市，與它互爲主體，也溶入都市的科技，「迷失在數字的海洋裏」的詩人，下意識中插入程式，「漫步在午夜的街頭」，

開始懷疑自己體內裝盛的不是血肉
而是一排排的積體電路
下班的我
帶著喪失電源的記憶體
成為一部斷線的終端機
任所有的資料和符號
如一組潰散的星系
不斷
　撞擊
爆炸
　（一九八五年）（十四－二三行）

就林燿德而言，嶄新的資訊工具不僅書寫了他的軀體，他實際上也以電腦書寫，語言／文字符碼有了新的規模方式，這種書寫方式的革命畫分了林燿德和前行代的詩人。我以林燿德的〈五〇年代〉結束台灣都市詩的巡視修辭。

孤獨的孤獨的孤獨的孤獨的孤獨的孤獨ㄉ孤獨的孤獨
的孤獨ㄅ孤獨ㄉ孤ㄋ
當你重複在紙上寫下十個「孤獨的」或者更多，

瓜獨也擁擠得孤獨不起來了。
好比月亮，
在詩集的封面畫上一千個也無濟於事：
它活該淪落在地求的另一半時，
如何祈禱也不會出現在誰孤獨的額頭上。
好比狼，
子比熱帶島的午寐，
好比復國的幻覺，
好比檳郎樹飄泊海濱
甚至好比自慰好匕
啊五〇年亻是孤蜀勹

（一九八六）

這首詩收在《都市終端機》卷二，都市思維輯中。此輯頭三首詩分別標題爲〈七〇年代〉、〈六〇年代〉，以及〈五〇年代〉，顯然是八〇年代的前衛都市詩人的歷史回顧。事實上，他爭議的對象是台灣現代詩史上的前行代。作者以諧倣體向五〇年代統領風騷，開創「現代派」的紀弦挑戰。五〇年代詩人喜談孤獨，紀弦的名作〈狼之獨步〉開宗明義便是：「我乃曠野獨來獨往的一匹狼」。然而，孤獨寫多了，氾濫了，成了艾柯所謂「語碼過度」，表達剩餘（surplus of expression, Eco, 270），正如林燿德在第一行連續寫上四次「孤獨的」一樣。

這種表達剩餘並不表示內容竟然是過剩的，反而使內容空乏之如也，因此艾柯說的「過份重複」（excess of redundancy），同時適用於內容層次（content-plane）和表達層次（expression-plane）兩方面。在這種語言氾濫、內容空洞的情況下，挑戰者終於使用電腦書寫出「孤獨的」「孤獨ㄉ」、「孤獨的」、「孤獨的」、「孤猲白」、「孤獨ㄉ」、「孤犭」，它們在形式上似同實異。換言之，他把表達層次的語碼過度移轉爲「語碼不足」（undercoding），來向讀者的預期及能力挑戰。語碼不足往往是革命性前衞作品無法爲人立卽接受的主要原因，它可以解釋文學上斷代語碼演變的過程。

林燿德的作爲看似遊戲，却有嚴肅的史的意義。尤其反諷的是，使他完成語碼轉移（transcoding）的竟然是「生產工具」。反形式主義的社會文化批評家大失所措後，也許會自鳴得意吧？猶有進者，許多人夸夸其談詩與歌不分，詩應該可以朗誦云云，試問：此詩如何發聲？瓦特翁（Walter Ong）——另一位神寓的大敍述者——喟歎語言（Word）作爲上帝的「聲音」，隨著書寫的技術化而喪失了，期待「二度口述」（second orality）的降臨；殊不知在書寫傳統的中國，「二度書寫」（second literacy）竟然因科技先產生了。末了，這種實驗適足對語言模式提出另一層詹明信從未夢想到的資訊，因爲自來西方人瞭解的語言是聲音，他們所謂「書寫」都市毋寧是一個暗喻，沒有想到文字也可以從事第一度和第二度規模現實的工程，本文所擧的所有詩例便是明證。

〈五〇年代〉，這首八〇年代都市詩人出寫的正文中看不出任何摹擬性的都市，既無換喻，亦無暗喻。然而都市科技書寫了他，正如他書寫了一個詩中隱而未見的都市。因此我們對素材作爲都市詩的界說，應該重新考察。

引用詩作出處

吳晟　〈吾鄉印象〉《八十年代詩選》，紀弦等編，台北，濂美出版社，一九七六年，頁一三五—一四四。

余光中　〈控訴一枝煙囪〉《七十五年詩選》，向陽編，台北，爾雅出版社，一九八七年，頁二六—二七。

沙穗　〈失業〉《八十年代詩選》，頁一〇七—一〇八。

羅門　〈玻璃大廈的異化〉《七十六年詩選》，張漢良編，台北，爾雅出版社，一九八八年，頁四—五。

林彧　〈在鋼架的陰影下〉《夢要去旅行》，台北，時報出版公司，頁五五—五七。

林彧　〈B大樓〉同前書，頁六六—六七。

林羣盛　〈那棟大廈啊……〉《七十六年詩選》，頁八六—八七。

林燿德　〈終端機〉《都市終端機》，台北，書林出版有限公司，頁一六六—一六八。

林燿德　〈五〇年代〉同前書，頁九四—九五。

引用資料

Benjamin, Walter. *Charles Baudelaire: A Lyric Poet in the Era of High Capitalism*. Trans. Harry Zohn. London: Verson, 1983.

Benveniste, Emile. *"The Semiology of Language."* 1969. Semiotics: An Introductory Anthology. Ed. Robert E. Innis. Bloomington: Indiana UP, 1985, 228-46.

de Certeau, Michel. *"Practices of Space."* On Signs. Ed. Marshall Blonsky. Baltimore: Johns Hopkins UP, 1985. 122-45.

Ducrot, Oswald, and Tzvetan Todorov. *Encyclcopedic Dictionary of the Sciences of Language*. Trans. Catherine Porter. Baltimore: Johns Hopkins UP, 1974.

Eco, Umberto. *A Theory of Semiotics*. Bloomington: Indiana UP, 1979.

Frye, Northrop. *Anatomy of Criticism*. Princeton: Princeton UP, 1957.

Hjelmslev, Louis. *Prolegomena to a Theory of Language*. Trans. Francis J. Whitefield. Rev. ed. Madison: U of Wisconsin P. 1969.

Jameson, Fredric. *The Political Unconscious: Narrative as a Socially Symbolic Act*. Ithaca: Cornell UP, 1981.

Lehan, Richard. *"Urban Signs and Urban LIterature: Literary Form and Historical Process."* New Literary History 18.1 (Autumn 1986): 99-113.

Pike, Burton. *The Image of the City in Modern Literature*. Princeton: Princeton UP,

1981.

Riffaterre, Michael. *Semiotics of Poetry*. Bloomington: Indiana UP, 1978.

Stallybrass, Peter, and Allon White. *The Politics and Poetics of Transgression*. London: Methuen, 1986.

Versluys, Kristiaan. *The Poet in the City: Chapters in the Development of Urban Poetry in Europe and the United States (1800-1930)*. Studies in English and Comparative Literature 4. Tübingen: Gunter Narr, 1987.

White, Hayden. *"Getting Out of History."* Diacritics 12 (Fall 1982): 2-13.

Williams, Raymond. *The Country and the City*. 1973. London: Hogarth, 1985.

中國現代抒情小說

梁秉鈞

在作爲中國現代文學主流的寫實小說以外，還有一條比較隱約的現代抒情小說的線索。這以沈從文和廢名的嘗試最具特色，也在魯迅、郁達夫、林徽因、卞之琳等人的小說裏多少見到痕跡，師陀、孫犁和蕭乾的部分作品亦有類似風格；汪曾祺在四〇年代上承沈從文和廢名，在八〇年代又啓發了後來的阿城和何立偉等新作者，可說是發揚光大的集大成者。這一條線索，過去討論的人不多，實在値得細探，爲中國文學中這種文類的風格勾勒一個面貌。當我們要進一步界定「現代抒情小說」時，不免要與西方現代抒情小說的討論互相參照；但也希望通過比較研究，探討中國古典抒情詩的精神和手法，如何形成了中國現代抒情小說獨有的面貌。

一

其實在過去對現代小說的討論中，也有一位學者提出過「抒情性」的問題，只是他的觀點未嘗爲人接受罷了，捷克比較文學者雅羅斯拉夫・普實克（Jaroslav Průšek）在五、六〇年代發表的幾篇論文裏，曾舉例討論中國現代文學中的「敍事性」與「抒情性」❶，他從茅盾的《子夜》那樣史詩式的強調寫實敍事的作品中也發現了某些主觀主義和個人主義的特徵，他把這視爲中國現代作者對舊制度和舊有意識形態的反叛❷。他指出郁達夫寫作重點在表達個人本性、情感、精神狀態和思想過程，而且找到與之相應的日記、筆記、書信等形式，來把個人經驗文學化❸。而魯迅某些短篇裏，也往往削弱情節的戲劇性，運用對話僅用以渲染氣氛，又常用隨筆的語氣、憶舊的口吻，造成抒情的調子。普實克認爲魯迅作品這些方面正如歐洲某些現代作品一樣，「顯示了抒情作品對敍事作品的滲透，以及慣見的敍事形式的解體」❹。普實克並且認爲，這些作品的主觀性和個人性，其實是繼承了清代文人小說，如《紅樓夢》、《野叟曝言》、《鏡花緣》、《老殘遊記》、《二十年目睹之怪現狀》、《官場現形記》、《聊齋志異》、《浮生六記》等，或者帶有濃厚的自傳性色彩，或者強烈表達自己的觀點與感情，或者以抒情手法記個人生活片段，抒寫了個人的內心世界❺。

普實克的論點，並未得到應有的重視。在中國內地，四九年以後三十多年來的文學史和文學批評中，以狹義的寫實主義爲主，用文學作比較功利的工具，抒寫個人感情的作品全被否定了。而在海外，因爲對五四以來的新文學認識不全面、資料不齊全，所以也不見有對這一論點的引申討論。普實克提出的「敍事性」還是比他提出的「抒情性」更爲研究者接受。即使編輯普實克論文集的李歐梵，也認爲普實克指出魯迅和郁達夫偏重內心、而與同時代的歐洲小說有相類的抒情風格這一說法，雖然新穎，亦有出色的分析，卻不那麼令人信服。李歐梵認爲普實克論文中沒有過分偏重於研究抒情性，兼顧了與敍事性的辯證結合，才是比較明智的做法❻。

一向對敍事性作品的討論夠多了，但對於其實眞正存在的中國現代抒情小說反而未得到公認。我們現在來討論，不妨先回顧普實克的論點，又同時對他的說法作一點修正。普實克說到抒情性時，他說的是作品中的「主觀性」與「個人性」，所以從他的說法和舉例看來，他指的可能包括兩類作品。他舉的清末文人小說的好幾個例子，其實也包括了發揮個人主觀經驗和感想而成的敍事作品，以及在寬鬆的敍事架構中包括了抒情片段的作品。他舉的現代作品也可以分爲兩類：一類是包括茅盾那些敍事作品在內的，充滿個人精神的煥發，表達對舊有意識形態抗爭，這本來就是五四文學的精神，從郭沫若、郁達夫、徐志摩身上，都從不同程度地見到這種受浪漫主義影響的個人覺醒和主觀感情的宣洩；但另一類的特色則從魯迅某些作品已開始見到，如借用日記、筆記、書信形式，削弱故事情節，或以意象、氣氛和語調造成抒情性，不是直接浪漫地宣洩感情，而是有含蓄的內斂和現代的反省。我覺得後面這種「現代」抒情作品一向討論不多，實在值得探索。與西方抒情小說比較研究，更一方面可見它的現代性，另一方面又可見它與傳統文學的關係，這些都是中國現代抒情小說獨有的特色。

抒情小說是小說與抒情詩的結合，在西方的討論中，比如羅夫·費德曼（Ralph Freedman）在專著《抒情小說》裏，把抒情小說稱爲一種混雜的文體，因爲它要「用小說來達到詩的效果」❼。這種小說初見於浪漫主義的文學，十九世紀於西方形成。十九世紀文藝思潮受康德思想影響，認爲外在事件的世界與內在感受的世界可以經由哲學思考連繫起來，在一個靈性的或超越的自我中可用主觀感性包容外在的現實。在小說中則以一個象徵性的英雄，吸納了外在的世界，然後以一個理想形式把它表現出來。費德曼分別討論了德國浪漫主義、法國象徵主義而至英國現代小說中對抒情小說的發展，從赫塞的浪漫主義寓言，紀德由象徵主義散文詩發展出來的作品，而至胡爾芙以詩意觀點對意識的刻劃，把抒情小說連結起現代的感性和表達方法。在傳統敍事小說裏，個人與世界對立，由接觸外事帶出相對的客觀性，由種種經歷獲得知識，但在抒情小說中，人對世界的經驗，如抒情詩般是濃縮於剎那的體悟，人與世界內在地結合爲一。所以在表達方面，敍事小說詳細交代事件發生的因果關係、先後次序、刻劃人物的外貌和行爲。抒情小說的主角則如詩人的假面，把生活中的各種遭遇化爲詩的沉思，呈現一個抒情的視野，表現內省過程，作者以意象表現經驗，以意象語把世界重組[8]。表達方法因爲不重視順序交代事件，所以有一定的省略和跳躍，正如約瑟夫・法蘭克論現代小說所說的，把時間作空間化的處理[9]。此外在文字的運用上，因爲是詩與小說的結合，所以用詩的濃縮象喻的文字來代替功能化的散文文字。這種把抒情成分帶進過去強調因果和時序的敘事文體中的做法，爲小說帶來新的可能，可以更有效地描寫心志活動，而且用種種隱喻和象徵，暗示純粹敘事無法傳達的豐富層次。但在讀者接受方面，對於看慣了傳統敘事方法的讀者可能會覺得兩種文體的混雜，挑戰他們原有的期待視野。若從對小說文類的期待出發，會覺得這種小說沒有戲劇化的情節和結局，會覺得它太散文化太平淡了，面對如詩的省略和跳躍的表達方法，又得重新調整被動的閱讀經驗，然後才可以體會小說中的抒情視野；若從對詩的期待出發，又會發覺它仍有一定程度的敘事性和人物描寫。抒情小說這文類的特色，正是在詩和小說兩種體裁的互補而融和，也從互相矛盾而產生張力。

在廣義的抒情小說中，也包含種種不同的變異。比如從赫塞哲理性的冥思抒情筆記，到紀德《田園交響樂》、《贋幣製造者》等象徵主義式對藝術的反思，普魯斯特以回憶編織的優美的藝術世界，再到英國現代小說，如王爾德刻意經營的童話、康拉德小說主人公探索外在現實的意義，勞倫斯把人物和景色揉合在一種抒情的強度中，喬哀思《青年藝術家肖像》中對自我的覺醒與反省，胡爾芙在《波浪》、《往燈塔去》等對意象、氣氛語調的運用，以及以詩的形式結合敘事的嘗試等。那麼要討論中國現代抒情小說，當然也會看到它不同的美學思想背景，以及由於吸收中國古典抒情詩而帶來的不同特色。

西方過去對抒情詩的討論，強調它的音樂性和濃縮性，認爲多產生於一個特殊的際會，某些持續習慣行爲的中斷等。對現代性和抒情性的辯證關係，亦有保羅迪曼等人的發揮[10]。在中國傳統文學中，抒情一直是一種主要的質素。高友工教授的〈試論中國藝術精神〉就探討了抒情美典在中國歷史上的發展。他指出：相對於敍述美典，抒情是一個內向的美典，要求體現個人自我此時此地的心境。美典的原則是要回答創作者的目的和達到此一目的手段。就目的來看，抒情即是自省，也是內觀；就手段來看，抒情必須借助「象意」（symbolization）如「質化」（abstraction）[11]。這兩點對於我們討論抒情小說亦有幫助。如高友工教授所說，在中國傳統中抒情美典佔主導地位，那麼在現代文學中當這種美典面臨崩潰，發展出另外一套敍事美典，甚至發展出以功利性爲主的小說時，從這裏要討論的異流作品，也許有助我們思考現代文學的本質性問題，以及抒情傳統如何在現代延續的問題。

費德曼討論抒情小說的一些特色，如把生活經驗內化爲詩的沉思、削弱敍事和戲劇性，以意象、氣氛和語調重組一藝術世界等，可作爲我們討論中國現代抒情小說的起點。但同樣重要的是中國傳統文學中的抒情素質，比如中國文學和文字中的「無我」、古詩中情景交融的手法，令中國詩可以抒情而不必主觀地直說感情。此外如舊小說敍事的虛實相生、散文中談文氣的連續、國畫中對空白的運用、古詩中對仗、鍊字、典故等造成的濃縮多義的語言，我覺得都可以用來幫助闡明代中國抒情小說的特色。但我們也要記得費德曼提醒我們的話：抒情小說是一種混雜的文體。即是說它並不光是詩，也是小說。詩和小說兩種文體互相爭奪，互相補充，構成了它獨有的特色。

二

普實克指出郁達夫爲了表達個人思想感情而運用的文學形式，如書信、筆記、日記等，我們全都可以在沈從文的作品中找到。《怯步集》裏最早期的作品就盡多書信和日記的體裁。他甚至寫過自傳：《從文自傳》；回憶兩位他擔心因爲政治活動出了問題的朋友寫下兩本書《記胡也頻》和《記丁玲》；重回故鄉在信中記下印象寫給妻子寫成了《湘行散記》；討論文學問題也用過親切的書信體寫成《廢郵存底》和《續廢郵存底》；還有數不盡的未發表的書信、筆記；已發表的由個人經驗發展改寫而成的小說創作。但儘管如此，沈從文作品整體給予我們的印象却不是普實克所說的對作家本身命運和個人生活的注意。如果說郁達夫深挖自己感情上的痛楚與不安，並以之作爲時代的病徵呈現我們眼前；沈從文却是帶着溫愛的眼光，細察他故鄉和生命裏遇到種種人物的面貌，如同他自己所說：「作品一例浸透了一種『鄉土性抒情詩』氣氛，而帶着一份淡淡的孤獨悲哀，彷彿所接觸到的種種，常具有一種『悲憫』感。」⓬沈從文的抒情不是一種浪漫的個人情緒的主觀表現，而是個人感情包容了外在世界又浸透了這個世界的一種物我合一的境界。

沈從文筆下不常提到「抒情」，例外的是他說過要「從徐志摩作品學習『抒情』」，他說：「在寫作上想到下筆的便利，是以『我』爲主，就官能感覺和印象溫習來寫隨筆。或向內寫心，或向外寫物，或內外兼寫，由心及物由物及心混成一片。方法上多變化，包含多，體裁上更不拘文格文式可以取例作參考的，現代作家中，徐志摩作品似乎最相宜。」⑬從這個角度看，沈從文的大部分作品，也有這種抒情性。

比如沈從文最有名的中篇《邊城》，寫來就有這種筆調。小說的故事很簡單，却寫了六萬多字。其中不少篇幅是對山川、人物、民俗的描寫。但這描寫，並不完全是寫實的。這故事是他編出來的，人物也不是來自實在的茶峒的碧溪岨，翠翠的性格和形象，脫胎自瀘西縣一個絨線舖的女孩子，那條渡船，也是他在棉花坡看過，移用進小說裏的⑭。他這樣揉合了手上的材料，從現實的泥砂塑造出一個藝術化的世界，確是經過了高友工講抒情所說的「象意」和「質化」的過程。它是把材料化爲象徵了，但却又同時處處帶有現實的指涉。沈從文虛虛實實地把它們砌在一起，爲了更好地寫他心中風土人物的品格。細緻的描寫也是爲了寫心中的素質。敍事的成分仍是有的，却滲透了更多抒情的成分。

比如下面這一段：

> 天快夜了，別的雀子似乎都在休息了，只杜鵑叫個不息。石頭泥土為白日曬了一整天，草木為白日曬了一整天，到這時節皆放散一種熱氣。空氣中有泥土氣味，有草木氣味，且有各種甲蟲類氣味。翠翠看着天上的紅雲，聽着渡口飄鄉生意人的雜亂聲音，心中有些薄薄的淒涼。⑮

在這樣的段落，敍事的言語發揮不了作用，却是抒情的言語感染了讀者。前面的景物描寫，與後面的心境，並沒有直接的、邏輯的關係，並不是表面的因果關連，而是彷如古詩中意象烘托，身處其中的人物在對照中牽起了某種心境。時間的敍述遲緩下來，在一個延長的空間中放散類同性的暗喻。

沈從文寫翠翠的心境，不是直接敍說，而是隱約去體會。有些地方留有空白，讓讀者去揣想；有時有歌聲，也祇爲了襯托那寂靜。

> 爺爺到溪中央便很快樂的唱起來，啞啞的聲音同竹管聲振蕩在寂靜空氣裏，溪中彷彿也熱鬧了些。（實則歌聲的來復，反而使一切更寂靜一些了。）⑯

沈從文擅於寫靜，彷彿是他的抒情的一種特殊品質。它可以是一種木訥溫厚的素質，爲那些農民老兵所有。如〈燈〉裏的老兵，對某些難言的事啞口無語，反而唱出一句山歌；又如〈丈夫〉中那丈夫妒忌又壓抑着自己的妒忌，說不出話，連旁邊的五多想唱個歌也唱不出聲音來。靜亦可以是壓抑和絕望，如〈三個男人和一個女人〉的豆腐舖老闆，一直不說話，待暗戀的女子死了却盜了她的屍，把藍色菊花撒滿她身上。靜默可以是忍耐與自律，像〈動靜〉中那軍官他的沈默是對這個喧嘩的時代的一個批評。靜在沈從文作品中有種種意義，都是敍事性的言語無法說盡，彷如畫中的留白，留給讀者體會的空間。

沈從文寫靜寫得最好的是短篇〈靜〉，小說一開始寫女孩岳珉站在屋頂曬臺上望着鄉野的風景，後來她回到樓下，我們看到這逃難到鄉下的家庭的其他成員：母親、大嫂、姐姐、姐姐的兒子北生及小丫頭翠云⓱。每人對這處境有不同的態度。小說幾乎沒有什麼情節，敍事的戲劇性減到最低。整個小說祇是由兩個空間構成：一是曬臺上，可以瞭望安靜自然的田野，有抒情詩一般的風景描寫；一是樓下的現實空間，面對疾病和無望的等待只好彼此以欺誑的言語互相安慰。女孩岳珉來回在這兩個空間之間，現實的牽掛令她下樓，當現實變得難以忍受，她再走上曬臺令心裏平靜下來。她一共走上曬臺三次，一次比一次留得更短，現實的壓力越來越強了。岳珉不滿於欺誑的現實，瞭望一個靜好自然的世界，但又於人世的憂苦無法捨割。小說沒有很多複雜的事件和人物刻劃，祇是把兩個情景並置，暗示人物的處境和心情，她們的局限和悲劇，以及面對一切的安靜和忍耐。這是抒情小說的筆法。小說中仍包容了敍事性（樓下的世界，對現實情節的交代和反應）和抒情性（曬臺上個人心境的舒放），這兩者的互相補充互相矛盾，構成了小說的魅力。沈從文正如他同代的小說家，未能忘情於這個動亂的世界，即使以抒情寫作，他亦像他筆下的人物一樣，不得不來回於現實的敍事和曬臺上的抒情之間。

三

沈從文嘗稱讚廢名謂：「記言記行，用儉樸文字，如白描法繪畫人生，一點一角的人生。筆下明麗而不纖細，溫暖而不粗俗，風格獨具，應推廢名。」但卻又嫌他「與讀者不相通」⓲。在另一處，爲他的文字辯護，說他「使文字離去一切文法束縛與藻飾」，又說「看得出作者對文字技巧是有特殊理解的」，但對後來的作品《莫須有先生傳》則認爲是「把文字發展到不莊重的放肆情形下，是完全失敗了的一個創作」[19]。沈從文承認自己與廢名對農村觀察相同，單純素描風格也相同，但却嫌廢名筆下「日光下或黑夜，這些靈魂，仍然不會騷動，一切與自然諧和，非常寧靜，缺少衝突」[20]。這說出兩人相似之處，也說出相異之處。

周作人說：「廢名君是詩人，雖然是做着小說。」[21]這很恰當地說出了廢名的風格。廢名的小說比沈從文的更像一首首短詩，情節更簡單，敘事性更弱，人物更少，有時就只是一種情調、一種氣氛、一些生活中的零星片段。廢名結集的小說有《竹林的故事》、《桃園》、《棗》、《橋》、《莫須有先生傳》，還有《莫須有先生坐飛機以後》，發表了十七章，未嘗完書。廢名也寫過不少詩，著有《談新詩》、《杜甫研究》等。廢名的小說和詩的關係，他自己也很自覺，後來編《廢名小說選》時，他在序裏這樣說：

「就表現手法來說，我分明地受了中國詩詞的影響，我寫小說同唐人寫絕句一樣，絕句二十個字，或二十八個字，成功一首詩。我的一篇小說，篇幅當然長得多，實是用寫絕句的方法寫的，不肯浪費語言。這有沒有可取的地方呢？我認為有。運用語言不是輕易的勞動，我當時付的勞動實在是頑强。讀者看我的〈浣衣母〉，那是最早期寫的，一支筆簡直就拿不動，吃力的痕跡可以看得出來了。到了〈桃園〉，就寫得熟些了。到了〈菱蕩〉，真有唐人絕句的特點，雖然它是五四以後的小說。」[22]

這幾篇都適合用來討論廢名的抒情小說，我們且逐一細讀。

〈浣衣母〉是較早的一篇，在廢名小說中，可算是有情節的了，但其實也不過是寫守寡的李媽，謠傳說她有了個年輕的相好。廢名的一篇〈散文〉裏，寫過傳聞的眞事，彷彿是故事的藍本，把它與〈浣衣母〉相比，更見後者藝術的加工，「象意」和「質化」的用心所在[23]。比如〈浣衣母〉中加入一個駝背姑娘，帶出許多生活的細節，然後又以她的逝去，襯托出李媽的孤寂。與散文相比，小說更少議論和意見，更多事實的呈現。但與我們討論更相關的，則是這小說的焦點所在。它對一般小說着墨最多的情節，即最能產生戲劇性的地方，如謠言的傳出，姑娘的去世，都是淡然處理；反而對日常生活的細節，用上許多篇幅。這種對小說慣例的輕重倒置，是廢名小說的一個特色，也是他作品抒情性的一個來由。

〈桃園〉除了開頭的介紹以外，通篇差不多都是貼着裏面兩個人物——病了的阿毛和醉酒的爸爸——的意識來寫。比如這一段：「阿毛用了她的小手摸過這許多的樹，不，這一棵一棵的樹是阿毛一手抱大的！——是爸爸拿水澆得這麼大嗎？她記起城外山上滿山的墳，她的媽媽也有一個，——媽媽的墳就在這園裏不好嗎？爸爸爲什麼同媽媽打架呢？有一回一籮桃子都踢翻了，阿毛一個一個的朝籮裏揀！天狗眞個把日頭吃了怎麼辦呢？……」[24]這是一九二七年的小說。他寫人物連綿的思緒，很有點意識流的味道。據說有人說他的小說很像維琴尼亞·胡爾芙，他說沒看過，後來找來一看，自己也覺得果然很像[25]。但也許廢名的特色還不是意識流，而是那種把人物內心與外面世界連合得那麼自然又那麼奇特的寫法：「秋天的天實在是高哩。這個地方太空曠了嗎？不，阿毛睜大了的眼睛叫月亮裝滿了，連爸爸已經走到了園的盡頭她也沒有去理會。月亮這麼早就出來！有的時候連清早也有月亮！」[26]

胡爾芙雖然注重探索人物內心曲折，又實驗意識流技巧以體會角色的心理活動，但她的現代抒情小說也不是強調主觀的感情流露與發洩，反而很注重細節選擇，景物與內在心境的連繫。她在〈現代小說〉一文中，就提出自我的非個性化，以對抗主觀性的表現。她甚至曾經批評喬哀思的《優力栖斯》過分集中在一個「自我」的感受，而沒有探入到「自我」以外的生命中去。胡爾芙感興趣的是自我與外在景物之間的連繫[27]。即在《雅各的房間》等較早的嘗試中，也可看到胡爾芙如何以外在事物（比方說房間裏的物質）來烘托主角的感情氣質，這亦表現了一種認識論上的意義：即通過他們來界定了主角的「自我」。

廢名小說也很注重景的佈置。〈桃園〉寫阿毛和爸爸，他們的思緒活動都是來回於桃園之中，回憶、想像、思考都圍繞在桃樹的世界，這桃園也把人物的心理活動襯托出來，這地方不太空曠是因爲「阿毛睜大了的眼睛叫月亮裝滿了，連爸爸已經走到了園的盡頭她也沒有去理會」。這裏不僅有一種童稚的趣味，還有一種把自然景物親切化，化成親人或自己一部分的人生觀。另外一個短篇〈菱蕩〉寫得更純粹，果然如廢名所說有唐人絕句的味道；是與詩結合的抒情小說的好例子，在以景物襯現人物的方法上，跟胡爾芙的《雅各的房間》未嘗沒有異曲同工之妙。

〈菱蕩〉一方面寫菱蕩——長滿菱角菱葉的那一片水（「深的、碧藍的、綠的，又是那麼圓」的「一個東西」），一方面寫聾子這個人物。都自然、樸素、帶一點野趣。寫菱蕩像寫一個人，寫聾子這個人也像寫水清竹葉綠、寫塔、寫樹、寫白白的牆。聾子彷彿也是這個菱蕩的一部分，有點不顯眼，有點拙，有一點點的聲音。廢名寫聾子用的是這樣田園詩風味的樸拙句子：

「洗衣女人問他討蘿蔔吃——好比他正在蘿蔔田裏，他也連忙拔起一個大的，連葉子給她。不過問蘿蔔他就答應一個蘿蔔，再說他的蘿蔔不好，他無話回，笑是笑的。菱蕩墟的蘿蔔吃在口裏實在甜。」㉘

這小說比廢名過去的〈浣衣母〉更沒有情節，只零星地寫生活在菱蕩的聾子的片段。結尾時幾個女人在菱蕩洗完衣服，張大嫂解開衣服乘涼，剛好聾子闖了進去：

「『我道是誰——聾子。』

聾子眼睛望了望水，笑着自語——

『聾子！』」㉙

小說到這裏就結束了。沒有多用一字解釋，只是抒情地寫人們如何和諧生活在大自然中，呈現一幅民俗生活圖。聾子彷彿就是菱蕩，就是大自然的一部分。小說結尾聾子重複別人的話說一聲「聾子！」好像接受了這是自己的名字。這與其說是他自覺地思索自己的身分，不如說是接受了整個環境自然地派給他的身分。雅各的房間的事物界定了雅各的「自我」，菱蕩也界定了聾子的自我的身分。他安於其分，自得地成爲菱蕩邊的一棵樹、一片葉。在相似的技巧背後當然有思想背景的不同，廢名受佛道思想的影響形成他的人生觀，也形成了他豁淡自然的寫法。

廢名小說多片段的感觸與啓悟。以優美的描寫寥寥幾筆造景以後，又時時會突然面向一個情景的感悟收結，比如〈竹林的故事〉等都是如此。有人說「他把晚唐詩的超越理性，直寫感覺的象徵手法移到小說裏來了」㉚。除此以外，他不重刻劃張羅，而以濃縮的意象氣氛，省略的手法表達直感、營造意境，也是接近唐人絕句的手法。

雖然有人說廢名喜歡哈代小說，他的小說與其說接近哈代那種「靈視的剎那」，不如說接近胡爾芙那種以「剎那」爲有意義場景的現代抒情手法。現代抒情小說中與詩結合時，那詩不一定是文字的詩意，而是處境的詩意。所以廢名不是如徐志摩、郁達夫甚至後來盧隱那樣用濃艷或激清的文字來造成詩意，而是以現代的收斂，古詩的技法，寫剎那的情景呼應心境。胡爾芙在論《咆哮山莊》時提到書中有些抒情剎那，好像離開小說情節主線，却與全書的詩意肌理相連㉛。廢名小說中也多這種剎那。抒情小說長於寫剎那感悟，但難以發揮成長篇結構。廢名的解決方法是把長篇分成許多各自獨立的章節，如《橋》、《莫須有先生傳》、《莫須有先生坐飛機以後》都是這樣，把短短的剎那、生活片段、零星感觸，相連又不相連地襯綴成較長篇的敍事。

四

汪曾祺是沈從文的學生，四〇年代開始寫作，寫過詩和散文，四十七年出版小說集《邂逅集》，其中如〈復仇〉，嘗試打破詩、散文、小說的界限。六十三年爲少年兒童出版社寫過一本《羊舍的夜晚》，其後一直當京劇編劇。文革後再重新寫小說，出版有《汪曾祺短篇小說選》、《晚飯花集》、《汪曾祺自選集》以及評論集《晚翠文談》、散文集《蒲橋集》。汪曾祺似乎也頗自覺於他小說中的抒情性質，他嘗自稱是「一個中國式的抒情的人道主義者」㉜，又說自已有一種「抒情現實主義的心理基礎」㉝。他認爲《汪曾祺短篇小說選》的小說較多「抒情性」，而《晚飯花集》的小說較多哲理性㉞。他所指的「抒情」是指什麼呢？在談小說的文章中他說「不喜歡太像小說的小說，即故事性很強的小說」㉟，又認爲「短篇小說應該有點散文詩的味道」㊱，這種情節性較弱，以意象烘托、氣氛渲染、語調運用爲主，結合詩與小說的做法，是現代抒情小說的特色，西方的紀德（A. Gide）與胡爾芙優爲之，汪曾祺文中也說喜歡過這兩位的作品㊲。

在現代中國文學方面，前面提到擅寫抒情小說的沈從文和廢名兩位，汪曾祺也自承受到他們影響㊳。三人都從中國藝術和詩詞汲取營養，形成中國現代抒情小說獨有的色調。汪曾祺更多地繼承了老師沈從文對現世的關懷，與廢名的冲淡清虛不盡相同；他也可說是集大成者，把抒情小說的各種可能發揮得淋漓盡致。

汪曾祺早年寫的詩裏可以見到對意象和顏色的敏感，比如這一首〈黃昏〉：

青灰色的黃昏，
下班的時候。
暗綠的道旁的柏樹，
銀紅的騎車女郎的帽子，
橘黃色的電車燈。
忽然路燈亮了，

（像是輕輕地拍了拍手……）

空氣裏擴散着早春的濕潤。㊴

這詩後面三行把顏色、光線和聲音、觸覺相連，是「通感」的手法。前面四行突出具體的意象和顏色，令人想到龐德等人的意象派詩。意象派要删去嚕囌的鋪陳、突出鮮明的細節、反概泛而重具體、反傷感而好含蓄，把意象並列營造氣氛、暗示意義的方向。而意象派的成形，當然部分又是來自龐德從中國詩和俳句所得到的啓發，比方語法寬鬆、文字濃煉、意象鮮明的特色，幫助意象派詩人發展出把知性和感情濃縮於一剎那的詩體。從舊詩詞汲取營養的小說家，也有類似的嘗試。

意象詩長於呈現刹那感觸，有助於現代的抒情，但却弱於敘事和對更大問題發表意見。那麼把這種手法融入原本以敘事爲主的小說時，會帶來新的轉化，亦可能有它的局限。汪曾祺一九四四年的〈復仇〉就是一個好例子。這個關於復仇的故事，不以復仇殺戮的場面爲主（試把它與武俠小說的處理相比！）甚至盡量把情節、因由都淡化了，而以景物描寫、人物的心理活動爲主，是典型的抒情小說寫法。其中主角聽着和尙一聲一聲的磬，半睡半醒的片段，有回憶、有想像、有鮮明的意象、詩句的分行、有自己的聲音、有想像和尙回答的聲音，半眞半假，半虛半實，以氣氛的感染和文字的優美取勝，確是抒情小說的佳作㊵。

但在這篇早期作品裏，作者並未能完全解決敘事的問題，所以在上述的抒情氣氛（如「萬山百靜之中有一種聲音，丁丁然，堅決地，從容地，從一個深深的地方迸出來。」之後，立即回到比較生硬的情節交代（「這旅行人是個遺腹子」）㊶，整篇小說也好像分爲兩半，未能渾然成篇。

但抒情性仍然一直爲汪曾祺的小說帶來特色，比如四〇年代〈雞鴨名家〉前半的抒情聲音，又如六十年代的〈看水〉，寫少年小呂看一晚水的經驗，本來平平無奇，但通過細緻內心描寫，我們感受到小呂眼中所見的事物，也看到他如何負起責任、克服困難，並從中得到安慰。完全以果園夜景的具體意象襯托少年成長的心境，這是抒情小說的成就。文革後八〇年代發表的〈受戒〉則更成熟了㊷。

〈受戒〉對「敍事」和「抒情」有比較巧妙的結合。這篇小說一開始介紹明海出家也是平鋪直敍的，介紹那個莊，那個庵，說什麼大者爲廟、小者爲庵等等，然後介紹明海出家到廟裏去，這一節一直到他們過河碰到小英子吃蓮蓬，大伯的船槳撥水的聲音作結。第二節開始也是全景式地介紹荸薺庵的所在地，寫小和尚的功課，到他跟着舅舅唱經作結。第三節介紹庵中各人，到三師父仁渡唱不規距的山歌作結。第四節從淸規說起，到三師父殺豬，豬血帶着很多沫子噴出來作結。如果是電影就是每場由遠鏡開始，以近鏡結束。好像基本有個結構：是由遠而近，由抽象而具體，由群體到個人，由衆人接受的習慣到個體生命的覺醒與騷動，也就是由敍事到抒情了。所以第六節的結尾，是明海看到小英子的脚印，「明海身上有一種從來沒有過的感覺，他覺得心裏癢癢的。這一串美麗的脚印把小和尚的心搞亂了」㊸。整個故事就是在敍事中染入抒情，越染越深。小英子和小和尚的感情發展下去，最後是小英子在明海耳邊小聲說：「我給你當老婆，你要不要？」㊹寫這愛情寫得清新動人，與抒情筆觸有關，明海大聲說「要——」船划進了蘆花蕩，驚起一隻水鳥，撲魯魯飛遠了。小說結束在抒情最飽滿的一刻，又餘韻未盡。小說面對自然景物作結，我們看到自然生命的活力。這蘆花蕩在之前已有伏筆，明海每次經過這無人的地方就覺心裏緊張。整篇小說結構的成功，是以抒情滲入敍事而至取代了敍事，配合小說中人物之掙脫本來就不特別嚴苛的戒律，讓自然生命得以舒展。

汪曾祺的抒情手法，正如廢名，得自舊詩之處很多。比如對仗的句法，或以不合一般語法句式造成恬淡意境。他也注意四字語造成的文章節奏、桐城派文章的文氣論㊺。〈釣人的孩子〉開首寫抗日期間，昆明小西門外，用了意象並列的詩手法：

「抗日戰爭時期，昆明小西門外。

米市，菜市，肉市。柴馱子，炭馱子。馬糞。粗細瓷碗，砂鍋鐵鍋。燜雞米線，燒餌塊。金錢片腿，牛干巴。炒菜的油煙，炸辣子的嗆人的氣味。紅黃藍白黑，酸甜苦辣鹹。」㊻

但意象內容却並不限於狹義的抒情，也同時指向民生的多艱了。敍事之處得自舊戲曲小說也多，〈皮鳳三楦房子〉不僅典故從清代評書《清風閘》來，敍事的手法也故意用上不少隨意漫興的閒筆。曾經喜歡胡爾芙的汪曾祺，有時在近作裏又會開玩笑說：這裏如果用意識流大概要寫好幾千字，還是算了罷。寫小市民，勞動者和知識分子的故事他不避敍事，但時時又從抒情的語調出發，或者以詩的文字寫時代的悲劇（〈天鵝之死〉），或者以沒有故事的具體意象烘托寫中國式的青年啓悟小說（〈曇花、鶴和鬼火〉）。近作〈八月驕陽〉寫老舍之死，融合了汪曾祺的小市民與知識分子的主題，也融合了敍事和抒情的手法㊼。其中的技巧不是西方的意識流和內心獨白，而是來自中國傳統戲曲小說的虛實相生手法。

在過去對虛實的討論中，李漁《閑情偶寄》審虛實把虛實指爲空中樓閣與眞有其事之分。金聖嘆評點《西廂記》，讚揚作者置實於虛，通過紅娘眼中看到張生的神情。朱宗洛評韓愈〈送溫處士赴河陽軍序〉認爲韓愈能避實擊虛，令讀者得到言外之意。汪曾祺的〈八月驕陽〉擅用種種虛筆，通過幾個虛構小人物眼中所見，口中所說，側面說出老舍文革時投湖的悲劇，不用戲劇性的情節和大聲疾呼，淡淡而有節制的抒情筆法裏，流露出無限的言外之意，令每個讀者掩卷思考，爲什麼會發生這樣的事情？

一九八八年十一月

註釋

❶ Jaroslav Průšek, *The Lyrical and the Epic*, ed. Leo Ou-fan Lee (Bloomington: Indiana Univ. Press, 1980).

❷ 同上, p. 4.

❸ 同上, p. 144.

❹ 同上, p. 107.

❺ 同上, pp. 11-28, 又見 pp. 117-120.

❻ 同上, p. X.

❼ Ralph Freedman, *The Lyrical Novel* (Princeton: Princeton Univ. Press, 1963), p. 1.

❽ 同上, pp. 1-41.

❾ Joseph Frank, "Spatial Form in Modern Literature" in *The Widening Gyre* (Bloomington and London: Indiana Univ. Press, 1968), pp. 3-62.

❿ Paul de Man, "Lyric and Modernity" in *Blindness and Insight* (1971; rpt. Minneapolis: Univ. of Minnesota Press), pp. 166-186. 亦可參看 *Lyric Poetry, Beyond New Criticism*, ed. C. Hovek and P. Parker (Ithaca and London: Cornell Univ. Press, 1985).

⓫ 高友工:〈試論中國藝術精神〉, 見《九州學刊》, 第一卷第二期, 頁一至十二, 第一卷第三期, 頁一至十二。

⓬ 沈從文:〈《散文選譯》序〉,《沈從文文集》(香港: 三聯, 一九八四), 十一卷, 八十九頁。

⑬ 沈從文：〈從徐志摩作品學習「抒情」〉，同上，二一一頁。

⑭ 汪曾祺：《晚翠文談》（浙江文藝，一九八八），一三七至一三八頁。

⑮ 沈從文：《邊城》，《沈從文文集》，第六卷，一二九頁。

⑯ 同上，七十六頁。

⑰ 沈從文：〈靜〉，《沈從文文集》第四卷，二五六至二六五頁。

⑱ 沈從文，〈從冰心到廢名〉，見《沈從文文集》，第十一卷，二三一頁。

⑲ 同上，九十八頁。

⑳ 同上，一〇〇頁。

㉑ 周作人：〈桃園跋〉，見廢名：《桃園》（上海：開明，一九二八），一四九頁。

㉒ 廢名：〈《廢名小說選》序〉，見《馮文炳選集》（北京：人民文學，一九八五），三九四頁。

㉓ 〈浣衣母〉、〈散文〉俱見《馮文炳選集》，十八至二十五頁，三六六至三六九頁。

㉔ 《桃園》，六十三頁。

㉕ 《晚翠文談》，一〇三頁。

㉖ 《桃園》，六十三頁。

㉗ Virginia Woolf, "Modern Fiction" in *The Common Reader*, First Series, (London: Hogarth Press, 1948), pp. 189–193.

㉘ 《馮文炳選集》，七三頁。

㉙ 同上，七十四頁。

㉚ 《晚翠文談》，一〇二頁。

㉛ Virginia Woolf, *Granite and Rainbow* (New York: Harcourt Brace and Co., 1958), pp. 136–139.

㉜《晚翠文談》，三十八頁。

㉝同上，十八頁。

㉞同上，二十頁。

㉟同上，十五頁。

㊱同上，十九頁。

㊲同上，二十三及三十九頁。

㊳同上，一〇二至一〇三頁。

㊴《汪曾祺自選集》，三至四頁。

㊵〈復仇〉，見《汪曾祺自選集》，一〇九至一一八頁，這裏特別指一一二至一一五頁的段落。

㊶同上，一一五頁。

㊷同上，〈雞鴨名家〉，一三〇至一四六頁，〈看水〉，一七六至一八六頁；〈受戒〉，二二三至二四二頁。

㊸同上，二三六頁。

㊹同上，二四一頁。

㊺見《晚翠文談》中的〈關于小說語言（札記）〉、〈揉麪〉等文。

㊻《汪曾祺自選集》，三八〇頁。

㊼同上，〈皮鳳三楦房子〉，三六三至三七九頁；〈天鵝之死〉，二六一至二六六頁；〈曇花鶴和鬼火〉，四八二至四九〇頁；〈八月驕陽〉，五五四至五六二頁。

中國現代文學中的癩子小說

譚國根

作爲一種文學類型，癩子小說（Picaresque novel）❶在西方文學有一個長遠的歷史傳統，十六世紀中葉出現於西班牙文學的黃金時代，之後再流傳到德國、法國、英國和美洲西班牙語區，癩子小說已經是西方小說的一個很流行的文類，即使是現代文學，也有不少小說是基於癩子小說模式而寫成的。

癩子小說在西方雖然是這麼具有影响力和廣爲流傳，但仍未有一個衆所公認的文類定義：（紀因，七一）哈佛大學教授紀因（Claudio Guillén）在他的文章〈癩子小說定義的探討〉（Toward a Definition of the Picaresque）指出，「文類是有固定特徵的，但亦會由於作家寫作時受到各種各樣的影響而因人因時因地有所變衍。」（七三）從文學史的觀點看，文類是會發展和變衍的，但萬變不能離其宗，否則就不能成之爲類。

把文學作品歸類不單是文學史研究的需要，還是文學批評的一種方法。韋力教授（René Wellek）在《文學理論》（Theory of Literature）一書裡討論文類時，就指出文類研究有助於弄清楚文學的內緣發展，是文學批評的一種方法。（二三五）文類批評（Generic Criticism）所用的方法，一般是先斷定始型（prototype），分析特徵，看看能否下定義，然後再討論文類史的發展及將作品分類，由於本文的研究對象是中國現代文學，而且也沒有足夠證據說明中國作家曾受西方癩子小說的影響，所以這個研究只能用平行研究的方法，從癩子小說的始型及其文類的歷史特徵看中國現代文學中的某些作品。

西方學者公認十六世紀西班牙小說《小癩子》（La Vida de Lazarillo de Tormes，一五五四）爲癩子小說的始型，小說作者何人，衆說紛紜，因而增加了小說的神秘感，其產生與主角人物的身世一樣，同屬不見經傳之類。《小癩子》的主角叫拉撒路，小說以自傳書信形式述說主角一生經歷：最初當瞎眼叫化子的領路童，受盡折磨，因而學會了怎樣在困苦環境中保護自己；之後又一次一次當傭人，漸漸從飢餓寒冷中成長，小癩子拉撒路的主子中有神父、修士、兜售免罪符的人和警察。這些人表面上都是衞道之士，但實際上却都是僞君子或騙子，對人萬分刻薄。拉撒路就是從飢寒受罪中看清世情，也學會了如何爲了生存而詐騙和偷竊。

如果只有一本小說是如此描述癩子生活和成長，就不會成爲一種文類。《小癩子》面世四十五年之後，西班牙另一個作家馬提奧·阿利曼（Mateo Alemán）以《小癩子》爲模式，寫了長篇小說《阿爾法拉切的古斯曼》（Guzmán de Alfarache，一五九九），從此奠定癩子小說的文類模式。《阿爾法拉切的古斯曼》可說是大型的癩子小說，概括地描述了西班牙社會各階層的情況。小說亦以一個小孩在失去了父母照顧而需要獨自生存並面對社會各種不平的情況爲中心，寫小孩怎樣到處流徙和學會詐騙。古斯曼並不像拉撒路那般性格善良，而是一個罪犯，受過大學教育，會弄文墨，所以能爬上更高的社會地位，雖然他最後被判入獄並且懺悔前非。

西方學者討論癩子小說，多以《小癩子》和《阿爾法拉切的古斯曼》爲藍本。紀因認爲根據這兩部小說，可以概括地提出癩子小說的八個特徵：

一、癩子（picaro）不單是一個流浪漢、窮光蛋、騙子，而是三者的結合，並且超越他們，由於癩子並非天生而成，小說裡所描寫的是主角怎樣因環境的困逼而變成癩子，癩子是一個內省的人物，心靈孤獨，所以小說集中寫主角的心路歷程和環境的關係，癩子往往以批評的眼光看世界，又常自辯有高尚的德性，把詐騙或其他不當行爲解釋爲環境的責任。癩子性格中最突出一點是不斷學習和適應環境的需要。

二、嚴格說來，癩子小說都應該是自傳體的，即是以癩子的觀點看世界，因之癩子是敍述者，亦是主角，述說自己的歪行，又作辯解。

三、敍述者的觀點是片面和帶有偏見。

四、癩子的人生觀是內省的，富哲理並對道德宗教批判。

五、小說情節常常強調物質生活的重要，描寫飢餓和金錢誘惑。

六、癩子亦作爲一個觀察者，用諷刺的眼光看社會各階層、職業、人物、城市和國家，小說因之又有喜劇效果。

七、癩子在他的浪蕩生涯到處流徙，但在社會上却極力向上爬。

八、小說由多個章回片斷串成，以主角爲中心聯繫人物。癩子小說在形式上是開放的，但在思想主題上是封閉的。（紀因，七五—八五）

紀因認爲第一、二特徵是嚴格定義上的癩子小說所必須具備的，其他特徵則可有可無。西方公認的癩子小說並沒有一部完全具備上述八點特徵。學者多數贊成把癩子小說分爲狹義的

（即具備第一、二特徵的）和廣義的（即具備第一及其他特徵之一種或多種）兩種定義。西方文學中，除了十六至十九世紀西班牙文學中有狹義的癩子小說並形成所謂西班牙模式（Spanish pattern）之外，德國、法國和英國都有狹義和廣義的癩子小說。二十世紀，美國文學中亦有廣義的癩子小說。癩子小說在數量上可說是數不勝數。

無論從狹義或廣義上來說：中國現代文學中都可以找到與癩子小說在文類上作比較的作品。牛津英語詞典對癩子小說作了如下的說明：「有關流氓無賴的，尤其是指主要是源自西班牙的小說風格，描寫流氓的冒險活動。」

紀因對廣義的癩子小說有以下的看法：

> 廣義的癩子小說應具備下列的文類要素：主角是異常孤獨的孤兒或年輕人，他永遠而且是多方面的疏離於社會現實，背離因有信念和意識。（我們也可以提出小說應有流氓行爲，但這是有爭論的；而且這種疏離也已經導致與固有道德的決裂。）（九五）

從這個廣義的觀點看，魯迅的〈阿Q正傳〉亦可算是以清末民初爲背景的癩子小說。一九二一年魯迅在晨報副刊發表這篇小說時用的筆名是「巴人」，意思是「下里巴人」，用現代語說就是低下階層的人。一個下里巴人要爲一個無名無姓的阿Q寫傳記，這點就與只有偉人或重要人物才要立傳存世的傳統脫節。像《小癩子》一樣，〈阿Q正傳〉的敍述者開首就以第一人稱的手法說明要爲阿Q寫傳的企圖和目的。阿Q雖然不是孤兒，但却沒有姓氏籍貫，連名字也只有一個音，怎樣寫法也無人知曉，阿Q無家可歸，只寄住於土谷祠。他是一個名副其實的流浪者，與社會脫節，生活無根。魯迅寫阿Q並不是由阿Q出生開始，而是由他成年講至他被槍斃。《小癩子》所寫的是癩子的成長和他如何由一個無依小孩變成癩子，但〈阿Q正傳〉所寫的是阿Q怎樣變成癩子和怎樣走到生命的終點，沒有成長小說的成份。

阿Q在未莊只幹散活以求生存，他沒有固定的主子，也可以說村裡每一個人都可以做他的主子，阿Q受盡凌辱，但他所受的痛苦並不像拉撒路那樣的來自他的主人，而是來自村中任何人。拉撒路的人物性格形成，完全是正反兩方面從他的主子學來的，而阿Q卻是從欺侮他的人那裡學來的。

阿Q開始時是一個頭腦簡單的人，自視甚高，看不起村裡人。這也是他之所以疏離於村民的一個原因。雖然自視甚高，阿Q卻常被人欺侮和看不起。《小癩子》中的拉撒路是透過被人欺侮的痛苦經驗而學會怎樣掙扎生存，阿Q被人欺侮的時候，就以精神勝利法去抗拒和解釋自己的行爲。當精神勝利法也不行時，阿Q也從被欺侮中學會了欺侮弱小，拿小尼姑來洩憤。

幾乎所有西方的癩子小說都觸及吃飯和飢餓的問題。《小癩子》的拉撒路就學會了怎樣用計偷食物，但每次偷食物又會帶來更多更大的痛苦。跟瞎眼化子作領路童時，拉撒路就因爲飢餓而偷吃香腸和偷喝酒，但隨即受到更大的肉體懲罰。偷麵包又叫他的頭挨打受罪。阿Q終於因爲村裡沒有人願意僱用他而要偷東西吃，以充一時之飢。他也聰明，揀了尼姑庵的後院下手，偷去三個蘿蔔。吃完三個蘿蔔之後，阿Q因爲怕黑狗咬，不敢再偷入尼姑庵。拉撒路要到大城市托利多去碰運氣，而阿Q也因沒未莊無工可作也無處可偷而決定進城碰運氣。

〈阿Q正傳〉和《小癩子》都有着相似的章回片斷結構，主角由一個地方流浪到另一個地方，而進城冒險却是兩個小說中最重要的情節。在城市裡，拉撒路學會了虛僞和知道先敬羅衣後敬人的道理，因而成爲更聰明的流氓騙子。首先他知道要依附權貴，才可以有溫飽的生活，其次他從兜售免罪符的棍騙高手學會了成功之道在於無耻，他自己也說：「我偶然碰到了第五個主人——一個兜銷免罪符的。他同行裡，像他那樣狡詐無耻、會做買賣的，我還沒見過第二個，只怕一輩子不會見到，誰也見不到。因爲他會想方設法，巧出心裁。」（五一）在城裡，拉撒路懂得了生存之道。跟着瞎子一生，最多也只會做個高明的乞丐。小偷小騙不足以叫他登上成功之路，他必須學習做一個大奸大騙之人。最關鍵性的，就是他跟上了一位駐堂神父。此後四年裡，拉撒路儲足了錢把自己打扮成一個紳士。

阿Q在城裡的冒險也總不算白費了。魯迅沒有詳細說阿Q在城裡的遭遇，但阿Q不久再回到未莊時却以全新的形象出現在村民的眼前：

> 但阿Q這回的回來，却與先前大不同，確乎很值得驚異。天色將黑，他睡眼朦朧的在酒店門前出現了，他走近櫃台，從腰間伸出手來，滿把是銀的和銅的，在櫃上一扔說，「現錢！打酒來！」穿的是新夾襖，看去腰間還挂着一個大搭連，沉鈿鈿的將褲帶墜成了很彎很彎的弧線，未莊老例，看見略有些醒目的人物，是與其慢也寧敬的，現在雖然明知道是阿Q，但因為和破夾襖的阿Q有兩樣了，古人云：「士別三日便當刮目相待」，所以堂倌、掌櫃、酒客、路人，便自然顯出一種疑而且敬的形態來。（八九）

自此一役勝仗，全未莊的人都對阿Q有了新的敬畏。他順勢吹噓在城裡見過舉人貴人，彷彿自己也高貴了很多。他還繪影繪聲的講城裡看到殺頭的場面，把先前欺侮他的王胡也嚇得瘟頭瘟腦好幾天。阿Q還做起小買賣的生意來，村裡人都爭相買他從城裡帶回來的東西。但阿Q的好運却隨着他的東西賣光了而完結。當未莊的人知道他在城裡只是一個無胆的小偷，而非什麼能跟舉人扯上關係的新貴，他便逐漸爲人們所遺忘。

從城市再回到未莊，阿Q總算見過世面，村民對他的態度從敬畏而至淡忘，叫阿Q明白了他們的心理，並且知道他們對自己的敬畏，並非因爲自己有什麼了不起，而是背後有一種超越他們的想像力的靠山勢力，阿Q之所以要和革命黨扯上關係，當然就是爲了保持一種威勢和形象。這回連趙太爺也對他維恭維敬了，稱他「老Q」，還希望仗着阿Q與革命黨的關係而保住生命財產，阿Q藉此爲自己製造了一個神話。對鄉裡人來說革命黨當然是一個神話。這個神話的社會功用就是能使其中人物得到特殊的地位和力量。拉撒路要在政府裡求一個公職的心理，與阿Q投機革命是同出一轍的。當未莊所有人都扮作革命份子或革命黨的一員時，阿Q又失去了別人對他的敬畏。阿Q終於因爲要冒充革命黨而叫苦頭給槍斃了。

阿Q算不算是一個癩子人物呢？與拉撒路相比，阿Q明顯地是愚昧得多，但阿Q的對手也比拉撒路的對手愚昧和低弱。〈阿Q正傳〉不是自傳體小說，但魯迅常以阿Q的觀點看未莊的人和事，而且又以阿Q的自言自語來說明他的內心世界。〈阿Q正傳〉在閱讀效果上也提供了一個雙重審視角度（Double perspective），因而叫讀者看到阿Q的外在行爲（Homo exterior）和內在人格（Homo interior）的交互關係。西方癩子小說寫癩子的道德虛僞表現爲外在行爲的僞善和內在人格的奸詐，但又要以自述者的角色來自圓其說。阿Q沒有一個自述者去爲他辯護，他只是詐多於騙，更非奸，最多也只是滑。

〈阿Q正傳〉雖然在嚴格意義上不是西班牙模式的癩子小說，因爲小說缺少了自述者所能提供的觀點以茲與癩子的雙重人格抗衡和加以解釋，但仍可看作廣義模式的癩子小說。這部小說最成功的一點是以癩子的眼光去判斷民初一個鄉鎭的各式人物，以達到諷刺效果，和提供一個社會及倫理關係概覽（a panoramic view）。小說寫阿Q，但阿Q是一面鏡子，可以照見趙太爺、王胡、小D、尼姑、吳媽、秀才、擧人等形形式式的人物及他們代表的價値觀念。在一個轉形期的社會裡，人物對時代的無所適從和採取一種機會主義態度，都很深刻的表現在〈阿Q正傳〉裡。

西方癩子小說的一個主題是寫癩子人物如何自欺又欺人，同時又加以自圓（a liar's confession and defence）。拉撒路明知自己的老婆是主教的情婦，但又加以否認，表面上他是爲了保存顏面，實際上容許老婆倫漢子以保護自己的利益。這種自欺欺人的性格（double deception）在阿Q身上亦可以找到。阿Q其實是人性兩大弱點的化身。其一是把不利的事情加以某種解釋（或曰歪解），使之好像是對自己有利的。明明是給人打痛了，阿Q還自以爲得意的說兒子打父親。只有當他被人搶了錢時，他才感到眞的痛心，但這種痛心也是可以在心理上克服過來的：

很白很亮的一堆洋錢！而且是他的——現在不見了！說是算被兒子拿去了罷，總還是忽

> 忽不樂；說自己是虫豸罷，也還是忽忽不樂：他這回才有些感到失敗的苦痛了。
> 但他立刻轉敗為勝了。他擎起右手，用力的在自己臉上連打兩個嘴巴，熱剌剌的有些痛，打完之後，便心平氣和起來，似乎打的是自己，被打的是別一個自己，不久也就彷彿是自己打了別個一般，——雖然還有些熱剌剌，——心滿意足的得勝的躺下了。（七四—七五）

另一個人性的弱點就是要欺侮比自己更弱小的人以顯示自己還不是最苦不堪憐的人。所以阿Q被打之後，就欺負小尼姑，在法場臨要槍斃前，阿Q還扮作英雄就義。阿Q的自欺欺人方法，比起拉撒路來，還可說是有過之而無不及。雖然〈阿Q正傳〉並不是西班牙模式的癩子小說，阿Q這個角色却是典型的癩子人物。

中國眞正嚴格意義上的癩子小說要到一九三七年才出現。這年老舍在《文學》上發表了小說〈我這一輩子〉，後來還在一九五〇年改編成電影，由石輝主演。大概是電影拍得好的關係，一般人只知道有〈我這一輩子〉這部電影，而不曉得原著是一部小說。〈我這一輩子〉的篇幅不算長，與《小癩子》差不多。《小癩子》原名應譯作《托馬思訶的小拉撒路的一生》。拉撒路在字源上指低賤的人，意思跟阿Q一樣。〈我這一輩子〉中這個「我」，連名字也沒有，比阿Q更不如。單從篇名上就可看出作者的用意和其中癩子人物的成份。

〈我這一輩子〉是自傳體小說，形式與《小癩子》相同，這就使得其敘事觀點是不客觀和帶有偏見的。這點也是狹義的西班牙模式癩子小說所必須具備的形式因素。小說的時代背景是民國初年的北京城。小說裡並沒有明顯的說是北京，但其中的用語所指無疑是北京。與〈阿Q正傳〉所寫的時代相同，但却有城鄉之別。在短短的篇幅裡，〈我這一輩子〉寫了一普通中國人四十年的遭遇，由童年至中年。像《小癩子》一樣，〈我的一輩子〉的結構是章回片斷式的，以主角的流轉爲主線，串起每一個情節。典型西班牙式的癩子小說在形式結構上是開放式的，思想意識上則是封閉的。〈我這一輩子〉也是如此，主角在小說結尾時正處盛年，以後遭遇如何，沒有人知，但可以肯定的是主角的行爲和性格却是環境的產物，並且會爲了生存而放棄任何價值原則。

〈我這一輩子〉開始時用自我介紹的方式，述說主角的貧賤出身，但也學會了認字。在當時來說，會認字就應做官，因而誘發了主角小小的一點「上進心」：

> 憑我認字與寫字的本事，我本該去當差，當差雖不見得一定能增光耀祖，但是至少也比作別的事更體面些。況且呢，差事不管大小，多少總有個升騰。我看見不止一位了，官職很大，可是那筆字還不如我的好呢，連句話都說不出來。這樣的人既能作高官，我怎麼不能？（一一六）

主角「我」的理想是要做官，但家境不讓他達成願望，十五歲便去當裱糊學徒。對他來說，造紙屋、紙家具、紙車、紙僕人，其實都是一個大笑話。自己不但沒有擁有眞實的房子、家具、車和僕人，而且還要爲死去的人造假的東西。主角並不滿足於當裱糊匠。但他却從學徒的艱苦生活中學會了以後怎樣做人：

學徒的意思是一半學手藝，一半學規矩，在初到鋪子去的時候，不論是誰也得害怕，鋪中的規矩就是委屈，當徒弟的得晚睡早起，得聽一切指揮和使遣，得低三下四的伺候人，飢寒勞苦都得高高興興的受着，有眼淚往肚子裡咽。像我學藝的所在，鋪子也就是掌櫃的家；受了師傅的，還得受師母的夾板兒氣！能挺過這三年，頂倔強的人也得軟了，頂輕和的人也得硬了；我簡直的可以這麼說，一個學徒的脾性不是天生帶來的，而是被板子打出來的；像打鐵一樣，要打什麼東西便成什麼東西。（一一九）

這段話其實也是《小癩子》中的拉撒路跟隨瞎眼化子學習當化子時的生活寫照。〈我這一輩子〉的主角雖然不是孤兒，但與拉撒路一樣，都是少小離家，歷盡風霜、孤軍掙扎。這就形成了他們一種獨特的性格，可以應付這個冷漠和殘酷的社會。

比較起拉撒路來，老舍小說中的「我」還算得是善良一點。他從未出賣或背叛自己的主子，頂多只是盡量找機會偷懶和多吃多睡，但這也是因爲他常受到過份刻薄所至。〈我這一輩子〉中最突出的一點，並且是嚴格意義上的西班牙癩子小說所常具的一點，就是主角的一生中曾經歷無數主子的使喚，從而學會了怎樣適應各種不同的環境，老舍的「我」的主子大多數都是官家紳士。小說要諷刺的當然也是這些愚昧、貪婪、刻薄成性，但又官運亨通的人。從這點上說，《小癩子》所諷刺的教會權貴亦是道德和權力的化身。

〈我這一輩子〉的主角「我」的經歷中，最叫他不能忘懷而又叫他最能藉之明白人生世情的就有兩件事：一是他的老婆給他最信賴的好朋友誘走了。這事給他的教訓是不要信任任何人，還有一點就是世間事都是不合理和不能求答案的。這也是癩子的人生觀之一。如此看世界，道德倫理都是騙人的東西。另一件事就是他當了巡警之後遇上兵變，而看清楚了巡警只不過是高官的跑腿或侍從，有難的時候就被人當作犧牲品，命賤如蟻，從此，主角「我」曉得了不要爲職責賣命，遇事時第一個要保護的是自己。在小說所寫的時代裡，巡警的地位跟拉車的差不多，算是比乞丐好一點。

老舍的「我」雖然學會了生存之道，也曾一度當上巡警警長，但却比拉撒路更命苦和多了一條尾巴的拖累。他的老婆出走之後，遺下一子一女由他撫養，因而更要爲口奔馳。他的兒子大了也只能當巡警，而且還早死。女兒嫁給一個窮巡警，命運還不如自己。

癩子小說的一個主題是刻畫社會衆生相。這點可說是老舍的特長。在人物描寫方面，老舍發揮了他的諷刺技巧和幽默感。無能的政府官員和腐敗的制度，與民生的困苦成一大對比。一個小官的姨太太也用極之昂貴的法國香水，但當侍從的巡警的一個月薪津還不能買半瓶香水。社會上種種不平和混亂，都是透過了當了巡警之後的「我」的眼睛看出來的。這個癩子式的「我」雖然是被諷刺的對象，但也像攝影機一樣，把要諷刺的人都拍攝下來。

〈我這一輩子〉的主角「我」，像阿Q一樣，常被人嘲弄。老婆被一個比自己醜的人誘走了，別人還要當衆說他不知羞耻，背脊發軟。這個經驗叫他從此更加孤僻，不交知心朋友，也不拒人於千里，對生活採取旁觀的態度，而心中却是內省和頻於思想的。這種「邊際人」

（Half-outsider）的角式是典型的癩子模式，內心完全疏離於同群，外表仍可與人往還相處而無不安之感，癩子之如此表現，完全是殘酷的環境使然。

〈我這一輩子〉和《小癩子》的主角都有一個極相似的地方，兩者都從經驗中學會了怎樣用自己的小聰明來克服環境造成的困難。老舍的「我」就是因爲他的小聰明而能排難解紛，終於當上巡長，這點小聰明也是癩子藉以向上爬的本錢。當上了巡長的「我」雖然因爲時勢的變動而最終失去了職業，又一次失敗，但他的心態仍是要堅持掙扎，往上爬。小說結尾時，他說：「我的眼前時常發黑，我彷彿已摸到了死，哼！我還笑，笑我這一輩的聰明本事，笑這出奇不公平的世界，希望等我笑到末一聲，這世界就換個樣兒吧！」（一七六）老舍所要寫的當然是一個癩子「我」的失敗，但似乎也對他表示一點同情和不值。結局的悲涼和悲觀，與主角「我」的強笑和掙扎，不但成爲對比，還展示了癩子小說的開放式結構和封閉式主題思想。小說結尾之所以能給讀者一種無奈的感覺，正是由於老舍巧妙地用了自敍者「我」和主角「我」所提供的雙重審視角度。

無論從癩子主角的塑造，結構處理，情節安排，敍事觀點運用等方面來說，〈我這一輩子〉都可與西班牙模式的癩子小說作比較。這小說可算是中國癩子小說的首創，而且是很成功的作品。它的篇幅雖然是短一點，但刻畫深度和諷刺效果並不遜於《駱駝祥子》。

西方學者都說癩子小說和癩子一樣，都是時代的產物。紊亂和不平的社會自會產生癩子人物。清末民初，華洋混雜，新舊交替，社會變遷，人們無所適從，癩子哲學自然應運而生。從阿Q到「我」，一個投機取巧，另一個力爭上游，但兩者的結局都是一樣：失敗。要研究小說社會學，癩子小說會是很好的材料。從〈阿Q正傳〉和〈我這一輩子〉，讀者可以看到一連串的情節，以個人和社會的衝突爲主線。

癩子小說是人物小說（novel of character）和情節小說（novel of situation）的結合，把人物看作環境產物，而小說的重點放在人物性格形成的過程(character as process）。老舍的〈我這一輩子〉的主題是寫一個人物「我」怎樣隨波逐流地生活，由一個有一點小小上進心的人因爲生活的驅使而變成一個癩子或人物。小說的重點放在主角「我」的人物性格形成過程。從這方面看，〈我這一輩子〉比之〈阿Q正傳〉更符合癩子小說的定義的要求。魯迅寫阿Q，並不重視人物性格形成的過程，而筆墨放在阿Q的性格如何走到極端，〈我這一輩子〉亦可讀作成長小說。

紀因論癩子小說的神話色彩和傳奇性時曾說癩子神話（Picaresque myth）是作家對於人與世界和生活的疏離感的一種發洩。（一〇六）這是二十世紀讀者和批評家看十六、七世紀小說的感覺，但當代中國讀者看〈阿Q正傳〉和〈我這一輩子〉時，當會感到其中濃厚的時代氣息和寓意色彩。十六世紀西班牙人讀《小癩子》，首先可能想起的是中世紀教會的黑暗。這樣看，癩子小說亦有人文主義的色彩。十七世紀以後的癩子小說少了對教會的批評，多寫個人與社會的關係，和個人怎樣在社會中成長。中國的〈阿Q正傳〉和〈我這一輩子〉與西方癩子小說只有形式上和內容上的可比之處，却沒有任何歷史親和關係（historical affinity）。老舍可能受了英國癩子小說的影響，但却沒有明確的證據，可以說這兩部小說或許能代表中國現代文學中癩子小說自發產生，至於其所代表的意識形態和時代寓意是否一定是中國癩子小說的特徵，那就要看癩子小說能否在中國成爲一個傳統和成爲一個怎樣的傳統。

註釋

❶ Picaresque novel 一般譯作流浪漢體小說；但 picaro 並不單是流浪漢，甚至有時是不流浪的。音譯作畢加羅小說，以示西方小說文類也無不可。楊降曾譯了 *La Vida de Lazarillo de Tormes*，書名取《小癩子》，並在譯後記解釋如下：

我們所謂癩子，並不僅指皮膚上生癩瘡的人，也泛指一切流氓光棍。我國殘唐五代時就有「癩子」這個名稱，指「無賴」而說；還有古典小說像《儒林外史》和《紅樓夢》裡的潑皮無賴，每叫做「喇子」或「辣子」，跟「癩子」是一音之轉，和拉撒路這字意義相同，所以譯做《小癩子》。

Picaro 可譯作癩子，Picoresque novel 譯作「癩子小說」較切意。

參考書目

楊降譯　《小癩子》。上海：上海譯文，一九七八。

魯迅　〈阿Q正傳〉。見《吶喊》。北京：人民文學出版社，一九七九，頁六八—一一四。

張天翼等　《論阿Q》。上海：草原書店，一九四七。

山東省魯迅研究會編　《〈阿Q正傳〉新探》。濟南：山東大學出版社，一九八六。

Bjornson, Richard. *The Picaresque Hero in European Fiction*. Madison: University of Wisconsin Press, 1979.

Guillén, Clandio. "Toward a Definition of the Picaresque." In his *Literature as System*. Pinceton, N. J.: Princeton University Press, 1971, 71-106.

Sieber, Harry. *The Picaresque*. London: Methnen, 1977.

Weisstein, Ulrich. *Comparactive Literature and Literary Theory*. Bloomington, Ind.: Indiana University Press, 1973.

Wellek, René and Austin Warren. *Theory of Literature*. Penguin, 1978.

後記

陳國球兄評拙文，指出 picavesque noved 譯作「癩子小說」恐會引起誤解。會後，張漢良教授告訴我他的意見，認爲譯作「癩子小說」也是可以的，因爲西方文學中亦常有以人體病癩象徵反面人物。王德威兄在會議上提出老舍的小說《牛天賜傳》作爲「癩子小說」的典型，並認爲比「我這一輩子」更切合「癩子小說」的定義。從廣義上說，《牛天賜傳》也可以說是一本寫得很好的《癩子小說》，只可惜小說並非自傳體，因而未能寫出經癩子的獨特眼光所透視的花花世界。那麼，從狹義上說，《牛天賜傳》就不是嚴格的「癩子小說」。

本文原定還要論及中國當代文學中的癩子小說，特別是要討論張賢亮的《綠化樹》中所表現的「癩子回頭」模式（The converso pattern in the picaresque novel），但這樣做會使文章的幅度增加一倍。我已擬定另寫一篇文章討論《綠化樹》。

論「探索小說」

——中國新時期文學的一個側面

錢谷融

「探索小說」之名在中國文學中的出現並成爲一種引人注目的文學現象，顯然，只是在被人們習慣上稱之爲「新時期文學」的這一段頗爲特殊的時間內才開始存在的；嚴格一點說，它只是近十年來才有的文學現象。因此，探討所謂的「探索小說」，或試圖以「探索小說」這一特殊的文學現象上認識新時期的中國文學，我們不能不將「探索小說」納入到整個中國現當代的社會、政治和文化以及文學傳統的背景中去思考和研究。可以說，這是我們的一個最基本的出發點。

一、探索小說的含義

什麼叫探索小說？探索小說的含義是什麼？儘管已經有人提出了諸如此類的種種疑問，也有不少理論家和作家曾希望對此作出某種多少能夠使人滿意的回答。然而，事實畢竟是，與其說這是一個純粹的理論問題，不如說它更傾向於實踐的或經驗的領域。因爲，我們所說的「探索小說」——不管是它的理論還是它的創作——直到目前爲止還只能說是起步未久，仍在發展之中，特別是它在理論上的被眞正重視，不過是最近以來的事；同時，人們對於「探索小說」一詞的運用或解釋也由於前一原因而顯得衆說紛紜，這更使某些急於爲此正名的人倍感困惑。所以，現在就試圖在一種眞正全面的意義上去規範「探索小說」的內涵和外延，並賦予它明確的理論形象，顯然是不很明智的設想。對於一種剛剛誕生——即使在「五四」以後的中國文學歷史中，「探索小說」的大約十年左右的生命也是相當短暫的——並又方興未艾的文學現象，要想比較眞切地了解或理解它，似乎除了直接地介入它的發展，體驗它的存在，可能別無它法。這對於中國的文學理論家來說，肯定尤爲重要。就像人們常說的，理論往往要比實踐灰色得多，而況我們現在所面對的又是一種正在變動中的對象呢？

但是，理論家的才能却表現在，他承認了理論的某種困境，而並不自認束手無策。確切地說，較之於實踐，理論的可愛就在於它的更爲謙虛和明智。這也就是理論家的自信。我們前此所說的對於「探索小說」的介入和體驗，實質上也就是企圖確立理論本身的存在和它對於「探索小說」這一文學現象的發言權。介入與體驗的目的並不僅僅在於或主要不在於對「探索小說」作出種種規範，而只在乎認識它——在理論意義上，我們現在幾乎只能做到這一步。因此，某種可能的結論或許就在我們對於「探索小說」的歷史的描述中。在某種程度上，這種描述不過是理論家介入和體驗的結果而已。

有一點應該說是可以肯定的，探索小說的出現並不是與「十年動亂」後中國文學的復甦完全同步的；毋寧說，它是新時期文學進一步發展和自覺提高的標誌或產物。這也就是人們之所以不把七十年代最後三年左右時間內的小說稱做「探索小說」的客觀原因。但是，任何現象似乎都有例外。曾幾何時，劉心武的《班主任》——這篇被許多人目爲開新時期文學先河的作品——却確實一度也被推爲「探索小說」的開山。從以後的發展來看，人們或許有理由對此提出疑問。因爲「探索小說」的歷史儘管短暫，但它的表現形式和變化頻率却異常豐富而迅速，短短的幾年，即使是八十年代前期的作品，也已使它與《班主任》和它最初的出發點相距遙遠了。特別是現在的人，好像更沒有必要僅僅爲了顯示和誇耀「探索小說」歷史的悠久或血統的高貴而去攀附這部名噪文壇的作品了。可是，人們之所以會將《班主任》與探索小說聯繫起來，甚而至於以探索小說的鼻祖目之，也有其必然的理由。而對於這種理由的承認，則只有對「探索小說」以後的發展有所認識才有可能。這就是說，從某種最爲廣泛的意義上看，只要一部小說在人們看來具有觀念更新的色彩，它就有可能被當作是「探索小說」家族中的一員。顯然，《班主任》的「探索小說」意義正淵源於此。作爲文學作品，我們現在可以說，它在觀念突破上的作用要遠遠大於它在技巧運用上的成功，而前者的意義很重要的一方面似乎也不僅僅局限於文學。如果沒有整個社會的價值觀念的變動，很難說《班主任》會有這樣的影響。我們覺得，對這一點有深切的認識是相當重要的。它將在一個側面揭示「探索小說」的意義所在。

作爲一個理論問題的提出並引起廣泛的注意，「探索小說」只是在近年來才顯得不同凡響。但是，就其實際的發展來看，我們可以這樣認爲，「探索小說」形成於八十年代初期的「反思文學」，高潮於八十年代中、後期的「尋根文學」與現代主義的文學潮流——這其間還有著名的方法論和文學觀念討論，而近些年中國文學中對於形式主義小說和語言問題的鼓吹，則無疑將「探索小說」的發展引向一個更爲深入的程度——或許，人們對文學的語言形式的重視恰恰就是「探索小說」在最近倍受矚目的催化因素？我們發現，「探索小說」不管是在它的哪一個發展階段，一部作品如果要被人們或多或少地承認是一部「探索小說」，那麼它必須具備的一個基本素質就是它在一般觀念上的對於原有框架的突破。所謂「一般觀念」，不僅僅是指文學的，更重要的可能倒是社會文化或思想領域的。王蒙、韓少功、阿城、劉索拉、李杭育等作家的被看作是「探索小說」的那些作品，幾乎都能夠輕易地在其中看出這方面的痕迹。例如轟動一時的〈你別無選擇〉，它所蘊含並表現出的對於現存觀念制度的衝擊和破壞欲望及其力度，伴隨着人們對於自身行爲和命運的思索，範圍所及，顯然要遠遠超過文學。

然而，一般觀念的突破却並不是我們看到的所謂「探索小說」的最主要和最深刻的標誌，甚至於還可以說，眞正意義（狹義？）上的「探索小說」，它之所以會被稱爲「探索小說」，就是爲了要區別於它與其他小說在這一方面的易於混淆，即它更願意使人們注意到它的表現形式。而它對自己這一願望的實現和爲此所作出的努力又分明是多麼的顯著而自覺。這也就是人們爲什麼異口同聲地把馬原、殘雪、孫甘露等稱做「探索小說」作家的根本理由。就目前來看，「探索小說」似乎可以理解爲小說形式的探索或探索形式的小說。可能已經有人注意到了，「探索小說」傾向的這種變化，其實質正反映了新時期文學逐漸趨向於自身的文學建設的主潮——中國文學再一次表現出了它的自覺意識。這種自覺意識無疑也就是新時期文學眞正成熟的開始。

當然，「探索小說」的注重形式因素的傾向，其形成也有一個明顯的發展過程。早期的新時期文學由於無法擺脫「十年動亂」結束後那幾乎是衝擊一切的巨大社會政治熱情，它對於小說形式的無暇顧及是顯而易見的。之後，人們的政治熱情逐漸轉移到文化思想領域，從而開啓了重新認識文學的新天地。各類探索性文學作品也就是在這種時刻才開始大量出現並引起重視的。不過，此時此刻，對於形式的關注還遠遠沒有超過人們傳統的「內容決定形式」這一類信條的束縛；相反，種種的求全責備倒是紛至沓來。對於某些新的技巧和表現方法，總會有一些人表現得很不寬容。對王蒙的幾篇「意識流」小說的討論暴露了這一點，而以後關於「現代派」文學的爭鳴更是在這一問題上壁壘分明。但是顯然，正因爲有種種的反對高見，才最足以證明，探索小說對於傳統形式的突破已經產生了影響，小說的形式革命時代即將來臨。果然，隨着人們對於小說進步的熱切期待，一個被人目爲「先鋒文學」的形式主義小說創作現象終於在前些年眞正出現了——這也就是迄今爲止「探索小說」發展的最高潮。其中的代表作家，前有莫言、馬原和殘雪等，後又有蘇童、孫甘露和目前正在崛起的一些更爲年輕的作家。這批作家作品的勢力之大，甚至於把那些成名更早一些的作家如王安憶等也席捲過去，使之一度成爲「探索小說」的作者。那麼，這些「探索小說」作家的貢獻和價值何在呢？一言以蔽之，那就是他們對於小說形式的自覺意識和創新努力。中國小說發展至今，再也不會有人會把恪守傳統形式的任何作品稱之爲「探索小說」了；或者說，所謂的「探索小說」只是指那些眞正具有形式創造意義的作品。

所以，如果我們要想對「探索小說」有一個比較明確而扼要的認識，那麼，綜上所述，不妨可以這樣說：探索小說一般地是指那些自覺突破原有的或傳統的小說觀念、創造新穎的或具有實驗意味的小說形式的作品；在探索小說中，語言形式眞正成了文學的最爲基本和最爲主要的明顯因素。借用一位青年作家說過的一句話：「探索小說的價値就在於探索。」

二、探索小說的歷史背景與現實動因

雖然「探索小說」從出現到終於形成一種文學傾向或潮流還爲時未久，但以其表現形式和精神內涵爲核心特徵的這樣一種文學現象之終於會在新時期文學中出現，却有其深刻的歷史和現實的動因。

衆所周知「五四」以後直至「文革」期間的全部中國文學發展的主要潮流，始終受到政治因素的極大影響和干擾，尤其是在一九二八年「革命文學」論爭以後，一種以「左」或極「左」傾向爲代表的政治功利主義思想更是愈演愈烈地籠罩了中國現當代文學的發展，最後，也正是這種極「左」思潮使中國文學在「文革」中遭到了滅頂之災。排除種種偶然的和細節的因素，我們看到，如果說「五四」時期由於全民族的文化啓蒙需求，而使當時的文學不得不帶有某種時代的功利痕迹，還不至於使後人有很多的口舌可以求全責備的話——何況，即使在魯迅的一些理念色彩較爲濃厚的小說中，仍不乏有中國新文學的創造價値和形式意義，那麼，二十年代中後期至七十年代中後期這幾乎半個世紀的中國文學發展主潮，則再也不能廻避人們的批判和挑戰目光。由「革命文學」論爭前後形成的中國現代「左」翼作家團體，在論爭之中就已提出了「文學是階級鬥爭的武器」這一類以後統治中國文壇數十年之久的「左」傾教條，「左聯」的成立和它的一系列理論綱領則更是強化了這一口號，儘管它在創作實績上極其平庸且又遭到許多人的批評與反對，但是，抗戰的爆發使人們還來不及對它進行任何理論上的清算，它立即又順理成章地變成了另一個更易於使人接受的口號：「文學爲抗戰服務」。國難當頭，救亡第一，這是舉國同思、全民一致的共同要求。因此，可以說中國現代文學長時期來一直是在狹隘的政治功利主義的影響下發展前進的。這種狀態一直維持到戰爭結束，全國解放。所謂的「十七年文學」在文學思想的發展上，雖然也表現出了相當程度的活力，但終因無力改變由解放區文學綿延而來的「左」的一統天下局面，中國文學便日趨萎縮，而「文革」則終於使它瀕臨奄奄一息的境地。

回顧這段歷史對於我們現在探討新時期文學中的「探索小說」有什麼意義呢？我們認爲，對照歷史往往就能使人們對現實之中的種種現象有某種豁然貫通的認識。任何現象都不可能是孤立的、突然之間產生的，它常常是由某種歷史的機遇所觸發而形成的。也可以說，現象形成的動因無不潛伏在以往的歷史中。困難只在於，你究竟有沒有發現？發現了多少？所以人們常常說，切斷了歷史也就意味着喪失了一切。那麼，中國現當代文學的發展歷史究竟揭示了什麼呢？

首先，我們看到的是，幾乎所有的形式理論與純文學創作都或多或少地受到了壓抑。如果人們在現代文學的前期對這一現象還不能完全意識到的話，那麼從一九四九年以後的多種現代文學教科書中則可以明顯地看清這一點。那些被長期冷遇、受到不公正待遇的作家作品基本上都是由於多少偏離了功利主義的文學主潮，其中有相當一部分人還是直接由於政治的原因致使他們的作品被打入冷宮。這裡有一個比較典型的例子。作爲一個愛國知識份子，聞一多一直受到人們的推崇，但是一談到他也曾是一位「新月」詩人，許多人却會諱莫如深，特別是對他著名的形式主義「三美」詩論，長期來人們更是所知甚少。與此相應，功利主義文學則像我們已經指出過的那樣，由於政治的庇護，一直橫行於中國文壇，並不斷地把不同的聲音排斥在文學的舞台之外，對此，也有一個突出的例子，這就是胡風和他的文學思想的不幸命運。其實胡風的文藝思想決不能說是非功利主義的，不過音調有所不同而已。極「左」路線是專斷而無情的，但它在中國却一直走運。試看，在我們的文學史書上，傑出如老舍、曹禺、甚至巴金的作品，曾經也都是那樣地被看作旁門左道，如果不是作了很大的保留，恐怕還很難在文學史上留名。最著名的作家尚且如此，也就更不要說那些在文學史各個時期曾經活躍過的其他人們了。直到前些年，戴望舒、徐志摩、沈從文、張愛玲等一大批作家才像文學新人一樣地脫穎而出。這眞是一種歷史的諷刺。然而，這却又正是中國當代文學特別是新時期文學（包括「探索小說」）的最爲直接的歷史和傳統背景。它使我們知道，儘管遭到了種種的壓抑，但「探索小說」的注重形式創造的精神在它的文學歷史上還是有例可循的，只不過由於特殊的障礙使得它現在不能不以一種反抗傳統的姿態出現在新時期的各體文學中。很明顯，在相當一部分「探索小說」作家中，所謂反傳統倒並不需要他們對傳統作深入的了解與批判，它僅僅是一種精神標誌，表示着他們在理論上的理直氣壯和在創作上的一往無前，至於究竟做得如何而又成功了多少，那是另一個問題；現實是，「探索小說」畢竟已經存在了，並且是以一種對於傳統的逆反方式而存在的，這也就足以昭示了它的價值和意義。

從某種角度看，較之於現實的直接動因，任何一種歷史背景都可以算是遙遠的。對於「探索小說」和整個新時期文學來說，「十年動亂」的結束和隨之而起的撥亂反正，或許是它們終於繁榮起來的根本契機。儘管時隔十餘年，但我們至今回憶起來，恐怕沒有人會否定或懷疑從七六年十月開始所感到的輕鬆和愉快。此後不久，人們幾乎是以一種前所未有的巨大激情投身於百廢待興的各個領域。文學或者說小說，也從＜傷痕＞和＜班主任＞開始，努力重建自己的形象。當然，不管是在八十年代初，還是在其中、後期，因文學而起的種種波折或圍繞文學的種種爭鳴也可稱得上是此起彼伏，有的甚至明顯地對中國文學的發展帶來了一些消極影響，然而，時代畢竟不同了。人們在掙脫了專制統治以後已經感到了民主的可愛和自由的寶貴，文學也不願再繼續受制於傳統政治功利主義的任意擺佈，特別是，在經濟的改革開放形勢帶動下，西方文學的各種思潮也終於進入了中國文壇，於是，社會的、政治的和文化的連同文學的諸種因素終於滙合在一起，喚醒了中國文學的又一次自覺意識——探索小說的形成和成績，就是這種文學自覺的標誌之一。因此，我們說，如果沒有相對說來始終較爲寬鬆的社會、政治氛圍，沒有現代民主思想的傳播，沒有各種價值觀念的變化，沒有西方文學的直接刺激，那麼，「探索小說」或整個新時期文學的繁榮與成就都將是不可能的。相反，只有這些現實的動因與中國文學的歷史背景因素結合起來，這一切才會是眞正現實的。

三、探索小說的現狀與前景

有種種迹象表明，「探索小說」在它獲得各方面的注意以後，各類毀譽褒貶也接踵而來。僅說責難的議論，可能來自這樣兩個方面。一是對其過於明顯的模仿痕迹深表不滿，由於「探索小說」以反傳統自命，同時又受到紛湧而至的各種西方文學作品的直接刺激，因此，它一方面自覺地疏離傳統，另一方面便是本能地傾向西方文學。這樣造成的結果之一，便是跟在洋人之後亦步亦趨的模仿。人們的指責是有理由的。在相當一部分所謂的探索小說中，細心的讀者竟至於會在譯語作品中看到卡夫卡、馬爾克斯或博爾赫斯的影子——探索小說成了西方文學巨人的陰影之下的贋品！雖然頗有一些極願爲「探索小說」搖旗吶喊的人在各種場合爲此而文過飾非，但是顯然，人們儘管有權利要求批評者承認「探索小說」尚未成熟這一事實，却無法也不應該阻止他人揭露「探索小說」本身的弊端。第二個責難則是人們通常說的「看不懂」。對於某些「探索小說」的讀者來說，自認「看不懂」不再是一種謙虛的表示，而是一種譏嘲。不知道這一責難會在多大程度上有損於「探索小說」的形象。有一點是可以斷定的，在目前商品經濟的猛烈衝擊下，包括「探索小說」在內的所有文學作品，幾乎都受到了一個明顯的挑戰：讀者在迅速減少。而以形式創新爲其主要特徵的「探索小說」，它的讀者本來就比一般小說的讀者範圍要狹小得多，在某種意義上，它已經象詩歌一樣，越來越趨向於「貴族化」和「沙龍化」，這樣，如其語言的晦澀、形式的怪誕或技巧上的故弄玄虛等等創作中的末流現象過於扭了讀者的閱讀興趣，那麼「探索小說」就只能爲自己料理後事了。這我只是在一種極端的意義上才這樣說的，事實上過於偏離讀者經驗的只是少數，這些過分追求怪誕的少數作品，如果硬要充當「探索小說」發展的帶頭樣的話，那麼最先走入絕路的必將是它們。

以上是從消極方面立論。相反，我們有沒有可能這樣認爲：正因爲「探索小說」有着諸如此類足以使人指責的弱點，才眞正表現出它作爲一種探索性文體存在的最大可能性？藝術貴在創新，而創新則需探索。「探索小說」的作家們，至少在文學創作的這一基本立足點上是與文學的根本精神一脈相通的。何況，他們所取得的成就較之於他們的缺陷，一點也不會使他們感到難堪。馬原等人的小說，在中國小說的叙述藝術上的突破，是以往任何一個當代作家都相形見絀的。這一點早已有目共睹。不管是從歷史上看，還是爲中國文學的今後發展設想，我們現在所急需的，難道不正是這種眞正體現文學進步的創作與探索嗎？事實上，一切創作都應該是探索，而現在，「探索小說」竟至於招來這麼多的非議責難和詫異的目光，可見即使繁榮如新時期文學，也並不顯得有足夠的探索精神。那麼，此時此刻，「探索小說」不就更顯得彌足珍貴嗎？因此，我們對於這一文學現象的態度，其取捨褒貶的傾向應該是一目了然的。當然，「探索小說」的進一步成熟還有待於時間的證明。

從一種比較長遠的眼光來看，我們似乎已經越來越敏銳地感覺到，所謂的新時期文學發展至今，只是在近年來才開始眞正的逐漸成熟起來，以往的過程不過是走向成熟的預備階段。或許，「成熟」一詞有一定的曖昧性。究竟什麼叫成熟？文學成熟的標誌又是什麼？這些都是不易回答的難題。但是，不管怎樣，經驗的感覺和標準總是存在的，不過它們總是在無形中起作用而已。其他姑且勿論，在新時期的各體文學中，曾經有沒有像「探索小說」這樣雖遭種種磨難却仍堅持不懈、持續發展的現象？在以往大約十餘年的歷史中，曾有多少探索與創新的企圖和努力被扼殺或夭折在起步未久的孩提時代？幾乎只有「探索小說」，才歷時愈長，愈體現出它的生命力。那麼，一種文學中如果存在着這樣一種純文學的創作，難道不正是這種文學的成熟表示嗎？自覺的文學才是最強大的文學；探索小說就代表了新時期文學的自覺。反過來，也只有在新時期文學具備了應有的自覺意識以後，我們所看到的「探索小說」才能有最大的實現可能性。文學現象和文學發展就是這樣，在自身內部也充滿了辯證關係。所以，我們可以預言，儘管目前中國新時期文學的發展似乎正處於一種低潮期——這是商品經濟全面開放以後的必然現象，但它卻完全有能力經受這種考驗與衝擊，純文學的力量在積蓄，一旦經過必要的淘汰過程，中國文學的全面成熟就將來臨了。其中，處於領導風氣地位的，或許就會是我們現在正在討論的「探索小說」。不過，「探索小說」的作者們必須對文學事也有眞正的愛，並且需要有更多的眞誠。

可以以多種角度來認識新時期文學，即使是「探索小說」本身，也還有許多細節問題可以討論。新時期文學在中國當現代的文學史上，幾乎只有「五四」時期的文學繁榮局面才堪與之相當，那怕這只是一種現象上的類似，但其所取得的成就却是無法忽視的。特別是，像「探索小說」這一類作品所體現出來的文學傾向，更可以認爲是很少有先例可循的創造性努力。它對新時期文學的積極意義自不待言。對於這一文學現象的認識，我們現在只能說剛剛開始，更爲深入的探討和全面的評價只有留待他日——不過，也已爲時不遠了。整個新時期文學將不會再繼續長久地在它原有的格局中謀求生存了，現實將促使它自覺地在一種更爲開放、更爲自由的天地中去發展和壯大自己的力量。這就是中國全面改革眞正深化時的文學。

一九八八・九　華東師大

主動的疏離

——〈沉淪〉及〈莎菲女士的日記〉分析

蘇彩英

本文用「疏離」這個觀念去分析〈沉淪〉和〈莎菲女士的日記〉兩篇現代短篇小說。換句話說，本文主要分析兩篇小說的主角的疏離形象。由於文中常提到兩個主角是知識份子，所以我首先要對所謂「知識份子」作一簡單的界說；跟着，我就把「疏離」這個觀念的起源和流變扼要地解釋一下，然後才進入兩篇小說的分析部分。

㈠ 本文所指的「知識份子」的界說：

知識份子一詞不是源於中國，而類似意思在中國傳統的觀念上應是指士大夫和讀書人，但現代中國知識份子的意義已有所轉化。

張朋園在〈清末民初的知識份子（一八九八——一九二一）〉一文中有以下的界說：

知識份子一詞，中文見於第一次世界大戰之後，係 intelligentsia 的翻譯，原指十九世紀下半期俄國社會的一個原型階級（prototype class），因此又有譯為知識階級者。這個專指一羣特殊人物的名詞，於一八六〇年在俄文中首次出現，以後傳播世界各地而被廣泛使用。它的涵義是城市中的一個新層次，也可以說是城市優異之士（urban elite）。

知識份子是現代社會中的一個階層，其條件是受過良好的教育，不以手藝或勞力為職業。具體言之，知識份子是包括教師、學者、士紳、中學以上學生、自由職業人士（如作家、藝術家、律師、新聞記者等）的代名詞。❶

〈莎菲女士的日記〉（丁玲）裏的莎菲就是居住在北京城的準大學生。張朋園對現代知識份子的結構有進一步的解釋：

> 五四時代（一九一六—一九二一）的知識份子與辛亥革命前的知識份子有了實質上的不同。傳統的士紳已漸漸失勢，代之而起的是新生的一代。這一代的特色，由於留學日本和歐美人數的激增，發生鉅大影響力量的是這一批留學生。❷

〈沉淪〉（郁達夫）裏的主角就是一位在日本留學的學生。

至於知識份子對社會的態度，張朋園就歸納為三種：

知識份子對於當代的政治和社會所採取的態度，不外抗議（protest）、離心（alienation）和退隱（withdrawal）三種。當他們不滿於現實時，則抗議要求改革；抗議不遂，則產生離心，進而自樹旗幟，從事理想的政治社會運動。如果抗議與離心運動均不獲實現，往往頓萌退隱之念，不再過問世事。抗議和離心是積極的，退隱則是消極的。❸

而〈沉淪〉裏的主角和〈莎菲女士的日記〉裏的莎菲應屬退隱那一類。

㈡ 疏離（或異化）觀念的起源及流變：

疏離一詞，是由英文名詞 alienation 翻譯而來，又譯作「離間」或「疏遠」。這個名詞在德文方面和黑格爾（Hegel）所用的 Entaüsserung 一詞同義，又是費爾巴哈(Feuerbach)和馬克思（Karl Marx）所用的 Entfremdung（英譯作 estrangement）的同義詞；而 Entfremdung 的中文意譯就是「異化」❹。

「疏離（或異化）這個觀念屬於一個巨大和複雜的問題，有着長遠的歷史。對這個問題的關注——形式由聖經至文學作品，以及在法律、經濟及哲學等論文方面——反映歐洲發展的客觀傾向，即從奴隸制度到從資本主義走向社會主義的過渡年代。」❺

這個問題在現代社會有被列爲社會心理學的狀況（sociopsychological condition）❻，也有被列爲在特有的歷史環境下的自然產物（the outgrowth of specific historical conditions）❼。其實，疏離（或異化）問題在觀念方面有其歷史性的起源及流變，是屬於社會學的問題和心理學的現象，並有其病理學的影響，且觸及神學、哲學、人類學、經濟學及政治學的範疇。

以下是疏離（或異化）這個觀念的幾個關於起源及流變的重要綱領：

甲、猶太及基督教的疏離（或異化）觀念：

從猶太及基督教的神學來說，疏離這個概念應源於「和神疏離」(alienated from God)，即人破壞神的秩序，使自己和神的道疏離（alienated himself from "the way of God"）這是因爲「人的墮落」（the fall of man）或後來「疏離的猶太人的偶像膜拜」（the dark idolatries of alienated Judah）❽，又或再後期的「基督徒遠離神的生命」（Christian alieated from the life of God）的行爲❾。挽救這種自我疏離（self alienation）的狀態的立法就是彌賽亞的使命（messianic mission），即是「基督的救贖」。（見《新約全書》〈以弗所書〉第二章，使徒保羅說的話。）

乙、疏離（或異化）觀念在十七世紀以前的變化：

1. 疏離作爲「普遍的銷售能力」（universal saleability）的意義：

隨着疏離作為一個宗教觀念的世俗化，透過把每一件東西轉變為可銷售的物品，銷售就是疏離的實踐，一件物品從原來的主人那裏疏離，就可以轉移到其他人手裏，所以德國哲學家康德（Kant）說：「一個人的財產的轉移給某人就是疏離。」❿

2.疏離在歷史角度（Historicity）及人類學角度（anthropotogy）的概念：

從歷史角度來看，說一個人和別的事物疏離，應是某些原因——包括事件和環境的相交——的結果，這些都是歷史的範疇，從人類學的角度發展疏離的觀念，法國哲學家狄德羅（Diderot）的觀點是重要的。他指出疏離這個問題是一些基本的矛盾，包括「你和我之間的差別」（distinction du tien et du mien）、「個人持有利益和大衆利益的差別」（ton utilité paticuliere et le bien général）和「大衆利益附屬於個人特有利益」（le bien genérál au bien particulier）⑪

狄德羅的觀點可以說是疏離觀念的一大進展，從宗教的角度走向人類本身的問題來探討，就人與人之間的矛盾和利益差別作詮釋，接近現代人所面對的個人和大衆之間的不協調的問題。

3.盧梭的從社會激進主義（Social-radicalism）對疏離現象的探討：

在十八世紀的中期，新社會的興起帶來新的社會矛盾，法國哲學家盧梭（Rousseau）因着他對道德和社會的激進看法，對疏離現象的理解便較尖銳。在他的《社會契約》（Social Contract），他認為「疏離就是付出或銷售」。⑫

盧梭對疏離問題的理解主要是「人和自然的疏離。」「人的文明使人和自然疏離。那樣就會出現「一個急劇的前進——走向社會的完善和走向人類的變質。」」⑬工商業使人和自然疏離，也加強城市和農村之間的矛盾。人為的「沒用的慾望」標誌着人的生活和人類的自然本質的疏離。從盧梭的「人和自然的疏離」來看他的所謂「疏離就是付出或銷售」疏離現象可以理解為人放棄自然的本質，它的後果就是人性的喪失（dehumanization）。

丙、疏離觀念從神學或形而上學的分析轉向馬克思的歷史唯物辨證方面：

1. 馬克思在闡釋疏離觀念的重要之處，在於他正式採用疏離（或異化）一詞，在他著名的、並且引起多方爭論的一八四四年「經濟學——哲學手稿」從歷史及經濟角度去分析他所謂「異化的勞動」（或「疏離的勞動」）這一個特有的社會問題或哲學概念，同時提出共產主義這一個政治理論作爲廢除人的自我異化的私有制的手段。「異化」和「外化」這兩個詞都來自黑格爾和費爾巴哈，與馬克思所用的這兩個詞的意義有聯繫而實質不同。

2. 馬克思的疏離（或異化）觀念：

主要有以下四方面：

(1)人和物的疏離（勞動產品的異化）

(2)人和自己的疏離（勞動本身的異化）

(3)人和他的族類的疏離（人對他的族類本質的異化）

(4)人和其他人的疏離（人和人的異化）

以上四方面的意思都有連帶關係，而馬克思認爲疏離的基本觀念就是「勞動的疏離」，而疏離的原因是根源於資本主義，「私有制就是異化的勞動以及勞動者既外在於自然又外在於他自己的那種情況的產品所得的結果和必然後果」⑭。

其實，馬克思不是認爲疏離只會出現在勞動者身上。據馬克思和恩格斯（Engels）在《神聖家族》一書中所說，馬克思並不否認疏離現象會出現在其他人身上或以其他形式出現。

3.馬克思主義美學觀及其流變：

馬克思學說建立以來，在文藝批評上不斷被採用，但值得注意的是，直至三十年代，早期共產主義者並不認爲美學是馬克思學說中重要部分⑮。即馬克思及恩格斯亦未能提出一完整之文藝理論⑯。因此，直至現在，馬克思學說中有關文藝理論部分仍然是衆說紛紜；對馬克思所提出的異化問題，也有分歧的見解和演譯。例如：

(1)教條馬克思主義（orthrodox Marxism）

(2)斯太林主義（Stalinism）

(3)盧卡奇（Lukács）：他被認爲是開創「西方馬克思主義」傳統的第一個代表人物⑰。

(4)法蘭克福學派（Frankfurt School）：它有「西方馬克思主義」流派之稱⑱。

(5)弗洛姆（Eric Fromm）：他說異化概念植根於存在和本質區別之上，人在事實上不是他潛在地是的那個樣子⑲。

從以上可見兩種對馬克思異化論的不同闡譯，一爲教條主義使馬克思的異化論僵化，即是說推翻資本主義就等於消除一切異化；另一爲盧卡奇及法蘭克福學派等不但否定前者的見解，並使馬克思異化論拓展爲探討人在社會中所面對的各種矛盾，即是「應用於生活的每一個方面」，認爲「物化遍及於社會的一切方面」，把問題「歸納爲人的本質和人的存在之間的矛盾」等；這些觀念都已超越經濟及政治的範疇了。

4. 存在主義對人的異化現象的來源的解釋：

存在主義者主張人的異化是任何社會制度下都必然存在的東西，任何社會經濟和政治制度、任何組織和集體、任何意識形態，都必然違背人性，必然使人失去自主性，從而必然是人的自由發展的桎梏⑳。

㈢根據以上的疏離觀念用以分析兩篇小說裏的主角的形象時的轉化意義：

以上對於疏離觀念的詮釋，都有因歷史性的轉變，在不同社會、不同人物或不同的思想架構底下有其特殊性的差異，但我們亦不難從中體會到一些共通的意義；而用來分析現代小說中的知識份子的時候，當然亦因中國社會的特殊環境而需在應用上有其靈活性。

如果把疏離現象歸結爲兩大類：應是個人和自己（或者自己所造出來的事物）疏離；和個人和集體（或社會、或世界、或其他人）的疏離。

甲、個人和自己的疏離（卽知識分子和自己疏離）：

例如〈沉淪〉和〈莎菲女士的日記〉中的主角的自我疏離形象。

乙、個人和集體的疏離（卽知識份子和其他人或整個社會的疏離）：

例如《沉淪》和《莎菲女士的日記》中的主角和其他人及整個社會的疏離。

至於現代小說中的知識份子所表現出來的疏離形象，多是「喪失自我身分的意識」（the loss of a sense of identity）[21]，成爲孤立的、不被認同的、受到疏遠的人；他們和外在的人或事物，甚至和自己疏遠，而這種種人和事，甚至自己都成爲各種和自己對立的，不受自己控制的力量，使自己成爲不被關心的陌路人（strangers）或局外人（aliens）。這些疏離的知識份子都陷入一個極大的痛苦中。他們有些是主動的疏離，有些是被動的疏離；本文所分析的兩篇小說的主角就屬於主動的疏離一類。

當疏離的知識份子受不住疏離的痛苦，他們會找尋一些超越疏離（transcendence of alienation）的方法，這些方法可分兩類：

1. 積極的超越：

他們有些去提倡社會的改革，希望把社會改得比現有的好。有些去參加革命，從行動中去改變。

2. 消極的超越：

他們有些會完全順從（conform）社會；有些會採取半妥協的態度。有些在完全的失敗之下走上退隱甚至自毀的道路，例如〈沉淪〉中的主角和〈莎菲女士的日記〉中的莎菲就是首先採取退隱的態度，後來在完全失去個人生存的意義之下，在認爲自己不再是重要的意識中走上自毀的道路。

(四)〈沉淪〉及〈莎菲女士的日記〉分析：

把〈沉淪〉中的主角和〈莎菲女士的日記〉中的莎菲比較，就可以見到主動的疏離（Active Alienation）。

兩個主角同樣是學生，男的（〈沉淪〉中的主角）在日本唸大學，女的（莎菲）是在北京養病，等待進學校的學生（由於莎菲的朋友多是大學生，她也可能是大學生），所以他們都屬於知識份子。

兩個主角有其性格上的弱點：孤僻、衰弱無力、自我、多愁善感、極度自憐、自卑也妄自尊大，這些弱點就使他們和外間的人疏遠，使自己陷入極度苦悶、孤獨的痛苦中。在〈沉淪〉的開首，就已經明顯的表現主角的疏離現象和疏離情緒：

他近來覺得孤冷得可憐。他的早熟的性情，竟把他擠到與世人絕不相容的境地去，世人與他的中間介在的那一道屏障，愈築愈高了。㉒

可見他和外界的疏離，是由他自己採取主動的。他的性情使他不能和別人建立良好的人際關係，使自己孤立起來。莎菲一方面和〈沉淪〉的主角一樣，主動的和別人疏離，另一方面又比〈沉淪〉的主角更渴求超越這種疏離現象，她就是這樣的剖白自己：

我總願意有那麼一個人能了解得我清清楚楚的，如若不懂得我，我要那些愛，那些體貼做什麼？偏偏我的父親、我的姊姊、我的朋友都如此盲目的愛惜我，我真不知他們愛惜我的什麼；愛我的驕縱，愛我的脾氣，愛我的肺病嗎？有時我為這些生氣，傷心，但他們却更容讓我，更愛我，說一些錯到更使我想打他們的一些安慰話。我真願意在這種時候會有人懂得我，便罵我，我也可以快樂而驕傲了。[23]

莎菲比〈沉淪〉的主角有理智，她會分析自己的不安心態，希望別人多些對她關懷（當然這些希望有時是過份以自我為中心的），但〈沉淪〉的主角却一開始就在逃避世人。大自然就是他的「避難所」，但實際上，他躲到大自然去，他就更與世疏離了。

兩個主角都有病，男的是「憂鬱症」[24]，女的是肺病。男的是心理上的病，使他自我孤立，與人疏隔。其實他根本就在疏離的境地中苦惱，他的憂鬱症使他與人疏離，但與人疏離又使他的憂鬱症更嚴重。他不去接近別人，甚至認爲別人都和他對立。

莎菲患的是生理上的病，但這種生理上的病就使她不便交際，朋友也只是主動的去探望她的那幾個，但這個病是一種傳染病，所以這個病已使她不得不和人「疏隔」了，而且在心理上也使她感到自卑，不被接納；但有時她也利用此病作爲她與人疏離的藉口，例如她對她的愛情對象凌吉士說：「原諒我吧，我有病！」[25]作爲遮掩她的故意拒人千里的性格弱點，可見這個病也可以轉化爲心理方面的；有時她越感到疏離的苦悶，她的病也更嚴重：

整整兩天，又一人幽囚在公寓裡，沒有一個人來，也沒有一封信來，我躺在床上咳嗽，

坐在火爐旁咳嗽，走到桌子前也咳嗽，還想念這些可恨的人們……㉖

這些都表示她希望和其他人的距離拉近，所以她病得厲害，就是這種渴求的強烈表示。例如當她在孤獨的苦悶中痛飲而吐血，使病情惡化，但她的幾個朋友都來了，準備送她進醫院去，她却因為朋友的關心而快樂起來。在醫院裏，她也因為她的病使她和別人的距離拉近而沾沾自喜：

當毓芳上課去，我一個人留在房裡時，我就去翻在一月多中所收到的信，我又很快活，很滿足，還有許多人在紀念我呢。我是需要別人紀念的，總覺得能多得點好意就好。㉗

從這段日記，可見莎菲的病雖然是她和其他的人疏離的原因，但有時也可使她稍稍超越那種疏離的痛苦感。

兩個主角都有不同程度的害羞心理和自卑感，這種感覺較強烈的一方是〈沉淪〉的主角，例如他從學校回他的旅館途中見到兩個穿紅裙的女學生，他的三個日本同學都開口和她們說話，好像是很得意的樣子，但他却害羞的匆匆跑回旅館裏來。這樣害羞所帶給他的失敗感，又轉化成強烈的自卑感。這種強烈的自卑感，不但使他和日本人疏離；更可看成中國人和日本人疏離的較大問題，即種族和種族，國家與國家之間的疏離。莎菲的自卑感則較個人化，一方面是源於她的肺病，另一方面是由她的破舊的衣飾引起的：

> 兩隻不知羞慚的破爛拖鞋，也逼着我不准走到桌前的燈光處。㉘

那「不知羞慚的破爛拖鞋」就是莎菲此刻感到羞慚的來源，成爲她和別人溝通的障礙；還有：

> 他所以為奇怪的，無非是看見我的破爛了的手套，搜不出香水的抽屜，無緣無故扯碎了的新棉袍，保存着一些舊的小玩具，……還有什麼?聽見些不常的笑聲，至於別的，他便無能去體會了，我也從未向他說過一句我自己的話。㉙

她認爲這些破爛的衣飾是別人感到她奇怪的原因，可見她是爲它們而感到羞慚、自卑的；她從未和凌吉士說過一句她自己的話，就表現了她和別人的疏離，是一種情感溝通的疏離，是缺乏互相了解的疏離。

爲了改善和別人疏離的關係，兩個主角也曾主動和別人溝通。〈沉淪〉中的主角有時也會去尋訪別人，希望博得別人的同情，但他性格上的弱點，又使他後悔而表現失常。在心理學的角度來說，一個疏離的人往往會表現出病態的行爲；而〈沉淪〉的主角的病態行爲，在其他人眼中就是「染了神經病」；被認爲是瘋子，他就更加成爲社會的局外人（alien），於是他就在完全孤立的狀況下與社會疏離了。同樣，莎菲曾主動和別人溝通，但受到的是不理睬的對待，嚴重損害了她的自尊；她在日記裏寫着：

今天我請毓芳同雲霖看電影。毓芳却邀了劍如來。我氣得只想哭，但我却縱聲的笑了。劍如，她是多麼可以損害我自尊之心的；因為她的容貌、舉止，無一不像我幼時所最投洽的一個朋友，所以我不覺的時常在追隨她，她又特意給了我許多敢於親近的勇氣。但後來，我却遭受了一種不可忍耐的待遇，無論什麼時候想起，我都會痛恨我那過去的，不可追悔的無賴行為：在一個星期中我曾足足的給了她八封長信，而未被人理睬過。㉚

這裏，莎菲的努力比〈沉淪〉中的主角大，所以她所感到不被接納的疏離痛苦就更強烈；她和〈沉淪〉中的主角一樣，也有病態的表現：和毓芳等去到電影院後，「無緣無故地生氣到那許多去看電影的人」㉛。於是丟下她所請的客人，自己悄悄的回家，她這種行為，被認爲是「怪僻」，而她就像〈沉淪〉的主角一般，和其他人更疏離了，她自己也能體認到這個事實：

除了我自己，沒有人會原諒我的。誰也在批評我，誰也不知道我在人前所忍受的一些人們給我的感觸。別人說我怪僻，他們哪裡知道我却時常在討人好，討人歡喜。不過人們太不肯鼓勵我說太違心的話，常常給我機會，讓我反省我自己的行為，讓我離人們却更遠了。㉜

兩個主角都在個人和社會的疏離中，被視爲「染了神經病」和「怪僻」，就和〈狂人日記〉中的「狂人」被視爲「瘋子」一樣的被社會放棄了；這種不被認同的感受，進一步來說，就是他們不只和其他人疏離了，甚至和人類疏離了。

這兩個與世疏離的知識份子，同時也和自己疏離。他們往往在幻想中把自己的形象提升，在現實生活中的自己又往往使他們氣憤，甚至在他們的心中受到唾棄。〈沉淪〉中的主角曾把自己幻想作「一個多情的勇士」；但實際上，他既害羞，又膽小，例如他在路上遇見那兩個穿紅裙的女學生時，他只得匆匆跑回旅館，所以他便自嘲自罵的說：

> You Coward fellow, you are too coward!
> 你既然怕羞，何以又要後悔？
> 既要後悔，何以當時你又沒有那樣的膽量，不同她們去講一句話？
> Oh, Coward, coward! ㉝

他幻想中的「多情的勇士」的形象和他實際上由於害羞性格所引致的「懦夫」的形象距離得太遠了；他甚至在偷看日本女子圍裙下的腿肉時罵自己作「畜生」、「狗賊」和「卑怯的人」㉞。幻想中的身我形象和現實中的身我形象的不同，使這個知識份子處身在一個自我疏離（self alienation）的境地。莎菲面對凌吉士時那種羞慚的表現，也使她對自己感到懊惱：

> ……我氣我自己：怎麼會那樣拘束，不會調皮的應對？平日看不起別人的交際，今天才知道自己是顯得又呆，又傻氣。㉟

這也是從幻想中的自我形象和現實中的自我形象的的不同而產生的自我疏離的現象。換句話來說，這些「懦夫」的行動和「那樣拘束、不會調皮的應對」在這兩個知識份子的面前，成爲「異己」的，「疏離」的行動，和他們「對立」着，使他們不爲自己的行動感到滿足或自信，反而感到自卑和痛苦。

這兩個知識份子都是年輕人，他們和一般年輕人一樣，都在渴求「理想中的愛情」。他們對愛情的渴求，一方面作爲「身分」（identity）的肯定和自信的建立的途徑，另一方面又作爲超越疏離痛苦的方法之一。〈沉淪〉中的主角在日記裏是這樣的渴求愛情：

> 人生百歲，年少的時候，只有七、八年的光景，這最純美仍七、八年，我就不得不在這無情的島國裏虛渡過去，可憐我今年已經是二十一了。
>
> 槁木的二十一歲！
>
> 死灰的二十一歲！
>
> 我真還不如變了礦物質的好，我大約沒有開花的日子了。
>
> 我所要求的就是愛情！㊱

從這段日記，可見他對愛情的渴求，是爲了對他「二十一歲」的成年男性的身分的肯定；另一方面，他要的是「從同情而來的愛情」和能安慰他體諒他的「心」，即是說他希望得到同情，來解救他在疏離境況中的苦悶。但這種渴求不是由他作主動去爭取的；正如莎菲女士一樣，他希望愛情自動到來。以下是莎菲在日記中所揭示的愛情觀：

……我要那樣東西，我還不願去取得，我務必想方設計讓他自己送來。是的，我了解我自己，不過是一個女性十足的女人，女人只把心思放到她要征服的男人們身上。我要佔有他，我要他無條件的獻上他的心，跪着求我賜給他的吻呢。㊲

她要凌吉士「無條件的獻上他的心」，就是要證明她有「一個女性十足的女人」的魅力，作爲她「活了二十歲」的成年女性的身分的肯定。這兩個知識份子要對自己的身分作一個肯定，就是因爲他們希望藉此超越那種「喪失自我身分的意識」的疏離感。

這兩個既自卑而又自尊的、以自我爲中心的、不肯或不敢自我剖白的、誇張而又神經質的人，對愛情的渴求，就像他們在人際關係的建立方面，註定是失敗的了。他們兩者都在渴求靈與慾合一的愛情，例如〈沉淪〉中的主角就清楚的在日記裏寫着：

若有一個美人，能理解我的苦楚，她要我死，我也肯的。
若有一個婦人，無論她是美是醜，能真心真意的愛我，我也願意為她死的。
我所要求的就是異性的愛情！
蒼天呀蒼天，我並不要知識，我並不要名譽，我也不要那些無用的金錢，你若能賜我一個伊甸園內的「伊扶」，使她的肉體與心靈全歸我有，我就心滿意足了。㊳

「使她的肉體與心靈全歸我有」一句，就是最佳的例證。至於莎菲，可以從她以下一段日記可以窺探出她的心意。

> 我又夢想到歐洲中古的騎士風度，拿這來比擬不會有錯，如其有人看到過凌吉士的話，他把那東方特長的溫柔保留着。神把什麼好的，都慨然給他了，但神為什麼不再給他一點聰明呢？他還不懂得真的愛情呢，他確是不懂，雖說他已有了妻（今夜毓芳告我的），雖說他，曾在新加坡乘着脚踏車追趕坐洋車的女人，因而戀愛過一小段時間，雖說他曾在韓家潭住過夜。但他真得到過一個女人的愛嗎？他愛過一個女人嗎？我敢說不曾！㊴

她雖然愛上凌吉士的外表，但她苦於凌吉士「不懂得眞的愛情」，這種愛就是不止於性，而是性與愛結合的愛情了。

在愛情方面，這兩個知識份子都是疏離的。他們在愛情方面，由於他們和世人之間的疏離，使他們得不到男女之間那種從溝通以至互相了解的心靈契合的滿足，例如〈沉淪〉的主角面對路上遇到的兩個日本女學生時就產生自卑感，和旅館主人的女兒相見時就這樣的和她保持距離：

> 他心裏雖然非常愛她，然而她送飯來或來替他鋪被的時候，他總裝出一種冗不可犯的樣子來。他心裏雖想對她講幾句話，然而一見了她，他總不能開口。她進他房裏來的時候，他的呼吸急促到吐氣不出的地步。他在她的面前實在是受苦不起了，所以近來她進他的

> 房裏來的時候，他每不得不跑出房外去。然而他思慕她的心情，却一天一天的濃厚起來。㊵

這些和他人疏離的表現，都使他難以得到他所要的「愛情」。另一方面，莎菲面對愛她的葦弟，又因爲她的唯美的、浪漫的要求，拒絕了他「却只能如此忠實地去表現他的眞摯」的愛情；她面對她的愛情對象凌吉士的時候，又只在貪求那種美麗的外表。她甚至把他幻想作「歐洲中古的騎士」，但這種幻想中的形象和凌吉士現實中的形象是不同的，因爲他是一個「市儈」。她幻想中的凌吉士的浪漫形象和她在現實中所見的凌吉士的市儈形象是矛盾的，是不調協的，這就使她在愛情的渴求中產生幻想與現實的疏離感了。

這兩個主角在「情」方面得不到滿足時，他們就讓本能的性的慾念提高了；但他們又把性異化成爲罪惡，使自己和性也疏離了。〈沉淪〉的主角對本能的性的慾望，在他極度苦悶的情況下就更強烈，以致他利用「自慰」方式來解決他對性的需要，即是「他每天早晨，在被窩裏犯的罪惡」㊶。這種罪惡感使他深自痛悔和慚愧得很，這種自責和恐懼的心理，使他和其他人更疏遠；他對性的渴求日強；他就更自卑，更難和別人溝通。他偷窺了在浴室洗澡的旅館主人的女兒的身體之後，「心裏怕得非常，羞得非常，也喜歡得非常」㊷，這使他對性的渴望更強烈。他惟有逃到更偏僻的鄉間去（即山上的梅林）居住，這可說是利用「退隱」（retreat）方式去超越疏離；可是「山」和「梅」在文學上都是孤獨的意象，這象徵他只有走到完全孤立的境地，與世疏離了，於是：

搬進了山上梅園之後，他的憂鬱症又變起形狀來了。㊸

在這個時候，他爲了一些小事，寄信到北京，和他的長兄絕了交，並且也對他產生復仇心理。這就確定了他和整個世界，包括自己的兄弟疏離的關係了。他在漫步平原時，聽到一對男女在尋歡作樂的聲音，就直接的、迫眞的受到性的誘惑。傍晚，他到了一個靠海的小村有妓女的酒家，但面對侍女時，却膽怯起來，認爲侍女因爲他是中國人而不向他賣弄風情；在又羞又憤之餘，他又想到復仇了。本來他想以酒來壯膽，使他從妓女身上得到性的滿足，可是他在醉醒後，發現自己睡在那個侍女的被窩裏，之後，他就由於自咎而要尋死。連這個可以肯定他作爲男子的身分的途徑，他也感到完全失敗了，他就覺得他的生存不再有意義；另一方面，他「沉淪」到如此地步，認爲自己變了「一個最下等的人了」，他就與自己疏離，與世界疏離，最後，只有「死」才是他超越一切疏離的方法。

至於莎菲，由於凌吉士不能在愛情中給於她完美的感受，她只在迷戀着他的儀容，希望和他有性的接觸，但她這樣對性的偏頗的需求，使她和〈沉淪〉的主角一樣，產生罪惡感，認爲自己是「墮落」了。這種自責的心理，使她想到要「即刻上西山」養病來作逃避，去超越夢想和現實的距離帶給她的痛苦感，這也像〈沉淪〉的主角一樣，利用「退隱」(retreat)方式去超越那份和別人疏離的痛苦；但另一方面，她還是不想上西山的，因爲那樣只會使她和世人疏離得更遠：

> 我既不能把他從心裏壓根兒拔去，我為什麼要躲避着不見他呢？這真使我煩惱，我不能便如此同他離別，這樣寂寂寞寞的走上西山……[44]

最後她終於得到她渴求已久的性的接觸，可是這個接觸沒有使她肯定自己作為一個女性的身分，反而使她和世人、和自己疏離得更遠了。她所得到的不是她理想中的眞愛情，但她却給一個她看不起的男人接吻，於是她和自己疏離了。莎菲確實感到自我疏離那份極渴的痛苦，她和〈沉淪〉的主角一樣，不覺得生命有半點意義，所以她不留在北京，也不上西山養病，只往南下去到無人認識她的地方，去浪費她剩餘的生命，「悄悄的活下來，悄悄的死去」[45]。這種完全的「退隱」（retreat），是一種自我毀滅的方式，和〈沉淪〉的主角一樣，最後到死才可以超越一切的疏離的痛苦。

註釋

❶ 張朋園：〈清末民初的知識份子（一八九八—一九二一）〉，見徐復觀等著，《知識份子與中國》（台北：時報出版公司，一九七〇年初版，一九八一年再版），頁三二八—三二九。（原載《思與言》，七卷三期，（一九六九年九月）。

❷ 同上書，頁三三一—三三二。

❸ 同上書，頁三三八。

❹ *International Encyclopedia of Social Sciences* (Macmillan and Free Press), Vol. 1, p. 264.

❺ 見Lstván Mészáros, *Marx's Theory of Alienation*, London, Merlin Press, Fourth Edition, reprinted January, 1982), p. 27.

❻ 見Renato Poggioli, *The Theory of the Avant-Garde* (tr. Gerald Fitzgerald), (Cambridge, Massachussetts: Harvard University Press, 1968), p. 108.

❼ 見Ernest Mandel and George Novack, *the Marxiss Theory of Alienation*, (New York: Pathfinder Press 1976), p. 6.

❽ Milton, *Paradise Lost*, Book 1, 見 *Marx's Theory of Alienation*, p. 28.

❾ 見*Ibid.*

❿ 見*Ibid.*, p. 34.

⓫ 見*Ibid.*, p. 41.

⓬ 見*Ibid.*, p. 52.

⓭ 見*Ibid.*, p. 54.

⑭ 朱光潛譯注：〈經濟學——哲學手稿〉（節譯），見《美學》第二期（一九八〇年七月），頁六。

⑮ 見盧卡奇〈文學與社會的引言〉一文，新匈牙利季刊（New Hungarian Quarterly）四七期，布達佩斯(Budapest)，頁四七。

⑯ 見Dave Laing, *The Marxist Theory of Art: An Introductory Survey*, p.17.

⑰ 見杜任之編，《現代西方著名哲學家述評》（續集），（三聯書店出版，一九八三年），頁三六一。

⑱ 見一九三七年霍克海默在《社會研究雜誌》發表的〈傳統理論和批判理論〉，轉引自劉放桐等編著，《現代西方哲學》一書，頁六三〇。

⑲ Eric Fromm, *Marx Concept of Man*, p. 47.

⑳ 劉放桐等編著，《現代西方哲學》，第十四章〈存在主義〉，（人民出版社，一九八一年），頁五二五。

㉑ *Encyclopedia of psychology* (1-3), p. 44.

㉒ 《郁達夫選集》（人民文學出版社，一九五四年），頁一。

㉓ 《丁玲文集》（第二卷），（長沙湖南人民出版社，一九八二年），頁四七—四八。

㉔ 《郁達夫選集》，頁六。

㉕ 《丁玲文集》（第二卷），頁六〇。

㉖ 同上書，頁五三。

㉗ 同上書，頁六四。

㉘ 同上書，頁五二。

㉙ 同上書，頁七七—七八。

㉚ 同上書，頁四八。

㉛ 同上書，頁四九。

㉜ 同上書，頁四九。

㉝《郁達夫選集》，頁八—九。
㉞同上書，頁三四。
㉟《丁玲文集》（第二卷），頁五二。
㊱《郁達夫選集》，頁一〇。
㊲《丁玲文集》（第二卷），頁五六。
㊳《郁達夫選集》，頁一〇。
㊴《丁玲文集》（第二卷），頁七五—七六。
㊵《郁達夫選集》，頁二一—二二。
㊶同上書，頁一八。
㊷同上書，頁二三。
㊸同上書，頁二七。
㊹《丁玲文集》（第二卷），頁八〇。
㊺同上書，頁八六。

沈從文的《邊城》

——一部中國「成長小說」

葉少嫻

《邊城》是沈從文代表作之一，自發表以來有關的研究有很多。例如，劉西渭稱這部作品做「一首詩，是二老唱給翠翠的情歌」❶。在另一篇文章中，他又提到《邊城》，說是「一部證明人性皆善的傑作」❷。此外，亦有文章討論這部作品，稱「其所表現的思想，便是生活於現實社會中而神往於過去的一部分人的生活意識的藝術的反映」，所表現的是一種「原始的樸素的人情美」❸，是一種「優美、健康、自然，而又不悖乎人性的人生形式」❹，也是作者「注入自己三十多年的人生旅途中所體驗的人生」❺。更有論說表示作品「有意無意迴避尖銳的社會矛盾」❻，把《邊城》看作西方「烏托邦」式的小說，或把小說與當時政治雙題並論❼。而這篇文章卻希望從另一個角度來細讀《邊城》，就是利用西方的文類觀念，把研究重點放在翠翠身上，以西方成長小說觀念來重讀小說內容和敍事手法。

首先，讓我從文學作品分類方面作簡短的討論。自古以來，把文學作品分類是一項艱辛的工作。一部優秀作品可以同屬不同的文類，可以同時屬於歷史小說、自傳體小說、書信體小說、愛情小說，諸如此類，因爲作品本身可用主題、題材，或內容界定，也可以體裁、外形、表達方法、敍事手法等作爲界定標準。而成長小說作爲西方小說的一類，不但有其悠久的歷史傳統，其界定方法也是頗爲獨特：小說不單以其教育主題而劃分，同時也注意小說中的敍事形式

（narrative form）和小說的內形（inner form）。

成長小說這個名詞是從德文Bildungsroman一詞翻譯過來的。這個詞最早是都伯特（Dorpat）大學一名教授摩根斯頓（Karl von Morgenstern）首先在他的課程中使用，但把這個詞用作文學批評術語的却是著名哲學家和文學史家迪爾地（Wilhelm Dilthey, in *Leben Schleiermachers* 一八七〇）[8]。這個詞的出現與十八、十九世紀歐洲社會革命甚有淵源。而當時的成長小說其實是一種表達新教育理想的文學現象。盧梭（Rousseau）就是第一個著名作家表示自我教育（self-education）與教育同樣重要[9]，即是說一個小孩應在最理想的環境中去發揮主動性、意志力和自立能力，去塑造自己的個性（包括道德個性）和人格，所以一般成長小說的重點都是在刻劃主角生命之春，而他所經歷的種種事況就是他成長過程必須面對的考驗，再加上導師的循循善誘，主角終能變成導師的「複制品」（replica）成為一個能自立的成年人，能投入人的世界裡去了解世情，却不會被社會所控制或吞噬了，有勇氣面對人生的種種挑戰，經驗人際間的愛憎與哀樂。成長小說的主角所受的「教育」，絕非靠書本上得來的知識，而是直接從生活中學習，吸取經驗教訓，從而邁上成長之路，建立個人獨立性格和人生目標。

成長小說發展緩慢，集中敍述故事主人翁早期生命片斷和成長過程中的決定性事況，足以影響主角一生的經歷，而以年輕主角成功克服面前的困難，開始自己獨立的一生，敢作生命戰士，作為故事的終結。換句話說，小說結束時才是年輕主角獨立生活的開始，亦象徵主角已從一個無知、天眞爛漫的少年蛻變而成一個既懂事又成熟能幹和具獨立能力的成人，以堅定不屈的態度面對人生。所以，成長小說也可稱爲「個人發展小說」（novel of development）或「教育小說」（novel of education）。前者着重小說的敍事結構（內形），而作者則以故事主題和內容作爲研究中心⑩。

西方成長小說的典型是歌德的《維廉邁斯特》（*Wilhelm Meisters Lehrjahre*，一七九五—九六）。其出現代表着一個新小說觀念的出現，亦即是「青少年小說」（novel of adolescence），有系統地描述青少年人生早期那些具影響力的生活際遇，讓讀者看到一個青少年精神和感情成長歷程，目睹他如何從經驗中獲益，領悟到做人道理，從而確立自己人生方向。根據歌德的觀點，成長小說主角與他生活的環境必須存在矛盾，而故事就是透過主角個人與世界的接觸（interaction）來描繪自我教育的過程⑪。換言之，主角周圍的世界就是他的訓練所，而小說就是記錄他這次心靈歷程（spiritual voyage）。「維廉邁斯特」故事就是描述一個人性格的形成過程。主角維廉觀察世界，成爲生命中種種痛苦的見證。他嚐過愛情中的歡樂與痛苦，也了解到與之同來的幻象；他也經驗過至愛之死亡以及隨之而來的哀傷。這種種使他逐漸成熟，從生命之迷城中慢慢尋找到自己應走的路。維廉對世界的了解仍有限，但他清楚知道自己的處境，而終能達到某程度上的「自知」（self-knowledge）⑫。

成長小說雖然是西方的產品，在中國文學史上沒有類似的小說分類名稱，但這並不代表中國文學作品中沒有描述青少年的心路歷程、性格形成的小說。曹雪芹的《紅樓夢》和巴金的《家》或多或少均涉及這方面問題，而故事形式在某程度上亦可與西方成長小說作比較。沈從文的《邊城》更是一個好例子。

雖然至今仍未有文學批評家把《邊城》歸類爲成長小說，但小說本身却處處顯示出西方成長小說的特色。故事描寫一個少女的成長過程，很多地方都符合西方成長小說的內容和體裁要求。這篇文章就是嘗試用西方成長小說這觀念作爲討論《邊城》的基礎，看翠翠成長過程中的種種遭遇，和分析她的內心世界、矛盾和困惑，以顯示小說在內容和敍事方面獨特之處。

沈從文筆下的翠翠生活在湘西邊境一個山水秀麗，景色怡人的小山城。正如作者在小說開始時的描述，翠翠是大自然孕育出來的小女孩，而周圍的山與水便是她的世界：

> 翠翠在風日裡長養着……故眸子清明如水晶。自然既長養她且教育她，為人天真活潑，處處儼如一隻小獸物。人又那麼乖，如山頭黃麂一樣，從不想到殘忍事情，從不發愁，從不動氣……（頁三）⑬

翠翠沒有玩伴，只有黃狗同行，而生活在山水之間，正好讓個人純眞性格得到自然，充分發展，不受世俗汚染。大自然便是翠翠早年唯一熟悉的世界。

她是個孤兒，自小便與祖父相依爲命，過着清苦的日子。兩老小的生活雖在平淡中渡過，但他們互相關懷愛護，使日子平添不少樂趣：翠翠划着船上的客人渡溪時，老船父會在岸上高歌；端午節兩爺孫都希望對方能到城中看熱鬧，彼此爭着守船。翠翠雖是個活潑好玩的女孩，却寧與爺爺一起守船也不願意獨自到城中遊樂。她短短的一句話：「爺爺，我決定不去，要去讓船去，我替船陪你」（頁三五）充份表現出爺孫間眞摯和深不可滅的親情。在翠翠的生命中，祖父便是一切，而在她這個單純的自然世界中，一切是無波無浪，自由快樂的。

翠翠早期那天眞爛漫、無憂無慮性格可從她的行爲看到一二。例如，送了新嫁娘過渡，她會獨自扮起新娘子來。她沒有進過學堂，但很懂事，因爲她做什麼都是順應自然，以心爲準，而祖父既是至親也是良師，不時教導她處事之道。例如，端午節時，翠翠反悔，不肯獨自到順順的弔脚樓去看賽龍舟，祖父便教訓她說：

> 翠翠，你這是爲什麼？說定了的又反悔，同茶峒人平素品德不相稱。我們應當說一是一，不許三心兩意。（頁三五）

正如西方成長小說的主人翁一樣，翠翠在最理想的環境中和在至親良師的教導下，日漸成長，而生活亦隨之起了變化。她不再單純地滿足于大自然中的生活，而渴望群體生活。這從她喜歡到城中湊熱鬧，可見一斑。她的心理亦改變了不少，時常不自覺地表現出那份少女獨有的情懷，使人難以忖測：

> 翠翠一天比一天大了，無意中提到什麼時，會紅臉了。時間在成長她，似乎正催促她，使她在另外一件事情上負點兒責。她喜歡看撲粉滿臉的新嫁娘，歡喜述說關於新嫁娘的故事，歡喜把野花戴在頭上去，還歡喜聽人唱歌。……她有時彷彿孤獨了一點，愛坐在岩石上去，向天空一片雲一顆星凝眸。祖父若問：「翠翠，想什麼？」她便帶着點兒

害羞情緒，輕輕的說：「翠翠不想什麼。」但在心裡却同時又自問：「翠翠，你想什麼？」同時自己也就在心裡答着：「我想的很遠，很多。可是我不知想些什麼！」她的確在想，又的確連自己也不知在想些什麼。（頁三六）

此時的翠翠仍茫茫然不知自己在世界上的責任和人生目標，只知道生活好像缺少了什麼似的，但又無法說明，而祖父仍是她生活的中心。可是，她端午節離開大自然進城就首次產生恐懼感，因爲祖父喝醉了，沒有進城接她。翠翠單獨在黃昏的河畔等候着，心中不禁泛起一個怕人的想頭，怕祖父有意外，亦首先害怕自己無依。她第一次意識到祖父在她生命中、生活中的重要性，同時也感覺到意外可以隨時發生，把她的至親奪去。而儺送二老就在翠翠孤立、徬徨和無助時出現，像她的救星，暗示了他會代替祖父在翠翠心中佔一重要地位。他從平靜無波的河中突然冒出，正象徵了一股外來力量，侵入了翠翠平淡的生活中，激起了無數浪花，使翠翠的思想和感情世界突然變得複雜起來，永遠再不能回到事前心境和意態。此外，儺送也代表了社會可能帶給翠翠的種種威脅。儺送開玩笑的一句話：「水裡大魚來咬了你」，正好反映出翠翠身處複雜社會時危機四伏，同時含有一個隱喩，那就是一個少女在成長過程中可能會失去的童貞和童貞⓮。因此，儺送與翠翠的初遇可以視作後者一個「啓蒙儀式」（initiation rite），是翠翠人生的轉捩點，把她引領到人生另一境界——一個有愛有恨、有悲有喜的生活中。可是翠翠與一般西方成長小說主角有一個顯著分別，就是她年紀比較少，所以「性」的問題不是作者的重點。

翠翠的改變逃不過祖父的觀察。在大自然生活了大半生的老船夫把一切看在眼裡，默默接受自然的規律，知道生老病死皆自然，是每個人必須經歷的道路。翠翠日漸成長正意味着自己的老去，爺孫會有分離的一天。他沒有爲此而感到擔憂，却開始爲孫女未來的日子作好準備：

他為翠翠擔心。有時便躺到門外岩石上，對着星子想他的心事。他以為死是應當快到了的，正因翠翠人已長大了，證明自己也真正老了。可是無論如何，得讓翠翠有個着落。翠翠既是她那可憐的母親交給他的，翠翠大了，他也得把翠翠交給一個人，他的事才算完結！（頁三八）

老船夫爲翠翠的終身大事，大傷腦筋。而翠翠却不了解事情的急切性，所以面對生命中第一個重要抉擇——究竟選擇天保大老還是儺送二老——不知如何是好。她心意屬儺送，但正式來提親的却是天保派來的人。同時，翠翠是個孝順孫女，不忍離老祖父而去，希望能陪伴祖父一生：

「爺爺，你不快樂了嗎？生我的氣了嗎？」

「我不生你的氣。你在我身邊，我很快樂。」

「我萬一跑了呢？」……

祖父說：「翠翠，我到那時可真會像瘋子，……。」

翠翠儼然極認真的想了一下，就說：「爺爺，我一定不走……。」（頁八七—八八）

翠翠不願意離開與她生活了十多年的祖父，更了解祖父年老，需要她在身邊。同時，她知道自己對儺送的特殊感情，亦體會到對方那份含蓄和眞誠的愛慕。她第一次受到考驗，在愛情與親情間徘徊不前，內心形成衝突，難以解決，她亦無所適從。借用一句俗語：一個是至親，一個是新愛，而兩者需選其一時，抉擇便成一件痛苦的事，加上提親的是天保，事情便更複雜了，是翠翠難於處理的。她記得祖父的教訓，知道做人要講信用，不可反悔，一旦決定下來的事情，便要履行諾言，所以她只好保持沉默：

翠翠不知如何處理這個問題，裝作從容，怯怯的望着老祖父。又不便問什麼，當然也不好回答。……翠翠不作聲，心中只想哭，可是也無理由可哭。………

翠翠心中亂亂的，想趕去却趕不去。（頁六七—六八）

翠翠的迷惘正是成長小說中主角必須經歷的人生階段。她的表現與她以往那活潑開朗的個性和茶峒地方人們的豪爽性格不相符合，却反映了她的成長，性情開始變得複雜，難以捉摸，有時甚至連翠翠自己也不了解。她雖然還未懂得如何處理感情方面的問題，但已隱約知道自己在事情上應負起一定的責任。可是，憑着她那有限的生活經驗，又不能尋找到解決事情的方法，使她頗爲困擾。對翠翠這個在大自然中生長的少女來說，與儺送的邂逅是自然發生的，不是人爲的安排，但天保那求親說婚的事却來得那麼不自然，令她不知所措。而她與儺送的一段情又飄忽不定，致令她煩悶不安：

> 翠翠看天上的紅雲，聽着渡口飄鄉生意人的雜亂聲音，心中有些兒薄薄的淒涼。
> 黃昏照樣的溫柔、美麗和平靜。但一個人若體念到這個當前的一切時，也就照樣的在這黃昏中會有點兒薄薄的淒涼。於是，這日子成為痛苦的東西了，翠翠覺得好像缺少了什麼；好像眼見到這個日子過去了，想要在一件新的人事上攀住它，但不成；像生活太平凡了，忍受不住。（頁七六）

翠翠與天保、儺送兩兄弟的錯綜複雜感情，正是她人生的轉捩點，豐富了她的感情世界，同時亦推動她進入成人的社會去，而不再單純地活在大自然中，過着爺孫的二人世界。小說描述了自然中長大的翠翠個人思想感情與祖父、順順等人所代表的社會文化觀念之間的誤解和衝突。翠翠的沉默引起了各人種種誤會，也使祖父感到很爲難。老船夫不想自作主張，希望翠翠本人決定自己的終身大事。順順等因得不到明確答覆，倒生了誤會。天保更間接因此事而意外死去。這個突變不單令老船夫對順順家產生歉意，同時對孫女的婚事更大爲着急，結果使儺送也產生誤會。天保之死，也令翠翠與儺送間的感情，蒙上一層陰影。這種種人爲的因素使翠翠的感情生活不能自然發展，倒增添了小說的矛盾和衝突性，豐富了故事那抒情式的敍述手法。

翠翠這天眞無知的少女，與成人社會接觸而產生矛盾和誤會，使她陷入迷惘和失落之中。

事實上儺送對翠翠是眞心的，他寧願陪翠翠一生守渡船，而不願順從父親意思去娶富家女爲妻。可是他也不能忘記大哥之死，間接與翠翠有關。在愛與憎的衝突下，他決定遠走他鄉，暫時逃避眼前的問題。

翠翠從大自然的單純生活而到處身這個複雜的成人社會裡，感到迷惑不解。她的苦衷和少女的矜持全給誤解了，而感情上也受到挫折。但整個事件中倒令翠翠成熟了不少，永遠再不是那天眞爛漫、毫無憂慮的小女孩。她既爲儺送的遠去苦惱，同時也感覺到死亡的威脅，怕連祖父也會離她而去。這種種考驗正是成長小說的主角必須經歷的。而小說中的老船夫，不單是一個盡責的祖父，也是翠翠的最佳導師，指引她步上成人之道，希望孫女能像自己一樣的獨立、堅毅和樂觀盡責：

「不許哭，做一個大人，不管什麼事都不許哭，要硬扎一點，結實一點，方配活到這塊土地上！」

翠翠把手從眼睛邊邊移開，靠近了祖父身邊去，「我不哭了。」（頁七九）

翠翠知道祖父期望她早日長大，加上祖父常提及母親生前的事，她感受到另一種新經驗，也略略領會到人生的悲歡離合，聚散無常。老船夫催促她成長，希望她能堅強地做一個大人，這對翠翠而言，是一個新責任和負擔。可是老船夫的努力，效果不大，因爲一個人是否成熟和獨立，不能單靠外在力量幫助，而是需要出於個人的主動性和洞察力，從內心瞭解世情而形於外在行爲。翠翠正處於過渡期，一方面仍舊在塔下玩得極高興，一方面又像獨立了不少，例如，她自己守船時，爺爺不爲她唱歌，她會想：「爺爺不爲我唱歌，我自己會唱！」（頁一〇六）。這證明她已步向成熟自立的階段，但仍未完成自我教育和個性成立時期。

老船夫之死，却促使了翠翠進一步的成長。她好像在一夜之間長大成人。如果說翠翠與儺送在端午節黃昏的邂逅改變了翠翠的感情生活，突破了爺孫相依的二人世界，而天保提親及日後發生的事，進一步讓翠翠了解人世間的愛憎與哀樂，帶她進入一個有悲有離的複雜生活，那麼祖父的逝世，使翠翠領會到生老病死這既自然又殘酷的現實。她被逼去看清楚自己在世上的責任和處境，不得不鼓起勇氣，面對人生。她對祖父的突然逝世感到哀傷，但她也知道這等事遲早會發生，正如祖父死前對她說的話一樣：「怕什麼？一切要來的都得來，不必怕。」（頁一一一）祖父所說的不是暴風雨的來臨，而是教導孫女應以正確態度去迎接人生的種種挑戰和突變，做一個生命戰士。因此，翠翠在祖父去世後，內心雖感到悲傷，但仍「同黃狗來弄渡船，讓老馬兵坐在溪岸高崖上玩，或嘶着個老喉嚨唱歌給她聽。」（頁一一九）

讀者當然知道老馬兵不可能代替老船夫在翠翠心中的地位，但他幫助翠翠順利從一個依賴祖父而活的少女過渡成爲一個獨立、自主和堅強的「大人」，成爲祖父的「翻版」和承繼人，仍舊守着渡船過活。而老馬兵同時把很多翠翠從前不明白的事情，解釋清楚，使她頓然了解個中情由，而加深對自己及周圍世界和人事上的認識。小說結束時，正代表了翠翠獨立生活的開始，這正符合成長小說的重要要求，那就是一個「開放式」結局（open end）。

《邊城》中的翠翠從一個純眞的小女孩，一個充滿稚氣、生活在夢幻般的自然世界裡的女孩，經過人生中幾段難忘的經歷，逐漸成長爲一個獨立自主、堅毅不屈和富有責任感的人，敢於步入成人世界去承擔起社會和做人責任，堅守工作崗位，獨立面對成人世界的種種問題。翠翠了解到不論是親情或是愛情都不能代表自己一生。她知道祖父不會回來；也不知道儺送會否回來，但明白到生命仍要活下去，做人不是單爲別人而活，每個人都有自己應走的路和應盡的責任。這種人生態度，正是她的良師至親生前一直教導她的，翠翠終能體會得來，並付諸實行。故事結束時，儺送是否會回來，仍是未知之數，但這已不是問題的重點，最重要的是生活仍舊，希望仍在人間。這種似傷感却帶有正面樂觀意義的結局，也是一般西方成長小說的特色。

沈從文的《邊城》，故事結構和內容都非常簡單，但他表達的却是一個少女成長過程中最複雜的思想和感情變化。整部小說表面上是描述湘西邊境一個小山城中兩爺孫的生活片斷，用抒情手法刻劃一個人間世外桃源，但實際上，故事所描寫的每一件事況，都是翠翠成長中重要時候的紀錄，記下了她個性發展和人生態度的形成過程。而祖父所扮演的更不單是慈祥老人、翠翠的保姆，而是她的「啓蒙」老師，引領她走上人生大道。故事結束時，翠翠終能從層層霧中尋找到自己應走的路，從快樂無知的小女孩逐漸變成懂事樂觀的少女，達到某程度上的「自知」。因此，從主題、內容、敍事形式和主角個性的發展來看，《邊城》都可稱爲一部成功描寫青年人長大過程的小說，足以媲美西方成長小說的表表者，亦符合此文類的種種基本界定標準，是同時期中國小說中鮮有的一類描述個人發展的小說。

註釋

❶ 請參看凌宇的《從邊城走向世界：對作爲作家的沈從文的研究》。北京：三聯，一九八五，頁二三五。

❷ 見上文同頁。

❸ 見上文，頁二三五—二三六。

❹ 見上文，頁二三七。

❺ 見上文，頁二三八。

❻ 見上文，頁二三六。

❼ 見上文，頁二三八—二四五。

❽ 請參看 Fritz Martini, "Der Bildungsroman: Zur Geschichte des Wortes und der Theorie," *Deutsche Vierteljahrsschrift für Literaturwissenschaft und Geistesgeschichte* 31. 1 (1961): 44 ff.

❾ Francois Jost, "The 'Bildungsroman' in Germany, England, and France." *Introduction to Comparative Literature* (Indianapolis: Bobbs-Merrill Co., Inc., 1974), 148, 134-150.

❿ 請參看 Alfred Schotz, *Gehalt und Form des Bildungsromans im 20. Jahrhundert* (Erlangen, 1950).

⓫ 請參看 Johann Wolfgang von Goethe, *Gespräche mit Eckermann* (Berlin: Aufban-Verlay, 1955), Oct. 3, 1828, 1: 262.

⓬ 有關英、美成長小說的討論，請參看 Jerome H. Buckley, *Season of Youth* (Cambridge, Mass.: Harvard University Press, 1974).

⑬ 沈從文：《邊城》（香港：南華書店，n. d.）。

⑭ 請參看 William MacDonald, "Characters and Themes in Shen Ts'ung-wen's Fiction." Ph. D. diss. University of Washington, 1970.

參考書目

夏志清　《中國現代小說史》。香港：友聯出版社，一九七九，一六一——一八〇。

凌　宇　《從邊城走向世界：對作爲作家的沈從文的研究》。北京：三聯，一九八五。

沈從文　《從文自傳》。重慶：重慶出版社，一九八六。

沈從文　《邊城》。香港：南華書店，n. d.。

譚瑞英　《沈從文小說中的自然主義》。香港中文大學碩士論文，一九七八。

Buckley, Jerome H. *Season of Youth*. Cambridge, Mass.: Harvard University Press, 1974.

Jost, Francois. *Introduction to Comparative Literature*. Indianapolis: Bobbs-Merrill Co., Inc., 1974.

Kinsley, Jeffrey C. *The Odyssey of Shen Congwen*. Stanford: Stanford University Press, 1987.

Mac Donald, William L. "Characters and Themes in Shen Ts'ung-wen's Fiction." Ph. D. diss. University of Washington, 1970.

Nieh Hua-ling. *Shen Ts'ung-wen*. New York: Twayne Publishers, Inc., 1972.

Prince, Anthony J. "The Life and Works of Shen Ts'ung-wen." Ph. D. diss. University of Sydney, 1968.

Schatz, Alfred. *Gehalt und Form des Bildungsromans im 20. Jahrhundert*. Erlangen, 1950.

Swales, Martin. *The German Bildungsroman from Wieland to Hesse*. Princeton: Princeton University Press, 1978.

從村婦到「烈士」

——丁玲早期的小說裏所反映的婦女解放問題

王宏志

一

在傳統的中國社會裏，一直以男性爲中心本位，婦女失去了最起碼的做「人」資格。她們只不過是男人的附庸，甚至上是一件可供買賣的物品，傳統婦女完全失去了人身的自由——這不單包括了接受教育、自由戀愛婚姻等較高層次的權利，就是連最基本的活動自由也被剝奪。此外，他們的思想也備受束縛，在日夕薰陶影響之下，她們自己也接受了並相信男尊女卑的思想、守貞存節的觀念，對一切男性溫馴服從。簡而言之，無論在身和心兩方面，傳統的中國婦女都失去了自我，過的是一種非「人」的生活。

五四時期的新文化及新文學運動，特別強調的是一種個人主義精神。陳獨秀大力宣揚西方思想，主要認爲「西洋民族以個人爲本位，東洋民族以家族爲本位❶；而周作人也強調過應該提倡的新文學，就是「人的文學」，其中的精神「乃是一種個人主義的人間本位主義」❷。長期失去了做「人」的資格的中國婦女，也因此而得到重視，婦女解放的問題，正式給提到新文化運動的議程上來。一班早期的新文化運動提倡者，大都有撰文討論這個問題。

在早期的新文學運動裏，參加討論以及嘗試創作有關婦女解放問題的作品的作家，幾乎全都是男性。這點是可以很容易理解的。原因是他們都是在民初以至晚淸的時候接受教育的，那時候有機會唸書的女孩很少。不能否認，儘管不少男性作家有很大的熱誠，但他們往往不能夠眞正理解婦女所面對的問題。早期的創作及理論文字，很多時候只能夠從一種人道主義的立場出發，探討一些最基本的問題，處理得最多的是所謂人格的解放問題，也就是要給女性一個獨立的做「人」資格，集中討論了婦女所受到的迫害及痛苦，葉紹鈞的〈這也是一個人？〉、楊振聲的〈貞女〉，以至魯迅的〈祝福〉等，所寫的都是下層婦女的悲慘命運以及所受到的不公平待遇。

早期的文學創作裏另一個經常出現的主題，就是戀愛自由和婚姻自主的問題。這點也是可以理解的。大部份的作家當時都很年輕，戀愛和婚姻便正是他們所面對著，或是很快便要處理的問題。事實上，不少新文學的男性作家的家裏便住著了一位傳統封建婚姻的受害者：魯迅的朱安、郁達夫的孫荃、甚至郭沫若的「黑貓」❸。換言之，戀愛和婚姻的自由問題，也跟他們有著切身的關係，所以，我們見到不少小說都是以爭取戀愛婚姻自由爲主題。羅家倫的〈是愛情還是苦痛〉、許地山的〈命命鳥〉等，所寫的都是靑年男女勇於打破古老思想、抗拒封建婚姻的故事，雖然不少是以悲劇收場，但也表現了很大的積極性及勇敢的鬥爭精神。

但令人稍感遺憾的是：早期男性作家筆下所表現及推動的婦女解放運動，大都只能夠以此作爲終點。這當然不是否定他們的努力及貢獻，因爲爭取最基本的做「人」資格，可以說是婦女運動的起點，而婚姻問題更是長期困擾著男女兩性，爭取得自由戀愛和婚姻的權利，標誌了婦解運動的一場重要勝利。可是，獲得初步基本解放的女性，其實是不是仍然須要面對其他的問題？這涉及了物質和精神兩方面的問題。在物質方面，我們可以簡單的概括爲經濟獨立的問題，這在早期的作品裏很多時候是被忽略了。只有較世故的魯迅，能夠提出「娜拉走後怎樣？」的問題。他有一些很發人深省的說話：

> 但從事理上推想起來，娜拉或者也實在只有兩條路：不是墮落，就是回來。因為如果是一匹小鳥，則籠子裏固然不自由，而一出籠門，外面便又有鷹，有貓，以及別的什麼東西之類；倘使已經關得麻痺了翅子，忘卻了飛翔，也誠然是無路可走。還有一條，就是餓死了。❹

他又跟著說：

> 所以為娜拉計，錢，——高雅的說吧，就是經濟，是最要緊的了。自由固不是錢所能買到的，但能夠為錢而賣掉。❺

而儘管他的短篇小說〈傷逝〉的主題引起過很多爭論，但一個明顯觸及到的問題，就是在爭取得戀愛自由及婚姻自主權後的女性，還是要面對經濟上的難題，最後更因而導致這段所謂自由婚姻的破裂❻。這種思想在二十年代初、中期的小說來說，畢竟是爲數較少的。

在精神方面，似乎問題還更嚴重。表面看來，在取得了婚姻自主權之後的女性，本來是應該得到滿足的了。也就是說：新家庭——如果能除去經濟困難的因素——應該是一個美滿幸福的家庭。但事實是不是這樣？站在婦女解放的立場來看，這觀點是不正確的，原因是這始終還是把婦女困在家庭的小天地裏面，始終她們還是要依附著丈夫——雖然這個家庭和丈夫是她自己所選擇的。究竟婦女能不能夠眞正的擁有一個屬於自己的世界？這點似乎大部份的男性作家都忽略了。在他們的作品裏，並沒有怎樣探討一些已經獲得初步解放的女性在精神上的需要。我們可以說，第一個比較積極及深入處理這個問題的，應該算是丁玲。本文就是嘗試討論一下在丁玲早期的小說裏面所反映出來的婦女解放問題。這裏所說的早期小說創作，是指丁玲在一九二七年底發表第一篇小說〈夢珂〉後，至三十年代初期她思想左傾，開始大量創作所謂的「革命文學」爲止。一般評論家都把這段時間稱爲丁玲的「個人主義」時期❼。但爲了使整個討論顯得比較完整，本文還是須要稍微觸及丁玲一些三十年代以後的創作。然由於篇幅關係，討論的焦點只能集中在幾篇較重要的作品上。

二

丁玲第一篇發表的小說是〈夢珂〉。不過，如果從婦女解放的過程來說，我們還可以加入一篇稍微遲一點發表的作品〈阿毛姑娘〉一起討論，原因是這兩篇小說的主題，有很相似的地方，就是外在的力量怎樣摧毀一個已經有了初步覺醒意識的女性。

在最初的階段，只是一個蟄居於窮鄉僻壤的村姑阿毛，跟在大城市上海唸書的夢珂是很不同的。可以說，阿毛在本質上只不過是一個傳統的女孩，一點覺醒或尋求解放的意識也沒有，這點在小說開始的時候便清楚點出來，那就是關於阿毛的婚姻問題：

> 阿毛已被決定在這天下午將嫁到她所不能想像出的地方去了。（頁一二八）❽

「被決定」這三個字顯示了她是完全沒有參與意見的份兒，而且，阿毛對於未來的夫家，是一無所知的，小說裏多次出現了「陌生的生活」、「那不可知的一家人家」等字眼。更甚的是，阿毛根本不曉得結婚本身到底是怎麼的一回事：

> 她實在不能了解這嫁人的意義；既是父親、三姑、媒人趙三叔，和許多人都說這嫁是該的，想來總沒有錯，這疑問也只能放在心裏，因為三姑早就示意她，說這是姑娘們所不當說的，這是屬於害羞一類的事。（頁一二九）
>
> 她並未曾知道她是應該被這陌生男人來有力的抱住，並魯莽的接吻。（頁一三二）

由於阿毛對於自己的婚姻沒有自主權，且對於所謂結婚也毫無認識，因而便產生了一種恐懼感。

她將自己的婚期看成是「她所最擔心的日子」（頁一二九），而在嫁到夫家後，一切的人都非常使她害怕，無論走到什麼地方，都帶著怯怯的心」（頁一三二）。這根本就是傳統婦女在一段被安排的婚姻下所要面對的恐懼心態。

這個階段的阿毛姑娘，就是連五四前期一些小說裏常見爭取戀愛婚姻自由的女性還及不上。她不單沒有作出過絲毫反抗，甚至還很快的便習慣和適應了。她婆婆待她還算不錯，丈夫也「頗能愛憐她」（頁一三四），就是阿毛也覺得自己「總算很幸福了」。（頁一四一）

相反來說，〈夢珂〉的開始，卻是寫夢珂與學校教員的鬥爭：一個叫紅鼻子的教師欺負了模特兒，夢珂挺身而出，最後更憤而退學。這裏所表現的女性形象很剛烈，尤其是她在混亂的教室裏所說的幾句話，說來很斬釘截鐵：

> 揩乾！揩乾！值不得這樣傷心喲！（頁二）
>
> 嘿！這值什麼！你放心，我是不在乎什麼的！把眼淚揩乾，讓我來送你出去。（頁三）
>
> 好吧，你們去開什麼會議吧！哼，——我是無須乎什麼的。我走了！（同上）

這裏所表現的自主、倔強和充滿正義感的性格已完全跟傳統溫馴服從的女性不同了。

不過，我們馬上便見到兩篇小說的不同發展：一方面阿毛在一兩次偶然的機會，開始產生了覺醒的意識，而夢珂卻開始要作出妥協。

導致阿毛有初步的覺醒意識的力量，是來自外界的社會。第一，阿毛經過一個住在間壁的姑娘三姐的介紹後，要求丈夫帶她到城裏去，看到了很多新奇的東西，第二，她家附近搬來了一對從上海來的夫婦。自此，她覺察到自己跟其他人很不同，而且，她還開始改變了從前的看法：

> 從前還能把這不平歸之於天，覺得生來如此，便該一生如此，把這命運看為天定，還可以消極的壓制住那慾望。然而現在阿毛不信命了。（頁一四八）

這種「不信命」的想法，正是最重要的覺醒意識，也是傳統婦女所缺乏的意識。不過，導致阿毛覺醒的力量卻有很大的局限性，她只是看見了一些表面的現象，例如城市的繁華生活，新鄰居的打扮和服飾，以及嫁入富貴人家的三姐等，結果，她不信命的時候，卻改爲相信金錢的力量，她所得到的結論是：

> 自己之所以醜陋，之所以吃苦，自然是因為自己爸爸自己丈夫沒有錢的緣故了。（頁一四八）

在這情形下，她的覺醒意識不可能有進一步的發展，原因是完全沒有經濟獨立的能力的村婦阿毛，便只得把一切希望繫於丈夫身上。有一段時間，她特別勤力工作，爲的是要幫助丈夫發財；她對丈夫特別溫柔，爲的是希望丈夫發財後，能夠把她打扮起來。這種思想，其實跟傳統婦女的沒有兩樣，那就是一種依附心理，同時也就是阿毛以及其他傳統婦女的悲劇的產生原因。當阿毛發覺自己建築在丈夫身上的希望不可能實現的時候，她對於一切都感到灰心，也不再努力工作，卻又找不到其他的方法來尋求解放，最後只能夠吞火柴頭自殺。

同樣，表面上看來很自主倔強的夢珂，其實也有很強烈的依附性。跟阿毛一樣，這也是她的悲劇的因由。離開學校後，夢珂馬上跑到朋友的家，讓人家去哄她，跟著又想回鄉下的家，但在別人的勸告下，又馬上猶豫不決，最後才決定到姑母家暫住。更值得注意的是：當她來到姑母的家後，便馬上顯得很溫馴，儘管很多時候她是很勉強了自己的。小說寫到她初見到姑母時的情況很是重要：

> 夢珂一看見姑母，裝成快樂的樣子一路叫了進來，這大約是由於她明白，她懂得她父親的囑託，懂得自己一人獨自在上海，一切必得依著姑母的話。（頁十九）

事實上，夢珂與姑母家這個新環境的矛盾和衝突，在她第一天到來的晚上便已經感覺出來！

> 但，實實在在這新的環境卻只擾亂了她，拘束了她，當她回憶到自己那些勉強裝出來的樣子，像是非常自然的夾在那男女中笑談一切，不覺羞慚得把眼皮也潤濕了。（頁十三）

這正是預兆著夢珂最後會在這虛僞的環境中敗落。而當她想到「眞的，想起那自由的，坦白的，眞情的，毫無虛僞的生活，除非再跳轉到童時」的時候，也淸楚顯示了夢珂最後是會接受不自由、不坦白，以及虛飾的生活，也就是她的理想以及她自家的幻滅。

夢珂最後的一次掙扎，是在她明白到表哥的虛僞和欺騙她的感情的時候，她離開了姑母的家。看來對於愛情和婚姻，夢珂是很有理想的，這正好再一次證明她本來是一個已經具有相當覺醒意識的女孩。當她接到父親的來信，提到鄉間的姨母希望討夢珂作媳婦的時候，她便寫信給父親拒絕了這段婚事：她心中所考慮的兩點很有意思：「想起祖武（姨母的兒子）那粗野樣兒，以及家族親戚中做媳婦們的規矩」，（頁三十）前者涉及到選擇丈夫的條件，後者則顯示她不願意像傳統婦女一樣臣伏於一些束縛人身自由的人爲規矩上。這點跟阿毛在開始的時候簡直有天壤之別。另外，在一次與表嫂的談話中，夢珂表現出她不是盲目的反對舊式婚姻，支持新式戀愛。她要求的很理想：

> 我看只要兩情相悅。新式戀愛，如若只爲了金錢、名位，不也是一樣嗎？並且還是自己出責自己，不好橫賴給父母了。（頁三一）

正由於夢珂對於戀愛和婚姻存有這樣的理想，所以對於表哥的欺騙、感受也特別深，以致她願意離開一個她已經適應了的環境。不過，假如我們比較一下上面說過她離開學校時的情況，以及這次她離開姑母家的情況，便明顯的見到夢珂已失去了從前的勇悍，作了很大的妥協。雖然這次受委屈的是她自己（上次是模特兒受辱，本來可以說是跟她沒有關係），但她卻將一切責任放在自己身上，說是因爲自己性格乖戾，辜負了姑母的好意。（頁三六）此外，上次是大鬧一場才離開的，但這次卻只是留下一封信悄悄的出走。這轉變可以說是夢珂奮鬥失敗的證據。從姑母家走出來，並不是說夢珂可以得到任何的解放。事實上，夢珂早已得到人身的解放：她可以獨個兒跑到上海來，她可以選擇自己的學校，她能夠很輕易的便拒絕了父親的婚姻安排，最後甚至離開那虛僞的姑母的家。可是，這看似解放了和十分獨立的女性，能夠在社會中做什麼？

在形容她離開姑母的家時，小說的作者說「她簡直瘋狂般的毫不想到將來」（頁三六），這顯示她並沒有什麼計劃，身上只有二、三十元的她，跑到「圓月劇社」去當演員。但這並不是意味著她找到了工作，眞眞正正的得到經濟獨立，那只是「把自己弄得更不堪收拾的地方去」。她受到更大的侮辱，那些導演當著她面前評她的容貌，小說裏所用的字眼是「像商議生意一樣」（頁四一），這是指出了夢珂再不是一個獨立的「人」，而只不過是一件商品，供人買賣。夢珂沒有作出任何反應，顯示她是願意接受自己作爲商品的身份，也就是願意將自己出賣出去的意思。作者說得很清楚，在她簽了合約以後，「她的行止不能由自己了」。此外，小說還多次把她比作一個舞女或妓女（「她似乎是裝一個歌女或舞女」、「像自己也變成妓女似的」、「她走到大鏡子面前，看見被人打扮出來的那樣兒，簡直沒有什麼不同於那些站在四馬路的野雞。」）；雖然小說說夢珂知道這是委屈了自己，等於賣身賣靈魂，但她卻默默忍受，以至於完全習慣下來。這就是說夢珂已經放棄了最初那種對社會不平等現象不滿的態度，成爲虛僞而醜惡的社會的一部份。

在這一組兩篇的小說裏，我們見到兩個女主人翁的悲劇是有很大的客觀因素，也就是外在的環境所造成的摧毀力量，不能否認，阿毛確是有一種依附丈夫的心理，這不能不說是婦女解放的一個大障礙。但是，由她丈夫以及周圍的人所構成的環境，不單沒有給她任何協助，相反來說，那還是摧毀她一切希望的力量。從來沒有人理會爲什麼阿毛會特別勤力工作，又爲什麼她突然懶惰起來。他們只會在阿毛勤力時讚賞她，疏懶時便打罵她，好像阿毛的存在價值就是在於她能夠做多少工作。此外，阿毛還曾經有過一次機會，可能得到進一步的解放，那就是一位國立藝術學院的教授想聘她作模特兒，但爲她的婆婆所拒絕了，原因是阿毛是有丈夫的人，接著就是婆婆和丈夫的毆打，公公的責罵，以及很多人輕視的眼色。（頁一五六）這顯示了阿毛任何尋求獨立解放的努力和機會，都是給這些人所扼殺了。

至於夢珂，金錢的因素很是重要。小說提到她父親曾經寄了兩次錢給她。第一次是三百元，那是爲了知道她在姑母家要用錢，趕忙把穀賣了湊來的，而且說要第二年菜油出脫時才能再寄錢來。（頁二四）可是，夢珂馬上便把全部錢花光了，只得再去信要錢。父親再寄來了二百元，但信上卻說這筆錢「足夠全家半年的日用」。（頁二九）夢珂最後去當演員，爲的也是這金錢問題，這也就是魯迅在〈娜拉走後怎樣？〉一文裏所強調的經濟獨立問題。夢珂所走的路，便是墮落——「直向地獄的深淵墜去」（頁三六）

三

放在第二組討論的是兩篇在很接近的時間完成的小說，一篇是丁玲的成名作〈莎菲女士的日記〉，另一篇則是〈暑假中〉。這兩篇小說裏的主角跟阿毛或夢珂有幾點很不同的地方，所以帶出來的問題也不一樣。

第一，經濟的問題。這兩篇小說的主角在這方面看來毫無困難。在莎菲的日記裏，並沒有說明她的經濟來源，但卻從不見到莎菲擔心不夠錢用的時候。她獨個兒住在公寓裏，不用工作，甚至可以請朋友去看戲，又隨時可以託人在西山選房子養病。至於〈暑假中〉的主角，則全都是教師，每月最少有固定的六十元薪金，且寄住在學校裏，所以也絕對沒有經濟困難。很明顯，她們前面沒有阿毛或夢珂所需要面對的生計問題。

第二，周圍的人或外在的環境並沒有對她們構成實質的威脅。例如莎菲周圍的人，像葦弟、毓芳、雲霖等都非常關心她、愛護她，連莎菲自己也說過別人「盲目的愛惜我」（頁四七）。而〈暑假中〉的幾個女教師，也是自己住在學校裏面，過著很獨立的生活，絲毫沒有受到外界的騷擾。

這兩個很大的分別，說明了這兩篇小說裏的女性已經是過著十分獨立的生活，而造成阿毛和夢珂的悲劇的力量也不存在。不過，她們在婦女解放運動中所起的作用，還不只在於這人身的自由上，更重要的是其中所表現到她們跟男性的關係及地位上面。

在〈莎菲女士的日記〉裏出現得較多的男人有三個。第一個是雲霖，那是莎菲的朋友毓芳的男朋友，與莎菲沒有什麼關係，但顯然也不是在莎菲心裏享有高的地位，日記裏對他的形容是說他有著「粗醜的眼神、擧止」（頁五一）；第二個是葦弟，他是深愛著莎菲的。第三個則是從星加坡回來的凌吉士。他們都可以說是莎菲親密的男朋友，但莎菲對他們的態度很不同。

不過，無論怎樣，在莎菲與他們的交往中，我們可以見到莎菲所處的優越位置：她不單是做到了男女平等的地步，而實際上更是高高在上，超越了男性，就是把傳統兩性的位置倒換了過來。這不單在古典文學裏是罕見，就是在中國現代文學裏也是絕無僅有的。

葦弟其實比莎菲還要大四歲，但無論在稱謂上或實質上，他都是處於次要的、低下的位置。我們從小說裏知道，葦弟是很愛莎菲的，且待她很好。這點莎菲自己也知道得很清楚。可是，莎菲卻一直故意戲弄他、虐待他，甚至更從中取得很大的樂趣。相反來說，葦弟在受了她的戲弄時，卻不會作出反抗，只懂得獨個兒流淚。但這並不能令莎菲作出絲毫的讓步。十二月二十九日的一則日記裏記錄了她一次對葦弟的「虐待」：

> 為了他很快樂，在笑，我便故意去捉弄，看到他哭了，我卻快意起來，並且說：「請珍重點你的眼淚吧，不要以為姊姊像別的女人一樣脆弱得受不起一顆眼淚……」「還要哭，請你轉家去哭，我看見眼淚就討厭……」自然，他不走，不分辯，不負氣，只蜷在椅角邊老老實實無聲的去流那不知從哪裏得來的那麼多的眼淚。（頁五十）

這裏強者和弱者的對比很強烈，不能想像的是這滿臉淚痕的弱者竟然是一個男人！

葦弟的「溫馴」，莎菲說得很清楚，「不特於他沒有益處，反只能讓我覺得他太容易支使」，這看來更像傳統社會裏一些貪得無饜、咄咄迫人的男人。此外，另外還有一段莎菲反省的記錄，寫得很有意思：

你，葦弟，你在愛我！但他捉住過我嗎？自然，我是不能負一點責，一個女人應當這樣。（頁四七）

這裏有趣的地方是：爲什麼莎菲在想到自己和葦弟的關係時會考慮到是不是應該向對方——一個比自己還大的男人——負責？這又一次的證明了她是處於高高在上的位置。莎菲跟另一個人凌吉士的故事，更進一步提高了莎菲作爲一個婦女解放先鋒的地位。

第一點令我們覺得特別的，是莎菲對於凌吉士的形容。傳統以來，「男才女貌」是理想的婚姻配搭，也就是說，男人娶妻是很重視她的外貌，但女人對於丈夫的要求，卻主要是內在的和物質的，因爲這些才是可以終身依附的條件。可是，在莎菲的日記裏，自從凌吉士第一次出現後，我們見到的便是莎菲不斷對凌吉士的外型的讚美，而且還有十分細緻的描寫，完全給人一種肉慾的感覺：

他，這生人，我將怎樣去形容他的美呢？固然，他的頎長的身軀，白嫩的面龐，薄薄的小嘴唇，柔軟的頭髮，都只以閃耀人的眼睛。（頁五一）

在日記裏，莎菲提到凌吉士的時候，往往只是叫他做「那高個兒」，甚至是「那白臉龐紅嘴唇的」（頁七一），這都是只把集中在凌吉士的外形上。此外，莎菲對凌吉士的嘴特別注意，描寫也特別著力，強調了他的嘴的吸引力，令她很希望能夠得到他的吻：

我擡起頭去，呀，我看見那兩個鮮紅的、嫩膩的，深深凹進的嘴角了。我能告訴人嗎，我是用一種小兒要糖果的心情在望著那惹人的兩個小東西。（頁五二）

小說裏並沒有記錄凌吉士對莎菲有什麼表示或反應。最少在開始的時候，我們不覺得凌吉士展開了對莎菲追求。可是，相反來說，莎菲卻差不多馬上便採取了主動。她毫不諱言自己是日夜在想念著凌吉士。爲了接近他，莎菲故意搬到一間又低又小又霉的東房，又借口請求凌吉士替她補充英文。這一切都是將傳統男女的地位倒轉了過來。從前由男子去做的，現在都是由莎菲主動的做出來了。

我們知道，丁玲這篇〈莎菲女士的日記〉，曾經成了她被人攻擊的借口，其中一個很重要的論點就是莎菲（也就是丁玲自己）是一個肉慾主義者、頹廢的戀愛至上主義者，原因在於莎菲所追求的只是凌吉士的外表，而在她知道凌吉士「高貴的美型裏，是安置著如此一個卑劣靈魂」（頁六九）之後，仍然繼續追求和引誘凌吉士，直到得到他的吻爲止。由於篇幅關係，這裏不打算仔細分析莎菲的形象。本文只想展示一下從莎菲的行徑裏所可以見到女性地位的提升，以及傳統藩籬的打破。

莎菲一月十日的日記有一段文字很有意思：

是的，我了解我自己，不過是一個女性十足的女人，女人只把心思放到她要征服的男人們身上。我要佔有他，我要他無條件的獻上他的心，跪著求我賜給他的吻呢。（頁六五）

這裏所用的字眼很有趣，女性對男性來說，是「征服」、是「佔有」、是「賜給」；而男性對於女性，卻只能「無條件的獻上」、「跪著求」。而且，在莎菲的眼中，十足的女人就是要把男人征服和佔有。這不能不算是很大胆和反傳統的思想嗎？

事實上，莎菲作爲征服者的心理，越來越強烈。我們見到莎菲故意拿姊姊女兒的照片來愚弄凌吉士，在凌吉士被愚弄後，她感到十分滿意；（頁五九）最重要的一段描寫是在最後的一則日記裏，莎菲本來已打算到西山養病，凌吉士在晚上十點鐘來看她，向她表白，甚至眼睛也「被情慾燃燒」了。可是，當時的莎菲究竟在想什麼？她是在可憐凌吉士！

> 唉，可憐的男子！神既然賦與你這樣的一副美形，卻又暗暗的捉弄你，把那樣一個毫不相稱的靈魂放到你人生的頂上！……
>
> 「你，在我面前，是顯得多麼可憐的一個男子啊！」我真要為他不幸而痛哭，……啊，可憐的人，他還不知道在他面前的這女人，是用如何的輕蔑去可憐他的這些做作，這些話！我竟忍不住笑出聲來……
>
> 「何必把你那令人惋惜處暴露得無餘呢？」我真這樣的又可憐起他來。（頁八四—八五）

這更是將男性的地步貶降至最低點，任由她來愚弄，所得到的只是輕蔑和憐憫。就是凌吉士最後得到了莎菲的吻，也不能說是凌吉士的勝利，反而那才是他最終的被征服、莎菲的成功。第一，莎菲從見到凌吉士的第一天便渴望得到他的吻，這次正是她願望得到了實現；第二，在凌吉士吻她的時候，她的反應是這樣的：

> 我不能像別的女人一樣暈倒在她那愛人的臂膀裏！我張大著眼睛望他，我想：「我勝利了！我勝利了！」因為他所使我迷戀的那東西，在吻我時，我已知道是如何的滋味。（頁八五）

其實，這接吻的問題，還可以從另一個角度來肯定莎菲在婦解運動的位置，原因是它是莎菲戰勝周圍黑暗力量的象徵。上面引過莎菲第一次見到凌吉士的時候，便馬上給他的外表所吸引了，而她特別留意的是凌吉士的嘴，她希望能夠吻他，可是：

> 但我知道在這個社會裏面是不准許任我去取得我所要的來滿足我的衝動，我的慾望，無論這於人並沒有損害的事，我只得忍耐著，低下頭去。（頁五二）

這就是莎菲考慮到了世俗的壓力，但最後她成功的得到凌吉士的吻，正好表示了她是衝破了社會的壓力，取得她想得到的東西。這也是莎菲跟其他女性不同的地方。

〈暑假中〉的情況跟〈莎菲女士的日記〉很不同，它裏面幾乎完全沒有男性的角色。那一班自立女學（這個名字也很有意思）的女教師，不單只是在經濟方面獨立，而且也有絕對的人身自由，甚至可以說，她們是活在一個超離於男性社會的世界裏，因爲她們基本上不需要男性的存在。表面上，她們是抱著「獨身主義」，但實際上，在她們的圈子裏，卻是完全公開的有著同性戀行爲。

不過，無論是莎菲還是這些女教師，儘管她們看來是十分獨立自主，完全是由男性社會中解放出來，可是，她們並不快樂。兩篇小說的基調都是灰暗的。莎菲時常獨個兒哭，時常想到死，更故意不顧肺病而狂飲酒；〈暑假中〉裏面也是充滿了吵鬧和眼淚，從兩篇小說看來，這些看似已經完全獲得解放及獨立的女性，在心靈上仍然是沒有得到解放。她們全都有一種很強烈的傾向，就是希望別人能夠眞正理解她們。其實，說穿了，這也是一種依附的心理。

毫無疑問，葦弟是很愛莎菲的，對她千依百順。可是，他從來沒有眞正得到過莎菲的愛。爲什麼呢？莎菲說：「爲什麼他不可以再多的懂得我些呢？」（頁四七）這就是葦弟失敗的原因。眞正理解莎菲的，據莎菲自己說，只有蘊姊一人，但蘊姊後來卻死了。莎菲爲了希望葦弟更清楚了解自己，甚至將自己的日記給他看。莎菲說：

> 假使葦弟知道我，我自然會將他當做我唯一可訴心肺的朋友，我會熱誠的擁著他同他接吻。（頁七七）

但結果葦弟仍然是不明白，這使莎菲陷於絕望的境地，最後寧願跑到無人認識的地方去。

就是那班住在一起、互相愛戀著的女教師，其實也不是眞正的了解對方，而且也同時是渴望得到別人的理解。她們感到極度的孤獨苦悶。其中一位教師承淑，把學校比作一座無人的荒廟，自己是一個正在懺悔著的尼姑，她的心是「無主的對天凝視」。（頁一一四）另一位教師嘉瑛在暑假整天的打牌「來消磨時日，來吞滅她的心靈」。（頁一二〇）而那個曾經說過自己才是眞正的獨身主義的志清，也同樣有很大的問題，小說說她本來是一個守財奴，省下了差不多全部的薪水，用來放高利貸，賺了不少錢，作者說：

> 她不缺少錢，但她缺少一種更大的能使她感到生命意義的力。她想遍了，卻想不出一條方法來自己拯救自己。（頁一一八）

很有意思的一段描寫是她收到了一個結了婚、還做了母親的同學的信，信上說了很多做人家媳婦的苦痛，還說羨慕她無拘無束，恭維她能夠抱著獨身主義，說「這主義是能解決婦女的許多問題的」，（頁一一八）可是，志清的反應是沒有把信看完便把它扯掉了，原因是她厭棄了獨身主義這個名詞，因爲這個名詞曾經爲她帶來嬌矜，現在卻再不能安慰她這多年忍受的寂寞，她甚至羨慕那朋友所說的那些做人媳婦的苦痛，她還想過回信給朋友，說明她現在的生活比做人家媳婦還要苦。（頁一一九）她還如果能處在朋友的境地時，「她一定能領略出其中的一切溫柔，她一定非常忠實她自己所做的！」這段描寫諷刺性很強：一個本來已經成功的脫離了家庭和婚姻束縛的女人，原來其實是熱切期待把自己重新困回這些枷鎖裏去的。

那麼，怎樣才是眞正的得到解放？

四

在二十年代末、三十年代初，丁玲受到左傾思想的影響，在她的小說創作裏，她開始嘗試爲一些女性知識份子指出一條所謂的「出路」——投身社會，參加革命。這裏特別選了〈一九三〇年春上海（之一）〉作爲研究對象，這篇小說是在一九三〇年六月才寫成的。

小說的女主角美琳，本來可以說是過著幸福的生活。她有現代家庭的背景，受過相當的教育，是一個女作家，而且長得相當漂亮，很會打扮，經濟環境也不錯。她嫁給一個自己選擇的丈夫子彬，他是一個頗有名氣的作家，從稿費中得到的生活算是富裕。故事開始的時候，子彬便是剛從先施公司買了旗袍料子給美琳，作者更說：

> 他們住在靜安寺路一個很乾淨、安靜的弄堂裏的一個兩層樓的單間，有一個臥房和一個客廳，還有一個小小的書房，他們用了一個女僕，自己燒飯，可以吃得比較好。有那麼些讀者，為他的文章所欺，以為他很窮，同情他，實在他不特生活得很好，還常常去看電影，吃冰果子，買很貴的糖，而且有時更浪費的花錢。（頁二三二）

很明顯，這裏跟魯迅筆下的涓生和子君吃苦的生活很不同。

可是，我們所見到很幸福快樂的生活其實只是一個表面的假象。對美琳來說，她越來越覺得新式的家庭其實也只不過是新式的枷鎖，丈夫溫柔體貼，其實最終也還是要妻子作他的奴隸。小說裏有一段描寫吃可可糖的情形。子彬不斷的說妻子美琳很喜歡吃這種名貴的可可糖，但原來並不是這樣，那只不過是由子彬給她養成的一種嗜好，因爲那是一種高貴的嗜好。（頁二四二）而當他們吵架的時候，雖然子彬還是溫柔的好言哄她，但美琳卻只覺得「你老把我當小孩！」（頁二四六）這已清楚點出了二人眞正的關係，以及作妻子的始終沒有得到過眞正的解放的境地。因此，當她有機會接觸到一些所謂眞正新思想的時候，她便察覺到問題的嚴重性：

> 是的，她還是愛他，她肯定自己不至於有背棄他的一天，但是她彷彿覺得他無形的處處在壓制她。他不准她有一點自由，比一個舊式的家庭還厲害。他哄她，追她，給她以物質上的滿足，但是在思想上他只要她愛他，還要她愛他所愛的。她盡著想：為什麼呢？他那麼溫柔，又那麼專制。（頁二四六）

這其實又是跑回婦女解放運動的起步點，就是女性做「人」的資格問題，所不同的是這發生在一個新式的家庭，而受害女性所遇到的是精神和心理上的束縛及虐待。

據作者在小說裏說：美琳的痛苦，是根源於失去了她在社會上的地位。儘管他們夫妻二人是相愛的，但她不能夠只關在一間房子裏，爲一個人工作後的娛樂。所以，我們見到美琳的覺醒和出路便是跑到社會，找回自己的地位。通過一個參加了社會運動的朋友若泉的協助，美琳出席了一些工人和青年作家的研究會。故事結束的時候，正是「五一」勞動節紀念日，美琳跑到大馬路上參加遊行和示威。

這看來是個很「偉大」的改變。可是，小說裏有沒有交代過她的改變的原因。她參加政治運動是不是因爲她見到了社會上一些不平等不合理的現象，覺得需要進行革命？事實並不是這樣。她的「覺醒」並沒有什麼社會因素在內，也不能說是什麼的政治覺醒。在這麼短的時間內，在毫無協助的情況下，她根本不可能有什麼政治上的覺醒。實際上，美琳所碰到的問題還是很個人的：她的丈夫並不能眞正了解她，不能令她感到獨立和自由。這點在上引的幾段文字已經清楚顯示出來了。此外，她跟若泉的一次談話，帶給了她很大的快樂。可是，這快樂是什麼？小說說：

> 於是他們都更不隱飾談了一些近來所得的知識與感覺。他們都更高興，尤其是美琳。她在這裏能自由發揮，而他聽她，又了解她，還幫助她。（頁二六○）

那麼，她所要求的還不過是別人的理解以及個人的自由。作者把她的出路安排在政治上的參與，其實是很牽強的。

諷刺得很，丁玲筆下那些「覺醒」了的，參加政治運動的女性，大多是沒有好的結果。〈田家冲〉的三小姐，因爲在城裏煽動革命，給家人送到鄉下來。她又繼續鼓吹她的革命思想，時常獨個兒跑去幹一些秘密的活動，但結果在一個晚上離開後便沒有再回來。而〈某夜〉就是乾脆的寫一個行刑的場面，二十五個「烈士」中，其中便有一個是女性。

五

我們在上面將丁玲早期幾篇較重要的小說分成了三組討論，每一組代表了不同的解放階段，同時也帶出了不同的問題。不過，在這些小說裏，我們還是可以看到幾個共通的地方，這裏打算討論一下這些特點，作爲一個簡短的結論。

第一，丁玲這些小說裏所見到的大都是一些已經有了相當的覺醒意識，甚至是已經初步獲得了解放的婦女。這一方面固然是因爲她是較遲才開始創作——她第一篇小說〈夢珂〉是寫於一九二七年秋。那時候，探討女性人格解放問題的小說已很多，這樣的主題也許已失去了當初的吸引力。另一方面，丁玲看來比其他同時期的女性較幸運，她有開通的母親作後盾。我們知道，丁玲母親在丈夫去世後便領著丁玲回到湖南常德的娘家，更進入師範學校讀書，同時還鼓勵及積極協助丁玲求學。所以，教育的問題，也從來沒有在丁玲方面出現過。此外，丁玲的小說裏關於舊婚姻制度所帶來的不幸以及婦女爭取戀愛婚姻自由的描寫也不多。這點也跟丁玲自身的經歷有點關係：丁玲自己也曾推翻了一段由家長安排的婚姻，但其中並沒有多大困難，原因也是因爲得到開明的母親的幫助及支持。所以，我們可以說，丁玲自己便是一個已經有相當解放、時常獨立生活的女孩。在這情形下，她利用文學來探討問題的時候，自然也是比較集中處理一些同樣已獲得了初步解放的女性。

此外，在丁玲早期的小說裏的女主角，大都有著另一個共通點，那就是她們全都很強烈的意識到自我獨立的需要。她的第一篇小說〈夢珂〉裏的女主角，在離開了姑母虛偽的家後，本來是可以回到鄉間父親的身邊的，但是她並不願意這樣做，寧願把自己的靈魂和肉體一併出賣。莎菲的情況也一樣，在「陷入極深的悲境裏去」之後，她不願意留在北京，跟朋友在一起，也不肯去西山養病，只是決計南下，到無人認識的地方獨自過活。〈暑假中〉的幾個女教師，甚至在暑假期間也不回家，寧願在學校裏寄住，苦悶的過日子。〈慶雲里中的一間小房裏〉的妓女阿英，雖然也曾想過嫁給陳老三，但不久又想到不能倚靠一個種田的男人過活，最後還是跑到街上拉客人，由自己來養活自己，就是〈過年〉裏未滿十歲的女孩小菡，也還得要「一切都懂，不要媽操心」。這種自立的精神，正是婦女解放問題的重要關鍵。丁玲早期小說裏的女主角，絕大部份都表現了這種精神，便說明了她們尋求解放的努力❾。

丁玲這些小說裏的第三個共通點，就是裏面表現了很大的矛盾。上面說過，這些小說裏面的人物，大都有一種強烈的要求，就是能夠獨立的生活。不過，仔細的看，其實這些人物又同時都有一種強烈的依附心理。阿毛把一切希望建築在丈夫身上；夢珂要依附姑母；莎菲無時無刻不希望別人能夠眞正的理解她；而〈暑假中〉的女教師也不是過著眞正的獨身主義生活，而是彼此依附著。這種依附心理，便正是這些人物的悲劇的來源。一方面她們要求獨立，另一方面心底裏有強烈的依附心理。當這種依附心理得不到著落，或是要強行抑制的時候，她們便感到莫大的痛苦，也導致了悲劇的產生。阿毛自殺，是因爲她理解到自己的希望完全幻滅了；夢珂在姑母家走出來，就是強行把自己跟所依附的切斷，跟著也只能夠走上自我毀滅的道路；莎菲和那些女教師感到生活苦悶和孤獨，就是因爲她們覺得沒有人眞正的理解她們；換言之，她們找不到依附的對象。至於〈一九三〇年春上海（之一）〉中的美琳，她本來是生活得很愉快的，那是因爲她滿意的依附著丈夫生活。但當她感覺到自己的丈夫並不是理想的依附對象時，她開始感到很苦惱，不過，她最後又感到有希望，投身革命，那就是因爲作者給她一個新的依附，她的朋友若泉仔細的聽她說話，讓她得到自由，同時又理解她。於是，她又感到快樂了。

正由於她們一方面已經有了覺醒的意識，希望能夠獨立生活，但另一方面又有強烈的依附心理，造成的矛盾使這些小說變得灰暗及充滿悲劇性。「死亡」似乎始終沒有離開這些不幸的婦女。阿毛呑火柴頭自殺；夢珂把自己的靈魂和肉體一併出賣，本來的夢珂已經死掉；莎菲時常說寧願死了乾淨；女教師承淑也說死了較好，這樣可以給人們留下深刻的紀念。由此可見，這些婦女的「出路」，其實也只有死亡一條，那也只不過是逃避現實的方法。

此外，還有一點值得注意的地方是：在丁玲最初的創作裏，她的小說人物幾乎全都是女性。但到了稍後的時間，也就是丁玲認爲那些婦女獲得了眞正的解放，投身社會的時候，女角在她小說裏所佔的比重越來越小。〈一九三〇年春上海（之一）〉花了不少筆墨來描寫子彬這個角色，而美琳的覺醒，是通過一位男性的朋友若泉所引導；而它的姊妹篇〈一九三〇年春上海（之二）〉更是以男性作主角（望微），而他的女朋友瑪麗也只不過是配角。稍後的創作像〈水〉、〈某夜〉等，女性角色差不多完全不存在。這跟丁玲最初的創作是完全不同的。可以說，在丁玲筆下，女性最爲覺醒的時候，竟然就是完全溶入在男性的社會裏，成爲一個整體。這自然也是出於政治因素的緣故。接受了共產主義思想的丁玲，不得不放棄一些重視個人的想法，而把一切都放進集體的領導去。這就跟五四初期解放婦女的主導思想有所不同，很明顯，所得出來的結果也不是五四初期新文化運動的提倡者所預料得到的。而剛從傳統的父系社會解放出來，爭取得做一個獨立的個人的中國婦女，在丁玲筆下，在某一方面來說，是壯烈的犧牲了。這也是另一種的烈士嗎？

一九八八年十一月

註釋

❶陳獨秀：〈東西民族根本思想之差異〉，《青年雜誌》一卷四期（一九一五年十二月十五日），頁一。

❷周作人：〈人的文學〉，《中國新文學大系》第一集（上海：良友圖書公司，一九三五年十月十五日），頁一九五。

❸《沫若自傳》第一卷（香港：三聯書店，一九七八年十一月），頁二八三。

❹魯迅：〈娜拉走後怎樣〉，《魯迅全集》卷一（北京：人民文學出版社，一九八一年），頁一五九。

❺同上，頁一六一。

❻魯迅：〈傷逝〉，《魯迅全集》卷二，頁一一〇至一三〇。

❼參 BJORGE GARY JOHN, *Ting Ling's Early Years: The Life and Literature through 1942* (Unpublither Ph. D. disserfation, University of Wisconsin-Madison, 1977), pp. 46-51.

❽下引丁玲的小說，除另行註明外，均錄自《丁玲文集》第一卷（長沙：湖南人民出版社，一九八三年八月）。

❾參❼。

張系國《星雲組曲》的詮釋主題

王建元

張系國的《星雲組曲》結集了十篇從一九七六年至一九八〇年的科幻短篇。出版以來雖然極受歡迎，但似乎從來未得到比較嚴肅的批評回應。我在台灣教學數年間曾經參與一些倡介科幻小說的工作，希望能改變一般對這文類的歧視態度，以爲科幻只是迎合潮流大衆的二流作品，將它拒於文學的殿堂之外。

其實科幻小說也不乏嚴肅精彩之作；其所觸及的問題也很深遠。但因爲這文類的基本反叛精神，在於要與主流文學領域劃清界線，自居於「次文化」的層面而不斷向主流冲擊。再則它更具有一種反現代主義的功能，經常與「社會文化」思潮聯手，質疑批判現代主義那以深入個人主體心理分析爲目標，而忽視了社會整體價值的弊病。故此拿着對廿世紀文學藝術評價的一般工具，動輒說科幻不入流，說它非人性，人物刻劃粗糙膚淺等，都只能是一些從來不屑仔細閱讀科幻和缺乏另一套批評準則的門外話。須知科幻小說的獨特美學架構，在於蓄意將一個認知過程陌生化和戲劇化；故此小說的主角通常不是一個人，而是一個新穎而啓人思考和幻想的科學理念。

但這並不意味人的因素不存於科幻。相反的，科幻的主要功能，在於想像和處理人類的環境怎樣演變，科學的可能發展怎樣在人的社會造成影響。而其中最令人觸目的「接觸」(enc-ounter)主題，更是一個極有利於探討人究竟是什麼的手段。反觀現代主義作家悉力鑽營個人主體的心理深層，但最後愈鑽愈深，流於虛無頹喪而不能自拔。故此科幻應運而生，通過它獨具的手法，從一個「非」人的角度審視人非份的知識慾望和自欺欺人的種種弱點。這其中更涉及人與人之間的懸隔分歧，甚至人與非人之間互相瞭解的困難等哲理命題，而這些也就是本文要在《星雲組曲》各故事中加以探索的命題所在。

《星雲組曲》的十個故事中，全部都或多或少，直接間接地貫穿着人由於時空變幻，歷史文化衍化，認知模式分歧而產生的詮釋、交通和瞭解這主題。第一篇「歸」是一個著筆輕淡的愛情故事；男女主角在海底探礦站因一起工作而生愛意。但主幹却在於女角在體內安裝了「心訊擴大器」而能與電腦控制系統進行「心靈感應」。一次由於她惱恨電腦好管閒事，好意安慰她而將「心訊器關掉」，未能及時接收不明物體的破壞的警報。故此故事中「通訊」爲主要母題；雖然作者對此著筆甚輕，但整個情節一直環繞着「瞭望室」、「偵察」、「與外界聯絡」等。其中男角「不懂得心靈感應」，對少女情懷一竅不通，連電腦也不如等更是極具趣味的插曲。

第二篇〈望子成龍〉雖說是作者諷刺中國人重男輕女和虛榮心的小品，並未直接觸及詮釋這主題，但它仍然透露了一些偏見與及誤解的基因。故事講述一個男人一直「堅持己見」，十年來因爲「死心眼兒」和「絕不妥協」要生個男的而失了當父親的機會，最後人口計劃局局員「瞭解他的痛苦」，「同情」他才給他一個剩餘配額。而問題却發生在當這對父母積極委託改良品種公司塑造一個優秀男孩之前，却發現人口計劃局因爲要從社會觀點不得不將人口品種控制，「賢愚不肖一定要有適當的比例」，必須在多餘配額中改變遺傳基因。最後被委託的「代母」產下一個又黑又肥的醜八怪。這故事道出個人意願與社會整體觀點發生衝突而造成誤會，故也就暗含對人類「瞭解」行爲的能力的諷刺。

第三篇〈豈有此理〉因爲涉及歷史詮釋觀，我把它與第五篇〈銅像城〉和第八篇〈傾城之戀〉放在一起分析。而第四篇〈翦夢奇緣〉却直接將前面〈歸〉所提出的「心靈感應」母題發展開來。老實說，這個故事寫得並不怎樣成功，由於作者冒着離題的危險，忍不住要諷刺「反對天視聯盟」中的成員包括教授、詩人、比較文學家等。結果是主題不太明朗。但毫無疑問，此篇利用「夢幻天視」這科技意念，展露一個人失去了做夢的權利的世界。「廉價夢幻奇景」一旦盛行，整個社會便染上了一個嚴重的心理病症。它就是馬庫舍（Marcuse）所提出的現代人從現代公衆媒介得到的「假昇華」（desublimation）的症狀。故事一開始，「她張開心靈的眼睛，朝虛空望去，………她嘆了口氣，心滿意足，對他唱出心靈之歌」。當然，這種「神交」只是「將腦海中理想自我投射」的結果，最後它必然會「阻止人類發揮天生的幻想能力」。因爲「凡是腦裏裝設了天視收發機的人，都不會再做夢了」。

〈翦夢奇緣〉敍述人們怎樣利用科技，企圖把彼此之間的空間距離縮短。但這種「神交」又只能是廉價的虛幻。而作者在第六篇〈青春泉〉中將這個神交意念放在時間差距的向度上，作進一步的探索。「轉世」一方面不能消除人與人之間的隔膜，妄想着享受後世的崇敬的藝術家所獲得的，只是發現他那「最最甜蜜的復仇」美夢，最後變成「最最難堪的折磨」。而另一方面，轉世更是一個自欺欺人的夢魘；在「夾在兩壁鏡子中間，前後都是永恒，重疊著無數個自我」的世界裏，男主角最後經歷了一場「老的我」與「幼的我」的爭奪戰，兩個不同時間幅度的重疊自我意識落得鬪個你死我活。

自我意識在時間歷程中發生分裂，在很多科幻小說中往往被轉帶入「我」與「非我」的接觸主題。非我可以是非人類或非我族類，甚至任何具智慧的生命形態。但不論以什麼形式出現，非我仍然只能是繁衍自「自我」的分裂和延續。而第七篇〈翻譯絕唱〉便是一篇演唱出這個將「我」的理念架構橫加在「非我」的本體身上而妄談接觸了解的絕佳作品。

故事主人翁是位資深翻譯家。他個性不愛動，不喜歡不熟悉的事物。但他對他的工作却甚爲謹愼，常提醒學生，「不論翻譯甚麼語言，千萬不能大意，千萬不能自以爲是」。一次，在一個星球上發生了刼殺案，涉嫌的一族「人」說的是他們自己的蓋文。這位協助調查的翻譯家在問案中間，發現他原先很有把握的蓋文，其實在語源的探究上是相當無知的。在盤問幾個以愛好「和平」知名的土著時，一部份問答是這樣的：

問：「船上的貨物是從哪裏來的？」

答：「在蒙罕城買來的。」（蒙罕城是蓋文族的首都。）

問：「你知道不知道這是贓物？」

答：「我不懂贓物是甚麼意思。」

問：「贓物就是偷來的東西，你偷過東西嗎？」

答：「我不懂偷是甚麼意思。」

問：「偷就是不經對方許可，拿走對方的東西。你偷過東西嗎？」

答：「我從來不偷，我只從事正當的蓋貿。」（蓋貿是蓋文語裏交易的意思。）

問：「你從前有沒有犯罪紀錄？」

答：「我不懂犯罪是甚麼意思。」

問：「犯罪就是法律不能容許的行為。例如你無故殺蓋文，就是犯罪行為。」（蓋文語裏的「蓋文」，相當我們普通語裏的「人」。）

答：「我沒有無故殺過蓋文，我只和別人蓋朋。」（蓋朋是蓋文語裏親熱或友愛的意思。）

這段問答本身簡直就是一個獨立的寓言，直指文化與文化、我與非我之間的隔閡畢竟巨大如斯。對我這個從事比較文學的人而言，它更是一個譬喻比較模式的內在分歧性的絕佳例子。然而，這段對白的重要性更在於一則使我們明白，唯有科幻這文類所獨具的表現手法，才能最適切地將詮釋這主題發揮得淋漓盡致，二則又同時證明了《星雲組曲》的確能善加利用科幻這獨特功能。這是因爲科幻本身最能處理已知與未知之間的辯證關係。從理論的角度看，科幻小說的美學結構既然在於一個認知能力的陌生化過程，它的作者往往將場景設計在已知和未知，熟悉和陌生之間；將他的想像性架構加於現實經驗世界之上。例如〈翻譯絕唱〉一開始的「我從事翻譯工作，已經有七百多年了」。「翻譯」是我們熟悉的事，但一個人翻譯了七百多年，却立即硬生生的將讀者從現實世界抽離，強迫我們進入一個以「認知」爲主題的幻想世界。放在人與人、我與非我之間的互相交通瞭解這個向度，翻譯本身便正是一種詮釋行爲了。故此這故事的主旨喩意，便是闡述我要了解非我的困難。最後主角無意中發現了「蓋」的原始意義，乃是指稱「吃人後滿足的呼聲」。故此「蓋朋」就是吃人，蓋文人就是吃人族。張系國固然在這裏開個玩笑，意謂台灣的年輕人喜歡用「蓋」這字來形容一切難以形容的事物。但放在較嚴肅的層面上，這故事的詮釋寓言性是不容置疑的。

〈翻譯絕唱〉又再一次證明了科幻小說的形式與詮釋的內在關係。而科幻作家一直都企圖通過科學理念的推想，來塑造人類理念能力以外的具體形象。但在此同時，就算是外太空的冒險，却只能回歸到內在心理空間的探究，因爲所謂外星生物或是「地球以外有智慧生物」的描繪，到頭來只能從人的角度出發，用人的語言表達一個完全陌生的「它」。例如我們將「E・T」翻譯爲「外星人」。這個橫加上去的「人」字，的確展示了無論人類如何努力，他所能描寫出的，只不過仍然是人的種種而已。另一方面，人類一旦所堅持那一人爲萬物之靈的虛榮心，最後終會被某些比我們更「靈」的「什麼」毫不留情地毀滅。像在第九篇〈玩偶之家〉的人類，已變成那超越人類智慧的機器人（唉，又是人）的玩具。可憐那時的人類，居然還被叫作「靈靈」呢！

詮釋學或瞭解行爲在近代哲學思潮中，成爲一門觸目的學問。而現象詮釋學指出，研究詮釋行爲的關鍵在於了解人的存有與時間的關係，故此時間結構，歷史，傳統等均是極重要的環節。而《星雲組曲》的〈豈有此理〉、〈銅像城〉和〈傾城之戀〉一則是整個集子的重頭戲，二則是張系國將他的歷史詮釋觀展露無遺之作。〈翦夢奇緣〉的一位詩人曾慷慨激昂地要「向歷史交卷」，而〈豈有此理〉却有一個科學家不只想「跟古人講話」，更野心勃勃地要「還原古人的精神面貌」然後據爲己有。他的理論是「人的精神活動」所留下的痕跡的「沉澱」可以被「過濾和重組」而重現。結果他成功重組了妲己、褒姒和西施三大美人，享受左擁右抱之樂。故事結局雖然由於主角誤解歷史眞義和違反自然規律終而不得好死，但其重心並不在此。它的主旨，在提出人類永遠懷着重建歷史，「讓古人和今人直接交談」這普遍願望。這些「還原古人精神面貌」和將「人類過去的歷史活動完整無缺的重新呈現」等意念，我想我們這羣文學批評者必定覺得似曾相識，也會令我們聯想到文學詮釋的其中一種歷史觀。它類似史萊亞馬赫（Scheiermacher）和狄爾泰（Dilthey）的歷史詮釋觀。大致上它肯定了一個人的個別經驗與他整個歷史背景的存在的往復互涉關係；故此詮釋的目標，便是冀求盡量的追尋歷史眞相。

然而，屬於現象學的詮釋學家葛特瑪（Gadamer）却批評這個企圖重建歷史和要求認識古人比古人認識自己更深的歷史觀缺乏了一種眞正的「地平線的化合」（fusion of horizons）的對話過程。葛氏主張以一個我向「您」或傳統全然地放開懷抱，以一種不將現在昇華爲眞理頂點的態度來參與，接納和容許另一個人向我發出聲音、訊息。傳統一方面向我們說話，但我們又必須緊記自身也共同隸屬於傳統，推展傳統，而不是它的發言人。不消說：〈豈有此理〉的主角多少犯了以上那虛幻歷史觀的毛病而自招惡運。雖然他也提出「現實世界就是過去歷史的總和」和「我們沒有必要追索過去」，但整個故事的取向仍然向人類企圖重建歷史的慾望提出警告，明白指出與歷史建立一種「不健康」的關係必定會帶來無窮的禍害。

「歷史的沉澱」在〈銅像城〉却變成了一個愈鑄愈大的銅像。此篇氣勢最爲宏博，讀後使人驚心動魄，久久不能平復。其最成功處，當爲一個類似葛特瑪的歷史性廣濶面的建立。說到歷史，將未來呈現在歷史的透視中，本來就是科幻小說的最獨特之處，非其他小說體類所能做到。本篇可以說是將這特色發揮得恰到好處。它以「摘自索倫古城觀光指南」爲形式，將「史實」、「傳說」、「典故」、「神話」揉合爲一整體，結果是戲劇性地引導讀者直探「歷史的離奇」本身。整個故事的核心，在於要求讀者充當「未來的史家」，「繼續考證這些離奇的歷史」。

我們當然可以問：故事中的銅像代表或象徵什麼？我們也可以從〈銅像城〉這三個字入手，

猜想它是否在諷刺一些銅像充塞的城市。但「這些離奇的歷史，究竟和銅像有何關連」，却是讀者最關心之處。其實銅像就是歷史本身；索倫城中每一個人對銅像的傳誦和詛咒，也就是對歷史的傳誦和詛咒。銅像之「不能不鑄」，正因爲「沒有人敢違抗傳統」。傳統的建立和伸延，可以出自戰爭的暴力手段，也可以由人類在其「身上添加一層外殼」（此處眞是神來之筆）。在戰亂動盪中人們以改造歷史爲己任，在繁榮盛世時卻又不得不修飾傳統，以增威信來保存已得利益。但不論如何，歷史傳統可以是一個民族文化的光榮事蹟，也可以使看它一眼的人「都會心膽俱裂」。

這個傳統的正負面的相互交錯，也就是所謂「歷史的離奇性」了。再之，傳統或歷史的另一特徵，便是它一旦發源，就會「一心一意繼續生長」，甚至故事中「氣化」的最終手段，也只能消滅它的形體，卻不能阻止它「再度凝聚成形」的靈魂。索倫市的人與銅像（歷史）的關係不止密切，更是二爲一體，互爲表裏。人人的生命精神中有銅像，而銅像卻「成了無數人物的綜合像貌」；它不只是「一個有生命的東西」，更使人「面對銅像時」，感受到「似乎整個呼回歷史的眼睛都回望著他」。張系國這個歷史詮釋觀，無疑反應了葛特瑪的「歷史連續運作意識」（Wirkungsgeschichliche Bewusstein）[1]。但眞正回應這廿世紀西方哲學思想體系而又具體地以戲劇化演出這個循環歷史觀的，卻出現在第八篇〈傾城之戀〉中。

這是一篇盪氣迴腸，史詩的氣派混和了凄怨感人的作品。〈銅像城〉開展了一個大時代！

背景與整個傳統變遷的地平線，而〈傾城之戀〉則從這大時代背景中，選擇和對準了一個焦點，將鏡頭拉近，突出了一雙男女的戀歌。作者細緻地刻劃他們處於戰亂殺伐和柔情似水之間。時空交錯的場景安排使得他們出現和消失於兩個相隔數千年的時代。男主角王辛是個研究「呼回文明」古代史學家。一次由朋友帶他通過「時間甬道」回到「安留紀」參觀「蛇人」攻陷索倫城的悲壯場面而「深深受到感動」。以後變得不能自禁地溜到安留紀去觀看古城的陷落；最後竟然更直接參加索倫城的防禦戰。另方面，女主角梅心却是一千年後的未來人，因爲回到王辛這時代研究史學而愛上了他，跟着雙雙捲入了整個以歷史爲經緯脈絡的漩渦。

所謂歷史漩渦，便是作者於此經營了一個氣慨恢宏的歷史現實，一個非科幻小說所不能經營的歷史現實：

呼回人的史學研究獨步宇宙，乃是玄業紀呼回文明的最大成就。宇宙億萬星球裏，只有呼回人早在一萬年前就編纂成功包括過去未來的完整呼回文明史。在這以前各星球的歷史都是不完整的歷史，只記載過去，不記載未來。自從呼回人開闢時間甬道後，史學研究步入新的領域。歷史不但包括過去，也包括未來。呼回的歷史學家、人類學家、社會學家……穿梭往來各個世紀，野心勃勃的蒐集第一手資料，編輯宇宙第一部全史。

問題是太徹底的宇宙全史却反過來導致呼回文化由於缺乏好奇心和希望而陷於滅亡：「呼回人

既然完全瞭解歷史未來的發展，又洞悉呼回文明必然盛極而衰，從此喪失了繼續努力的鬪志，聽任呼回帝國崩潰」。誠然，「完全瞭解歷史」等於將歷史完全客體化；而張系國在這裏也就說明了企圖站在歷史的末端來「研究」歷史是虛幻的。相對地，王辛與梅心明白歷史與未來爲一「堅實的存在」，更體驗到切身的參與的重要和可貴。

被稱爲「廿世紀的一個不屈服於要超離和遺棄歷史之誘惑的哲學大師」的海德格[2]，的確不遺餘力地強調「存有」與時間和歷史的密切關係。他將人的詮釋過程緊繫於時間的「情況性」（situatedness）中，它反映了存有的「事實性」（facticity）和「被拋入性」（thrownness）。而〈傾城之戀〉正是將這個存在哲學的理念用極感性的文字描寫出來。王辛那冒着破壞「歷史的完整性」而「陷入」歷史的震動天地的感動，正代表了一份毫無保留的面對，涉入和對存有作自我開放的情操。關鍵不在於他要改寫索倫城的歷史，而是「在城陷時，我必須在那裏」。對王辛而言，「時間就跟這片原野一樣，永遠結結實實的存在着」；當他步行「走過一個世紀又一個世紀，一個時代又一個時代」，他深深的「體驗到時間堅實的存在」。

這種將自身存有的一切可能性投射出來的人生觀最後落實於王辛與梅心那份悲壯哀艷的感情上。這雙戀人處身一個歷史時代交錯的結構中，最後不顧一切，成功地爭取一個既眞實又精純的存在經驗。而這特別的一刻的精純可貴，又可以引證於海德格的對過去現在未來的演繹：

> 唯有「現今存在的存有」(Dasein)亦為一「曾經——現今的我」(Iam-as-having been)，它才能以一回歸的姿態而又未來地迎向自身。本著這真純的未來性，存有的現今存在亦是其曾經存在。一個人對自身的極度改變的預期能力，卽是了然地回到自己極度的「曾經」(been)。唯有它具有未來性，存有才能真正地「存在」(be)於曾經之中。「曾經存在」的特性在某種情況下是由將來所締造的。❸

海德格這段話讀來艱深難懂，但至少王辛與梅心的經驗可以對它作某個程度的具體詮釋和感性演繹。至此，現象學詮釋觀對時間的重視，科幻小說將未來呈現在往昔的透視中的獨特能力，與及〈傾城之戀〉這參與歷史的衝動，三者的關係可以說是互相影照折射。梅心這個未來的人最後選擇與王辛並肩投身過往，深徹的體驗到眞純的現今存在的存有：

> 她緩緩脫下碎玉串成的長袍，他明白這意味著甚麼。他不能再回去，她為了他也不回去了。在浩瀚宇宙無數星球之中，在億萬光年無邊的歲月裏，他們偏偏選擇了這一刻活著，沒有過去，也不再有未來，僅只有這一刻。

這種人與人，人與世界的徹底互相開放的感人場面，正是詮釋者向萬物人神的呼喚招手作出回應，進而邁入一個新的視野和存有地平線，得以盡量擴拓他的存在畛域。而我相信，這也就是張系國在整本《星雲組曲》所要悉力經營的主旨所在。王辛、梅心固然不能再回去自己的時代，但他們偏偏選擇這一刻活著，却反過來眞正體會到一個未來地迎向自身的回歸。《星雲組曲》的最後一篇，與首篇同名的〈歸〉，又再一次的標示出回憶的「實在性」。若要眞正的體會過往這實在性，生命必須全然投入。這故事以童話形式揭示了「講故事」與「聽故事」的循環哲理，重申「已故」的現今存有。「故事之永遠不會重複」，是因爲對生命的詮釋必須清楚體認到現在的參與。而眞純的一刻的獲得，也就必須本着一種全心全意以一己的「故事」爲「依歸」的人生態度。

註釋

❶ *Truth and Method* (London: Sheed & Ward, 1975), pp. 267-273.

❷ Frank Lentricchia, *After the New Criticism* (Chicago: Univ. of Chicago Press, 1980), p. 81.

❸ *Being and Time*, trans. John MacQuarrie and Edward Robinson (New York: Harper & Row, 1962), p. 276.

《天堂蒜苔之歌》的三層敍述

周英雄

《天堂蒜苔之歌》初看並無甚新意。談主題，小說描寫蒜農如何不滿政府拒絕收購蒜苔，因此憤而攻入縣府，事後肇事者一一落網，並接受了法律的制裁。簡而言之，小說的主題不外「官逼民反」，與張愛玲之《秧歌》不無異曲同工之妙。這類的主題在中國小說的傳統裡，可以說比比皆是，《水滸傳》即是人人耳熟能詳的例子。

就技巧而言，莫言此時的手法似有異於《透明的紅蘿蔔》非寫實的處理，或《紅高粱家族》講史小說的筆法。《天堂蒜苔之歌》使用相當傳統的直線敍述方法。在某些層次上，這部小說甚至與趙樹理的《李有才板話》有相當的類似，把敍述落實到民俗的層次，將歌謠與行動結合，符合古人所云：「饑者歌其食，勞者歌其事」這麼一條金科玉律。

上述兩點將小說一分爲二（主題與技巧）固然不足爲訓，但礙於與本文的主要論點無關，因此此地不擬申論。更值得我們探討的倒是：《天堂蒜苔之歌》有無任何現代意義，或及現代意義？《天堂蒜苔之歌》與《秧歌》或《李有才板話》相比之下，有何任何新穎之處？而或許更重要的是：《天堂蒜苔之歌》對八十年代末期的中國政治、社會、人性所作的評鑑，有無任何值得我們深思之處？

要瞭解上述兩個問題，我們不妨從敍述兩個明顯的層面下手。故事分二十章，每章之前例有天堂縣瞎子張扣演唱的歌謠。第一章章前之歌謠如下：

尊一聲衆鄉親細聽端詳
小張扣表一表人間天堂
大漢朝劉皇帝開國立縣
勒令俺一縣人種蒜貢皇

（《天堂蒜苔之歌》（北京：作家出版社，一九八八，頁一）

張扣的歌謠是敍述的第一個層面，這個層面由第一章順序延伸到第二十章。第二十章章前照例來一段歌謠：

唱的是八七年五月間
天堂縣發了大案件
十路警察齊出動
抓了群衆一百零三
要問這案緣和由
先讓抽您一支高級烟
抽了香烟俺也不開口

送一張《群衆日報》您自己看

論歌謠內涵，張扣從大漢皇朝表到改革十年之後的八七年五月；故事從渺遠的秦漢，一帶帶到與民生息息相關的經濟改革，毫無疑問現代的若干問題已逐一呈現。

第二個層面跟着趁這個關節接口說下去。瞎子張扣這時一反爲民請命的態度，而抱着「吾欲無言」的無奈，把一份《群衆日報》交給本書的作者莫言。這份《群衆日報》註明日期爲一九八七年七月三十日、農曆丁卯年七月五日。這個層面的內涵與形式可以說是全面現代。論體裁，莫言仿製一份日報（相信事實上並不眞正存有這份日報，或當天這份日報）。不過這都無關緊要，要緊的是它有官方日報的風格；文字繁複，令人望之欲睡。此外它還綜合各方面的報導，報導之後附有本報記者評論，評論之後另有本報社論等等。日報當然有它的時事性與客觀性，與姑妄言之，姑妄聽之，瞎藝人說的故事有相當的差異。論內涵，日報一語道破目前中國經濟改革的種種問題。我們都曉得一九七八年十一屆三中全會之後，中國農村實施土地承包制，農村經濟欣欣向榮，可惜近年來由於政治改革無法全面跟進，經濟體系問題乃逐一出現。舊有的社會主義主張「生產資料的公有制」與「分配制」，與現有的生產、分配情形有相當出入，大鍋飯的好日子再也不能回頭。而更糟的是，官僚機構大大膨脹，官官勾結，走後門、營私的現象層出不窮，百姓因此感到相當不滿。故事中幹部的蒜苔優先收購。舉個例，王泰就不許蒜農與外地私訂收購合同，並不許諸南縣的人前來收購，末了因而導致蒜農無處售蒜，蒜苔價格由每斤一元二角，降至四分，甚至無法賣出。蒜農積怨難忍，終於將蒜苔扔進縣長官邸，並進入破壞。也就是說，官僚體系的膨脹，妨礙了商品經濟的自由運作。當然，講市場調節必須有信息的流通，但故事中主理經濟的官僚人員，卻未能留意到南方蒜苔早熟，直接影響到北方蒜苔的銷路，甚至導致滯銷，這更反映出官僚之無能與腐敗。

張扣與群衆日報用宏觀的角度來看蒜農的困境。嚴格說來，張扣與日報對故事的參予或瞭解都是比較粗枝大葉。談故事的個人層面，我們還得聽莫言的。莫言對高羊與高馬的處理，將我們讀者帶入故事的核心，使我們瞭解到蒜苔滯銷，蒜農暴動，官僚腐敗這些大現象，落實到四夫四婦實際生活時，所產生種種怪異，甚至令人不忍卒讀的細節與情節。這些細節與情節無疑是《天堂蒜苔之歌》的精華所在。

論敍述手段，張扣的歌謠先行於故事；盲歌手洞燭先機，見人之所未見，預述故事未來發展之方向，而故事本身也可以說跟着歌謠亦步亦趨開展。我們甚至不妨視張扣爲「詩妖」，預佈未來事件發展的趨勢。除此之外，張扣身懷奇胆，完全不怕警察，在暴動當中，張扣置身其間，煽動蒜農衝闖縣府，一副大義凜然的胆識，賦予故事一層強烈的道德意識，令讀者閱讀故事之餘，不由得與蒜農認同，並贊同公道是在蒜農這邊，事件的責任完全應該由官僚體系或個人擔當。我們把張扣視之爲八十年代的李有才也毫無勉強之處；張扣與李有才都憑藉語言文字的力量，企圖改變社會現況。成事與否倒在其次，因爲最重要的是，歌謠與板話的力量足以左右人心，改變故事人物的意向或行爲，並甚至影響讀者對事件的觀感。李有才令我們對早期的官僚有所體認，而張扣更令人瞭解八十年代改革過程當中弊病之一二，並體認到經濟與政治改革一分爲二，後者僵化，因而大大妨礙了前者的發展。換句話說，八八年年中經濟改革所暴露的弊病，早在八七年寫成的這部小說中，已隱隱約約點出了若干跡象。嚴格說來，王泰、楊助理員以及其他幹部多少都有官倒爺之嫌，都透過投機牟利的手段，來假公濟私。

《史記》的章節往往以「太史公曰」結束；《聊齋誌異》同樣也透過異史氏來品評是非。莫言此地使用的也正是這種春秋筆法。他用的是《群衆日報》八七年七月三十日，有關事件的報導、分析與評論。評論採取的是各打五十大板的辦法，主張「官僚主義一定要反，但不能用無政府主義反官僚主義。」（二九三）可以說有了個結局。故事發展到此，換句話說，故事由張扣開頭（「尊一聲衆鄉親細聽端詳」），而以總結經驗，汲取教訓結尾。敍述手法似乎是平舖直敍的。

可是事實是否果眞如此？看過小說的讀者肯定會提出疑問：作品是否說的是「官逼民反」這回事？如果果眞是這回事，所佔份量又有多少？而更重要的是，這件事如果影響作者對整個故事的觀感，到底份量有多少？這都是値得我們加以考慮的。這點不妨稍後再談。這裡先談談第三個敍述人：莫言（註：有別於作者本人管漠業）。

這話說了又讓人費解。按常理，張扣與《群衆日報》都是莫言筆下或口中，憑空創造出來的人物（或敍述的聲音），那有把莫言與張扣及《群衆日報》並列的道理？不過我們只消看看故事的最後一、兩段就知道莫言也現身說法，參與故事。《群衆日報》原文照錄之後，莫言接着說：

你看完啦？

告訴您一個最新消息：在蒜苔事件中犯有嚴重錯誤的原縣委書記紀南城同志和原縣委副書記、縣長仲為民同志……深刻檢查思想，認識了錯誤……蒼天市委市政府經研究並報請省委省政府：擬任命紀南城同志為岳城縣縣委副書記兼岳城縣縣長；擬任命仲為民同志為三河縣委副書記兼三河縣副縣長。此係小道消息，不要張揚。（二九七—九八）

莫言悄悄告訴我們他的小道消息可靠，短短幾行的文字就把《群衆日報》的一片宏論整個推翻，等於宣布日報無效。而此地莫言唯恐惹上劉賓雁遭遇的幹部干擾，因此乾脆勸官僚主義者不要「對票入座」，因爲他的故事全屬虛構。

故事純屬虛構固然不用說，而故事的意向性也並非作者始料所及。小說第一頁抄了一個「名人語錄」：

小說家總是想遠離政治，小說卻自己逼近了政治。小說家總是關心人的命運，卻忘了關心自己的命運。這就是他們的悲劇所在❶。

所謂的「名人語錄」恐怕也屬子虛烏有，只是莫言自己發明的一個箴言，用來壯壯他自己敍述的胆量而已。而另一個可能性是，小說敍述是一種無意識的行爲，往往筆鋒不由自主寫呀寫的，不自覺地寫出作者明顯的用意之外。

談具體的敍述，「官逼民反」的這一個脈絡不能算是作品的主流。而群衆造反之後的司法手段，儘管穿插了青年軍官理直氣壯，甚至跡近不著邊際的辯護，嚴格說也非敍述之主旨所在。

故事的精華無疑發生於犯罪與判罪之間的拘捕與拘押過程。犯罪動機與行爲，可以「官逼民反」、鋌而走險概括之，而犯人被捕之後證明犯罪行爲之過程也極草率（犯罪的概念也再明顯不過，有異於西方先假定罪嫌無罪的司法觀念）。可是作品有關拘捕與拘押的過程卻相當引人入勝，它勾出人性的劣根，道盡人類心理無意識層次中，最爲令人反胃的動力。我們如果說蒜農是受害人，官僚主義者是迫害人，那我們可就誤解作品的旨趣；作品說的其實是更叫我們心寒的心理迫害，而迫害的後果更是一幅禽獸不如的夢魘。高羊與高馬所遭受的苦楚恐怕只有在夢中才可能出現，而高羊與高馬的迫害人嚴格說來並非官僚主義者，或司法機關。我們應該把他們的苦歸咎於傳統的劣根或人性之劣根。

故事中的迫害既非政治的或司法的迫害，那麼人民又何冤之有？要瞭解這個問題，我們勢非由心理的層次下手不可。簡單說，迫害的根源根植於傳統與人心。這一來高馬高羊固然是被害人，而你我也都有遭此厄運的可能；同理，王泰、幹部與囚室的室友固然是迫害人，而你我心中是否也同樣懷有這種侵略者的心態？而生、死、食、色四種基本慾望也支配了被害人與迫害人的行爲與思維。這種支配方式無所不在，無所不能，遠比張扣的敍述預佈行爲，或《群衆日報》的春秋筆法，甚至莫言的虛構敍述都要來得深遠、重要。

高羊與高馬兩個人可以稱得上難兄難弟。兩個人都參與暴動，命運頗有雷同之處，而高羊同情高馬，並幫他通風報信。我們甚至就是稱他們羊馬二人同體也不爲過，因爲他們的犯罪本質，受迫害程度，以及與女人的關係，都有相當的補襯關係。

首先談高羊，他可以稱得上是個典型的順民。他一生小小心心，唯恐誤蹈法網，生了個兒子如獲至寶，吩咐兒子要取名守法，以示對政府權威的尊重。不幸的是他命運坎坷，生來階級成份不對，大家都知道他父母生性節儉，一生只知攢錢置地，完全談不上剝削他人。可是儘管如此，小時候他受王泰指使，玩惡作劇把小便射過女厠，結果王泰沒事，他卻被開除離校。之後文革期間，母親受盡折磨，相信他本人的日子也不好過。之後母親去世，他爲了防止母親死後陰魂仍受貧下中農管制，因此把他娘背到天堂縣與蒼馬縣的交界處安葬。爲了這件事他被治保主任整得死去活來。（治保主任把一根生滿硬刺的樹棍子戳進他的肛門，逼他招出母親到底葬在何處），末了他求自盡了決不得，治保主任却告訴他這是階級鬥爭。成份不好，他一生註定要備受屈辱，這是無可奈何的悲劇，不過他所受屈辱的本質似乎更值得一提。受苦是一回事，受辱又是另一回事，我們以炎黃子孫自譽，可是高羊卻一再被逼喝自己的尿。喝尿的事第一次發生在葬母之後，他被押之後半夜尿急，把尿撒在一個葡萄酒瓶裡，次日治保主任逼他喝尿，他「忽然被一陣奇妙的感情撩撥得十分興奮」，（一七三）於是打着阿Q的勝利精神，把高級葡萄美酒一飲而盡。這次喝尿算是爲母親克盡孝道，屈而無怨。第二次喝尿發生於暴動後被捕收押之後，他新進囚室，方便無門，情急將尿尿了滿地，同室中的中年犯人令他趴到地上把尿喝了。高羊辯稱政府（指獄吏）讓他喝，他不敢不喝，可是同樣是犯人讓他喝他不幹。可是末了礙於衆怒難犯，於是只好跪在水泥地上，這時他聞到：

蒜苔味，蒜苔味。他用力吸了一口尿。

蒜苔味，蒜苔味。他用力吸了一口尿。

蒜苔味，蒜苔味。（一〇七）

我們都知道，這時蒜苔收割已久，不再是可以「炒魚炒肉」的綠蒜苔，而是「漚糞不壯」的黑蒜苔爛蒜苔。（五五）尿中的蒜苔味如何難聞，不難想像，而高羊以歌謠的形式道出，更添加一份荒謬的蒼涼感。當然喝尿本身並不是什麼特別殘忍的行爲，中國人往往用童尿當藥引即是一個例子，更何況故事中王泰與高羊也以口接自己射進半空的尿爲能，而老年犯人撿起沾有尿水的饅頭，照樣也吃得津津有味。喝尿的啓示似乎可以囚室室友的話總結：「人嘛，就得學會受委屈。」（一〇七）

相形之下，高馬可就頑強多了，在暴動過程中，他喊打倒貪官汚吏、打倒官僚主義（二八一），而在羈押與審判過程中，他口口聲聲表示他仇恨警察、法庭與權威等等，甚至不顧一切，要求法庭判他死刑。（二五五）論出身，他要比高羊好多了，因爲高馬參過軍，甚至還申請提升幹部，後來因爲與團長關係破壞，因此退伍務農。（二五四）上面我們說過高羊是順民，而高馬則是標準的背叛型，在軍中他抗拒長官，在審判庭裡他仇視權威。而尤其值得一提的是他抗拒傳統的想法與做法。

談傳統，我此地指的是傳統的宗法制度。具體而言，宗法制度講媒灼之言、父母之命，宗法制度也講不孝有三，無後爲大。高馬的背叛精神固然表現在法庭上，可是對傳統制度的抗拒，最明顯的應該是他與金菊的關係。金菊的父親計劃三聯婚，打算把她嫁給劉勝利，可是高馬私下對金菊發生感情，對她的肉體更有熾烈的慾望。二人乾柴烈火，終於離家出走，並暗渡陳倉。

儘管二人終被截回，但金菊已有了身孕，只等高馬存夠一萬元把她贖回，二人即可好事得諧。也正因如此，高馬蒜苔滯銷，心中焦灼如火，程度相信遠超過其他蒜農。他之所以帶頭暴動，其箇中原因不難瞭解。事實上，莫言在處理高馬的厄運時，雖然把愛情、經濟與政治合併處理，而愛情似乎又是其他災難的根源。金菊死後高馬趕回去探望她，突然覺得喉嚨裡又腥又甜，他知道自己又想吐血了，於是自言自語：「高馬……高馬，自從你跟金菊好了，你就倒了血霉，你吐血、嘔血、咯血、便血，你渾身上下血跡斑斑。」（一八八—一八九）血霉影響所及其實不止於高馬，金菊所受的苦楚更非三言兩語所能道盡。她懷的胎兒迫不及待，希望可以早見天日，做母親的於是警告它，說：「那遍地的蒜苔，像一條條毒蛇，盤結在一起，它們吃肉，喝血，吸腦子，孩子，你敢出來嗎？」（一五〇）接着她又說了兩段話，把這個世界寫得一無是處，生命也毫不足珍貴：

孩子，娘當初也像你一樣，想出來見世界，可到了這世界上，吃了些豬狗食，出了些牛馬力，挨了些拳打脚踢，你姥爺還把我吊在屋樑上用鞭抽。孩子，你還想出來嗎？（一五〇）

做母親的一生的遭遇可以說鷄犬不如。而家庭又是如何？父女反目甚至母親與胎兒反目（一一二—一一三）當然可悲，可是更可悲的是家破人亡。她又說：

> 孩子，你爺正被公安局追捕着，你爺家裡窮得連耗子都養不住了，你姥爺讓車壓死了，你姥姥被抓走了，你兩個舅舅分了家，家破人亡，無依無靠，孩子，你還想出來嗎？
>
> （一五〇）

這種末世紀的悲觀使得太陽變成一團火，鮮花的香味就是毒氣。（一五一）怪不得母子二人說完這席話之後，感到走投無路，不得不懸樑自盡，了此殘生。

高馬敢恨敢愛。恨的是政府裡的敗類，愛得是血肉之軀的金菊。由於他帶頭肇事，他的恨敲響官僚主義與貪官污吏的警鐘；由於他對金菊懷有熾烈的愛慾，他們的愛情儘管未獲社會之認可，卻有了結晶，而胎兒雖然未能墜地，卻與母親發生了一段活生生、充滿戲劇效果的關係。再說金菊死前甚至託夢給高馬，更超越了物理的極限。換句話說，高馬愛得轟轟烈烈，儘管結局悲慘，但他與金菊，甚至胎兒敢作敢爲，不拘泥世俗，不畏懼權勢。

關於這點，我們只消稍將高馬與高羊的故事稍加比較就可明白。高羊有妻、有子、有女，可以說萬事已足。但我們也知道，高羊的妻子身體有缺陷（手臂有問題），因此給人一種喜劇的印象，他們的女兒瞎了雙眼，他們的兒子脚上有十二個脚趾。（二六九）因此儘管高羊自感滿足，旁觀者皆不免替他們覺得委屈，甚至窩囊。換句話說，高羊的生命有宗法的支撐，母親的記憶與妻小的忠心，都給予他勇氣，讓他度過他的厄運，可是讀者只須將高羊與高馬稍加比較，即知高羊一生大可以「委屈」二字概括之，無怪乎他一生喝尿多次，甚至差點被逼吞食自己的嘔吐物。（一八六）

從心理分析的觀點，人長大成人之後，往往有所執著，念念不忘未成年之前的種種溫馨。但這種情愫如果太過強烈的話，往往會導致各種癥狀，甚至妨碍個人的正常成長，甚至改變他對世界的看法，甚至他使用語言的傾向。乍看之下，高羊成家立業，似已擺脫童年的種種執著，可是就深層心理狀態而言，他表現了若干倒退的跡象。他念念不忘已去世的母親，似乎有性蕾期的傾向，可是他的性能力似乎有所殘缺（太太、女兒、兒子也都不例外），常令他擔心不已的倒是肛門期的一些跡象，因爲他驚嚇失常，或身無自由，因而小便失禁，對人對事完全失卻控制。這還不說，由於外界壓力，或因急於取悅他人，高羊甚至退縮至口腔期的懦弱本性裡。高馬有異於高羊，因爲令他日思夜想的，無非是金菊的身體與愛情。可嘆的是他們二人的關係，因不得社會、家庭的認可，而遭受各種波折。波折之大逼使他訴諸自殺之傾向，法庭上自求死刑是個例證，而金菊與胎兒之死亡，也可以解釋爲求愛不得而祈一死，並藉此而向社會報復。

這種分法容有牽強之處，但高羊個性懦弱，高馬個性頑強似又不容爭辯。再說高羊對世界觀念含混，不知自己所犯何罪，而自我辯解的能力也相當薄弱。相反的，高馬是非觀念甚強，對宗法制度與不合理的政府，抱有直往不懼的勇氣，而就自己的想法也往往能辯才無碍，暢所欲言。

總結說來，故事在明的層次上由張扣與《群衆日報》執筆來訂立輪廓，可是故事的眞正內涵其實是高羊與高馬的心路歷程。他們二人的悲劇固然起於蒜苔滯銷，可是傳統的宗法體系與當今官僚主義，却與二人的心理癥狀相互契合，難以區分何者爲因，何者爲果。

中國當代文學中的青年文化心態

——對一個小說人物心路歷程的實例分析

許子東

攷察「文學中的青年文化心態」，大致有三個層面的意思：一是看青年作家體現於創作過程中的文化心態，二是看作品中的青年形象的心路歷程，三是看青年讀者們對哪些作品哪些人物有特別興趣，看這種讀者接受的社會文化意義。攷察的過程，可以側重討論「文學如何體現和表現着青年文化心態」，也可以偏重研討呈現於和被呈現於「文學中的究竟是怎樣的青年文化心態」。前者是文學評論，後者是以文學爲對象的文化批評。或許，本文更接近於後者。

呈現於和被表現於中國當代文學中的青年文化心態，幾十年來大致經歷了如下五個階段，或者說前後有五種表現形態：

一、一九四九年——一九六六年，走向「文革」的時期。呈現在文學中的青年思潮，以歌頌「火紅的青春」爲主色調，表現青年人都願意改造自我以追求革命。

二、一九六六年——一九七六年，「文化大革命」時期。「懷疑一切，打倒一切」，「造反有理」，「敢想敢說敢做敢革命」是社會思潮也是各種僞文學中的主旋律。那些以「文學」名義出版的政治宣傳品既鼓動了青年人的激烈情緒，也在某種程度上記錄了紅衞兵心態的一些表面痕迹。

三、一九七六年以後，「傷痕文學」階段。抗議「革命」對青年人的傷害，哭訴青年一代在「革命」中的委屈痛苦，構成這一時期文學的主要內容。這種抗議，建立在「革命理應不傷害人」的邏輯前提上；這種哭訴，也建立在「革命理應不讓人受苦不使人委屈」的理論假定上。「傷痕文學」的高潮出現在一九七八年至一九七九年，時間不長，但「哭訴委屈」的文化姿態在以後的文學創作中仍有延續。

四、一九七九年以後，文學中的青年主題有了從申訴轉向申辯的重要而又微妙的變化，進入了一個青年人追求個性解放同時又苦苦請求社會理解的時期。在青年人焦急請求社會、家長及戀人理解的願望後面，其實隱含着一種想證明自己無罪的文化動機——本文認爲，這種想證明自己無罪的文化心態影響、制約甚至支配着近十年來中國（大陸）大部份的青年文學創作。

五、一九八五年以後，出現了「尋根」文學。「尋根文學」雖然口號含混似乎名大於實，却標誌着青年人在「文革」後重新尋找文化自信心的一種努力，標誌青年人以審判懷疑別人來擺脫被審處境的一種文化姿態。「尋根」在文學中大致有二個發展方向：一是借傳統文化力量來批判現實動亂，二是尋找挖掘現實動亂的傳統文化基因。前一種「尋根」裡雖然也有少數作家（如鍾阿城）在思攷傳統文化與知識份子精神的關係問題，但更多情況下還是轉向了救世的道德批判（如較早的尋根者賈平凹，其近作《浮躁》裡頗多劉賓雁式浮躁的道德熱忱）；後一種「尋根」在挖掘「文革」之源進而批判傳統道德時有「厚古薄今」之嫌，其實，「氣」出在傳統身上，鞭子還是打在現實背上。像殘雪、李曉之類寫世俗人倫關係壓抑人性的作家，實際已從反面觸及了「自由」的命題。

以上階級劃分，只是本文討論的起點，若要找出不同時期有代表性的作品，以論證我上述的分類歸納，是並不困難的，但本文只想分析一個小說人物（長篇小說《血色黄昏》男主人翁林鵠，外號和筆名：老鬼）在「文革」期間的生活、精神歷程。放在整個當代青年文化心態的背景上看，老鬼形象的心路歷程同時具有實證和象徵雙重意義。實證意義不僅基於該小說的自傳性「非虛構性」❶，而且也基於老鬼經歷爲今天很多青年人接受認同這一事實，也就是說，小說不僅提供了一個「紅衞兵——知青心態」的實例，也提供了這種「紅衞兵——知青心態」在「文革」以後如何被評價和如何繼續延伸的實例。在象徵意義上，老鬼的心路歷程上接「十七年文學」的精神影響，下通「文革後」文學的主潮脈絡。如將老鬼心態視爲時形的「文革文化」的一個標本，則這種「文革文化」與整個當代（及現代甚至傳統）中國文化的關係，無疑是我最感興趣的問題。

一

在社會文學和探索性作品花樣越來越多印數越來越少出版逐漸困難讀者反應日趨平淡（麻木？冷靜？）的目下的中國（大陸）文學市場，工人出版社出版的反思「文革」的長篇小說《血色黃昏》（作者：老鬼）能印到三十幾萬册，不能不說是一九八七——一九八八年間中國小說第一件引人注意的事（時下一般的嚴肅文學作品，均只有幾千到一、二萬的印數）。《血色黃昏》能擠入擺滿「玉腿」「飛拳」讀物的私人小書攤，而關於該書的專業性評論却刊登在《文學評論》和《光明日報》上。雖然小說的封面被打扮得頗像武俠言情小說，廣告上還宣稱是探索性的「新新聞主義長篇小說」，但人們只要打開作品，就會發現該書其實十分樸實，甚至文學性也不是很強。語言可以說是質白自然，也可說是平淡的學生腔。技巧可以說是素樸也不妨說是粗糙。結構的營造、時空的剪切處理、意識流的運用、哲理化的傾向等等，都談不上。唯一一段雪中看落日的意象，有力却也做作。整個長篇，像是一段似乎未經處理過的原材料。據說該書寫於十年前。如果在傷痕文學高潮期間這部小說完全可能被別的更淒慘的故事更離奇的遭遇更悲傷的眼淚更嘶啞的哭喊所淹沒而不爲人們注意，有意思的是，《血色黃昏》輾轉了六家出版社一直得不到出版的機會，作者又一直拒絕作修改，十年以後，在新時期文學歷經意識流實驗、詩化散文化非情節化探索、「反思」和哲理深度的追求以及「尋根」熱潮。「僞嬉痞士」風氣流行等種種風雲變化後，從內容到技巧都極爲樸素的《血色黃昏》反而大受讀者歡迎，應該承認，這個現象所包含的信息量是很大的。在我看來，《血色黃昏》並非傑出的藝術品，在「文學性」層面討論該小說意義不大。但它無疑卻是近十年來表現「文革」最重要的作品之一。（另外幾部重要的「文革小說」如鄭念的《生死在上海》、梁恒的《革命之子》、古華的《芙蓉鎮》等，也多是「文學性」不強的作品，這裡有什麼共同原因？）因爲整個「新時期文學」，準確地說就是「文革後文學」，所以《血色黃昏》也可被看作是這一時期中國最重要的長篇小說之一。老鬼在「文革」中的八年經歷，幾乎濃縮了當代中國青年八十年來的精神變化過程——

知青造反、下台所憑藉的文化武器來自「十七年文學」薰陶，知青返城時對文革的懷疑則預示了日後人們對文革的不同反思態度。五十年代中國青年的文化心態大致可用當時熱銷的長篇《青春之歌》加以概括；上一代青年都願意背離家庭改造自我以投身革命。《血色黃昏》不妨可視爲新時期的《青春之歌》，它概括了青年人如何在革命中改造自我最後重新依靠家庭。有意思的是，《血色黃昏》的作者及主人翁林鵠（老鬼），也正是《青春之歌》作者楊沫之子，小說始於老鬼造母親的反用大字報批判《青春之歌》，結束於老鬼求得母親幫助才平反寃案返回北京。

老鬼的精神變化過程在小說裡可劃分成五個階段。第一階段是「紅衞兵造反階段」——種種過激行爲在作品裡是補述回憶的：比如無情地造母親和家庭的反；爲了離家鬧革命便抱走家裡的錢還將親姐姐綁起來；跑到四川偷槍說是爲了日後救國；組織「毛澤東抗美鐵血團」偷越國境去越南被民兵押回，等……有評論家已指出，小說在複述「紅衞兵行爲」時下筆輕輕解剖不嚴，主人翁行爲雖荒唐過激，心理上却似乎不像胆大妄爲打倒一切的紅衞兵闖將。本文不想討論作家與小說之間的距離。如果假定老鬼複述的都是實在的精神狀態的話，那麼他在文革初期的心態，更多地與當代文學中的「前文革」思潮相通，下台前的老鬼，還沒有完全取得審判社會審判歷史的文化自信心，因爲在文革中他出身不「硬」，「先天不足」，他作出種種大胆過激舉動（包括最神氣地將當時的團中央書記押上批門台），其實只是表忠心爭取革命資格——這種「爭取革命資格」正是一九四九——一九六六年間中國青年文學的基本主題。我們注意到支撐老鬼造反的文化武器，大多是「十七年文學」所鍛造的。在小說中我們看到老鬼最欽佩的人物是許雲峰、江姐及保爾・柯察金，最憎恨的人物是甫志高、戴瑜，偶然他還會想到高爾基和武松，但基本文化背景却是在《青春之歌》時期封閉形成的。老鬼是以《青春之歌》的精神來批判《青春之歌》作者的——即使那是他的母親（林道靜不也曾為了追求革命而背離丈夫背離家庭嗎？）在老鬼的造反心態這個實例中，我們可以發見「十七年文學」對於文革中「紅衞兵心態」的形成，具有無可推卸無法忽視的影響。一九四九年以後那些宣傳正義戰爭出英雄、打仗一點不恐怖的虛假的小說電影，後來却指導了年輕觀衆讀者參加許多眞實的武鬥（電影《楓》中有一個小男孩參加武鬥，動作態度均模仿「小八路」）；十七年間那些挖叛徒抓特務的階級鬥爭故事模式，後來也啓發影響了紅小將，工宣人員們在「清理階級隊伍」「一打三反」「抓五一六」等運動中的鬥爭策略方法（好些從前以寫革命鬥爭而聞名的作家在牛棚裡驚訝地發現，小將們審問他們的思路、方式及語彙，都是他們過去在作品裡創造的）；更爲重要的是，「十七年」的很多作品，在表現「否定個人，改造自我」主題時常常借助於家庭與革命的矛盾衝突，讓人們被迫在父（母）子感情（倫理道德）與階級感情（政治道德）之間作選擇——這是「前文革」時期中國青年文化心態與傳統文化最「決裂」的一個姿態，這種「決裂」使文革必然爆發，同時也隱含了「文革」走向失敗的基因（在中國，至少迄今為止，還沒有哪一種文化力量能完全戰勝家族宗法倫理文化的力量。「老鬼」若干年後向其母求援投降，便是象徵性的一例）。

小說開始時，老鬼費盡心機終於取得了志願下鄉作「知青先鋒」的資格，進入了其心路歷程的第二個階級。二個階級是順態轉折合理延續的，差別只是在北京造反時「底牌」不硬，所以需以過激行爲爭取資格，下鄉等於「身分」問題解決，於是氣也粗了拳頭也硬了。這很像

「文革」爆發前後青年文化思潮的變化情況；從自小觀摩階級鬥爭「活報劇」到親手抓出胡同裡單位裡乃至家裡的「國民黨殘餘」，從自小認定香水皮鞋係資產階級歪風到大胆橫掃南京路一切玻璃橱窗，從自小被父母教導說「要首先聽毛主席的話」到後來聽了毛主席的話打倒父母——這其間的心路歷程順理成章。在時間上，老鬼的心理變化比當代文學中的青年思潮滯後若干年，這是因爲當時他年幼正在受教育之故。自下台後，他的精神歷程就幾乎與時代思潮同步了。到他返城時，他的精神狀態簡直就有些超前地反映了文革後文學中的青年心態了（或許也並非「超前」，文革後文學所表現的，也許未來就是中國人在文革中的精神狀態？）

老鬼並不像阿城、史鐵生筆下的「我」那樣是個被迫下鄉的隨大流派知青，更不像「革命之子」梁恆那樣先知先覺一下鄉便知是場劫難。老鬼和他的「哥兒們」可以說是知識青年中的「先鋒派」——他們是在毛澤東12、21.指示（「知識青年到農村去，接受貧下中農的再教育，很有必要」）下達以前，自發自覺甚至跑關係走後門才到了內蒙草原的。這種典型的紅衞兵情緒向知青身分過渡，頗類似張承志、梁曉聲小說中的理想主義人物。老鬼的三個戰友，奇異早熟倔強的徐佐，無知而又性格扭曲的雷夏及怯懦善變聰明的金剛，分別代表了知青群體裡的不同道路。剛下鄉時，也就是心路歷程之第二階段，老鬼主要做了兩件事，一是剛到草原便以革命戰士自居主動在牧民中間抓階級鬥爭。抄「牧主」的家甚至毆打「牧主」；二是在農墾連隊組建不久的開門整黨中天眞地揭發批評領導同時又拳打復員軍人地頭蛇。把這二個行動放在整個紅衞兵造反心態的文化背景上看是很有象徵意義的；前者體現紅衞兵造反的無理方式，後者隱含紅衞兵心態中若干合理因素，老鬼也好，無數別的紅衞兵也好，他們上街抄家打人砸東西，其實只是盲目地尾隨潮流盲從地模仿時尚，拳頭皮帶由他們揮出去，氣力實際是別人的。不過時尚模仿中亦有個人需要有意識或無意識地存在：一是在秩序大亂利益再分配時需以極端行爲顯示才能以改善自己在群體中的地位（理性動機）；二是青春遭「革命」壓抑、年輕人普遍身心不健康，皆需要心理宣洩途徑（於是老鬼善拳好鬥就常打人，換個「擅棋者」也許就更多地整材料打報告舞文弄墨，從中求得身心平衡）；三是「革命」資格來之不易，行動激烈些也爲了防身，防止被別人批評「不革命」（不革命＝反革命？）在連以整黨中貼大字報時，老鬼顯示了紅衞兵精神的另一面，即比較天眞的一面；老鬼和很多別的紅衞兵一樣，似乎都相信他們的（抑或是毛澤東的？）「不斷革命」行動，會有助於消除官員欺侮百姓，黨員占有特權的腐敗現象。他們沒有想到「不斷革命」的結果是官僚主義更加嚴重而他們也像昔日羅姆的「衝鋒隊」一樣在「不斷革命」過程成了犧牲品。我當然知道，要想分清六十年代的紅衞兵心態中有哪些成分是盲從潮流並摻入個人心理需求，有哪些想法帶天眞的理想主義色彩，這無疑是件極爲困難的工作，而且恐怕也不是件文學和文學批評所能勝任的工作，但至少，作品中老鬼剛下鄉時的行爲及心態，分明告訴我們上述兩者確實曾經是並存過的。除了某些一眼即能望穿的道德辯解外，基本上小說只是詳細不厭其煩地複述事件過程及心理細節，極少給予事後的理性評價或哲學「反思」——正唯其如此，老鬼的一舉一動才可以成爲我們討論青年文化心態的一個「樣品」。

二

然而好景不長，老鬼下鄉十五個月以後，一九七〇年二月，他所在的農墾連隊「開門整黨」

結束了，接下來他便挨「整」了。到同年七月被定案爲「現行反革命，帽子拿在群衆手裡」，極其複雜而又驚心動魄的挨整過程前後歷時五個月。這是主人翁心路歷程的第三個階段——出現了眞正的心態變化。「傷痕文學」的基調：委屈、悲憤、哭喊、抗議，可以用來概括老鬼當時的情緒。一個反覆旋轉的男人可憐的號叫是：我寃枉啊………不應該啊………

如果說「文化大革命」也算一個獨異的文化現象，那麼「整人術」大概可以說是「文革文化」中的「精華」。打人罵人抓人殺人，古今中外更慘酷的情況有很多，但「整人」這個詞彙所包容的特定內涵，恐怕只有「文革」中的中國人才有最透徹的體會。「整人」常不依法也不一定遵法，「整人」常與「救人」、「幫助人」、「關心人」甚至「愛護人」等概念混淆（不僅整人者混淆，被整者有時亦混淆）。整人術的試驗可以上溯到一九五七年或一九四二年，辨其源流還可聯繫三十年代斯大林肅反或明代「文字獄」等等，但「整人術」作爲一種「文化」出現且大規模普及，似乎只是在「文革」的中國，要說明其普及程度毫不困難；經過「文革」以後，恐怕很少有中國的知識份子、幹部、學生（及做過學生的人），能斷然宣稱他從未被人們的任何方式「整」過。更重要的是，恐怕也很少有幹部、學生和知識份子，能斷然宣稱他從未以任何方式直接或間接有意或無意地「整」過別人。

當然，眞正被「整」或反革命的總是不多，這是整人術持久有效的關鍵之一。《血色黃昏》中圍繞着林鵠被「整」，周圍私仇公報落井下石者，爲保自身出賣朋友者，受蒙蔽或隨大流喊口號批判者，甚至整人成功精神亢奮心智失常者，他們其實也都在整林鵠的過程中「受了教育」——準確地說他們也在精神上人格上道德上被「整」了。我們今天看老鬼挨「整」的原因，就事論事，是由於在整黨中得罪了指導員又拳打復員軍人，農墾兵團復員軍人的勢力想壓一壓北京知青的傲氣，選了林鵠做靶子。（找幾條罪名，還不容易嘛？）在象徵意義上，老鬼的倒霉也算是他們這批前紅衛兵所受到的警告，是審判別人的紅衛兵角色向接受再教育的知青身分過渡的一個轉折。如果不是他，該連隊恐怕也會有別的北京學生來受這份「洗禮」，當代中國青年好不容易得來的那一種審判社會的文化自信心，很快被剝奪了。這說明這種自信心本來就不是他們自己的，而是別人臨時「借」給他們的。

然而小說裡的老鬼在打擊來臨時是茫然不知發生什麼事的，他莫名其妙地抵抗着，眼見最信任的朋友義義崩潰，眼見自己喜愛的女性也投來譴責的目光，眼見政治處主任那麼和藹可親地幫他認識錯誤……漸漸地，他垮了，終於按照別人希望的方式犯罪了；他承認自己議論過林彪、江青。作爲現行反革命他必須服苦役，在自己同學、戰友的監督下改造。在昔日戰友們的唾沫責罵面前，老鬼哭了。

因爲審判老鬼的和老鬼賴以維繫自己政治生命的是同一個政治文化秩序，所以老鬼的掙扎注定是要失敗的。「文革」號稱「打倒一切」好像要破壞秩序，其實「文革」中（及「文革」後）中國世俗人倫關係和社會結構中的那種政治文化秩序感反而更強化了。人都在一定的級別、秩序中，依附某種力量和關係——絕大多數情況下，這種依附是絕對的，唯一的，對老鬼以及他的很多同代人來說，既沒有上帝（超世俗的秩序），也沒有外國（不僅是地理上到不了外國，更是精神空間裡不能容納別種秩序）。最絕望時，老鬼也在唱：「抬頭望見北斗星，心中想念毛澤東……」「跟姓共的碰沒你的好下場！」小說中專職整人的保衛幹事的這句口頭禪至少廻旋了幾十遍，但實際上，老鬼的思想信念情感性格甚至生活習慣甚至基本語言邏輯不也都是從十七年「姓共的」背景裡鍛造培養出來的嗎？難怪他再苦再悲痛，也只是恨少數壞人，對於整個政治文化秩序，他只是獻上自己委屈的淚：黨啊，母親啊，你的孩子並沒有錯啊，你的孩子在受苦啊……

從政治文化角度分析老鬼挨「整」時的委屈心態，有助於我們更透徹地把握傷痕文學的精神實質。從盧新華《傷痕》到鄭義的《楓》，從孔捷生《在小河那邊》到葉辛《蹉跎歲月》，整個傷痕文學裡不都充滿了上述委屈哭訴的聲音嗎？這不是偶合，傷痕文學想表達的，本來就是在文革中受迫害受壓抑受苦難的人們的心情。呈現在傷痕文學中的青年文化心態，既沒有對「革命」失望對黨（極左路線）不滿的因素，同時也有對「革命」繼續認同向黨求援渴望得到愛護的成分，曾經有一度，國內對傷痕文學的文藝界領導，與海內外很多對傷痕文學極為支持的文化人，分別從恐懼和激賞的態度出發，卻都片面強調了傷痕文學失望不滿的一面。殊不知傷痕文學骨子裡是種「孩子型」的青年心態。青年人無意間還是將黨、政府認同為父母家長大人的（老鬼給領導寫血書給母親寫家信，申訴求援姿態是差不多的），他們責備父母（毛主席？）沒有給他們足夠的溫暖，他們還是將自己視為「青年」——一個在傳統家庭倫理化政治架構中有待於被關心被愛護的弱者群體。他們並沒有懷疑是否弄錯「溫暖」的來源。五十年代是「唱支山歌給黨聽，我把黨來比母親」，到「文革」結束時則是「吟個哀曲給黨聽，我要怨您沒做好母親」，聲調雖變，倫理秩序卻沒變。所以我的看法是，「傷痕文學」就其間表現的青年文化心態而言，實在仍屬於「文革文化」的範疇。

我讀鄭念的《生死在上海》(《Life and Death in Shanghai》，也有中譯本題爲《上海生死刧》)，看到女主人翁被控犯罪入獄時頁碼還剩三分之二之多，我當時挺担心作者如何寫下去：冗長的獄中血淚經歷怎能令人卒讀？看《血色黃昏》時我也曾有類似担憂：下鄉才一年便已判爲勞改，以後的時光怎麼捱？這勞改生涯與知青運動史有什麼關係？——當然，現在我承認，這兩本書都是後來越寫越好，都是以入獄、勞改後的不斷申辯爲主要內容。而且(是否巧合？)兩個寃案後來都是在周恩來的過問下才獲解決。不同點在於：前者的申辯方式是：請你們證實我有罪，否則你們錯了……而後者的申辯方式是：我要證明我無罪，請你們相信我……

毫無疑問，這兩種申辯方式之間的差異是極其重要的，前者基本上是一種西方近代文化和宗教感支撑的人權立場，是一個西方人面對「文革」式刧難所可能持有的態度。《生死在上海》在美國熱銷恐怕是因爲契合了西方讀者想看文明人如何在野蠻地區歷險的閱讀心理，但中國讀者却可能會從該書中意外地看到一種貫穿到底的西方人道精神。在獄中鄭念的很多具體言行似乎太「迂」，不像「中國人」，但實際上她是以深刻的個性主義姿態來對抗「文革」的。「你們不能證實我有罪，那便是你們犯了罪」，因爲她在文化心理上並不認同審判她的政治秩序，所以她能和這種法力無邊的秩序在道德、法律、心理等意義上處在平等地位……我所讀過的爲數不多的東歐和蘇聯流亡文學中，也有這種「不是我有罪，便是你有罪」的抗議姿態存在。一個值得深思的問題是，爲什麼文革後的中國文學在各種意義上均已有重大突破，但類似的心理上平等的抗議主題却非常罕見呢？爲什麼中國作家的抗議，總是仰面長嘆的《苦戀》或是劉賓雁式的苦諫呢？

老鬼式的申辯方式：我要證明自己無罪，請你們相信我……一方面極爲典型地概括了大部份知識份子和青年人在「文革」中的反抗姿態，另一方面這種申辯心態也延續伸展在文革後大部份青年作家的創作中。雖然這些作品也在批判文革甚至徹底否定文革，但確實很難說這種申辯文學是否完全擺脫了「文革文化」的陰影。前後五年的勞改生活（老鬼當初並不知道是五年），小說主人翁除了忍受拉車、砸石頭、掃猪圈、墾土壤等各種繁重苦役外，盡令身心孜孜不倦反反覆覆做的只有一件事：申辯自己無罪……這是他心路歷程的第四個，或許也是最重要的一個階段。老鬼所有的申辯努力朝兩個方向施展：一是不斷給兵團各級領導寫申辯信，也給母親楊沫寫求援信；二是私下寫信寫日記，給單相思的「女友」。前者是渴望道理上的理解，後者是渴望情感的理解。當然，他都失敗了。申辯信一次次被領導駁回，楊沫也宣稱斷絕與反革命份子的關係，老鬼的單相思儘管極精彩極嚴肅，最後也只換來一個碎的幻影和一把少女嘴唇裡吐出來的瓜子殼。我們看「文革」後的青年文學，不也同樣存在着尋求「觀念理解」和尋求「情感理解」兩種基本願望兩種基本形態嗎？《波動》（趙振開）、《公開的情書》（金觀濤等）、《晚霞消失的時候》（禮平）大致表達前一種願望，《雨・沙沙沙》（王安憶）、《冬天的童話》（遇羅錦）、《我們這個年紀的夢》（張辛欣）大致傾訴了後一種渴望。無論是「請理解我們青年人的思想」，還是「請理解我們青年人的情感」，兩種請求理解的聲音後面，也都有一個申辯心態存在：我們要證明我們是無罪的，請相信我們吧……這種申辯心態在「文革」後的繼續存在有兩個原因。一是因爲現實政治環境確有人仍不斷給青年一代找罪名，比如上述作品中，《波動》曾被批為「存在主義作品」，《晚霞消失的時候》不僅使保守的評論家担心青年人的「信仰危機」，連思想解放的王若水也曾想幫助作者禮平「端正思想」，還有《冬天的童話》被斥為道德敗壞，《我們這個年紀的夢》更被指為「虛無」「頹廢」「有反社會傾向」……不過我總覺得，文革後青年文學中的申辯心態的存在，除了有批判壓力外，還有第二個或許是更重要的原因：那就是青年人在文學中（豈止是文學），有着過於強烈急迫的同父母家長化的社會對話的願望，而不是首先同自己對話。請注意他們證明自己無罪的方式：「我們要獨立思考，也許我們的想法和你們不同，但請相信，我們的想法是嚴肅的，是正確的」——不是力爭思想的權利（哪怕想錯），而是力辯思想的是與非，無意間是否又回到精神家長們的邏輯起點？「我們要有自己的情感追求，也許看上去有些消沉、迷惘、失落，但請相信，骨子裡我們的情感追求是積極的，是健康的」——仍然不是力求有情感追求的自由，而是力辯情感追求的價值。殊不知失去了「權利」和「自由」的過程意義，是非價值評判只能維繫於目的論。講到「目的」（社會發展方向），「孩兒們」還能與「大人們」有什麼不同嗎？……整個情況，就和老鬼當初用《青春之歌》方式造楊沫的反一樣，也和他用文革語彙反文革定他的案一樣，用同一文化系統中的思維、情感乃至語言邏輯來造該系統的反，最後勝利時也意味着失敗。

終於有一天，連長告訴老鬼，說他的現行反革命罪已減為嚴重政治錯誤。在老鬼驚喜萬分的一瞬間，他的漫長申辯似乎成功了，但他也比以往任何時候更向那個審判他的政治文化秩序認同了。

當然，在另一層意義上也可以說，不斷失敗也是一種成功。八十年代上半期，那麼多青年文學被批判遭非議，那麼多請求理解證明無罪的願望無法實現，「理解萬歲」的大字報最後竟象徵性地出現在北大多事的校園，傾吐着無數青年人的懇求………但好作品留下來了，申辯雖無結果，漸漸却成了一種方式，一種過程。漸漸地青年人已不太關心我在申辯什麼及人們怎麼看，他們只覺得他們在申辯中，如此而已………

這才醞釀了一種轉變，一種對「文革」文化的眞正懷疑。評論界不少同人高度評價一九八五年於中國當代文學的意義，這是有道理的。

三

從得到實際上的平反到一年後農墾建設兵團解散老鬼回北京，這是《血色黃昏》的最後部份，也是主人翁心路歷程的第五個階段。這一階段的基本心態是痛定思痛的反思。政治和勞改壓力稍一減輕，我們的主人翁就開始關注周圍人的命運。他找到出賣過他的昔日好友雷夏，讓對方感到道德上的不安；他目睹怯懦書生金剛如何在環境壓迫下一步步油滑機智起來；他眼見以前「整」他的指導員、政委、處長紛紛犯錯誤出洋相（搞女人或貪污等）因而興高采烈；他發現農墾戰士多年血汗結果毫無生產成果，反而破壞了草原生態，因而極爲懊喪。兵團解散了，知青們可以回城了，老鬼這個前「現行犯」却在那裡痛心疾首，同時也爲他失敗的愛情而傷感。

觀察老鬼平反後的「反思」姿態也是極有意思的：

我暗暗垂涎統計的位置，盼着把白音拉掉個全身癱瘓；天真伶俐的齊淑貞勇敢地以肉體換取黨票；剛勇仗義的雷夏不得不靠告同事的密來保存和發展自己；還有的人為了當一個小衛生員、開二十八的司機、糧食保管、燒茶爐的……算盡了心計。

為什麼年輕人都變成這樣？為什麼？萬惡之源在哪裡？

我們被愚弄得像狗一樣狂吠階級鬥爭，亂咬人。……

祖國呵，祖國，您在妖婦的裙袍下顫抖！（省略號原有）

眞是精彩，難道「萬惡之源」就歸結到最後一句嗎？

老鬼在一九七六年的這種眞實的「文革尋源」，也和他日前的申辯方式一樣，在文革後的中國小說中延伸日久。不過申辯者多爲青年，而以譴責「壞人」來尋「萬惡之源」的多爲「青春常在」的中年作家。

終於看清「文革」是「壞事」了，「壞事」顯然應該是「壞人」所爲（怎能設想好人或不壞的人合起來做成大壞事呢？）於是，批判文革，首先從道德化的譴責入手——轉來轉去，仍在「文革文化」的圈子裡。

老鬼又提供了一個這類「轉圈」的實例。沿着「萬惡之源」在於「壞人破壞了革命」的思路，老鬼對每一個後來證明都不夠純潔的幹部都十分憤怒。有個李主任，「愛和女青年談心」，被揭發批判後，老鬼極爲高興：

七〇年，我因為給一個家遭不幸的女孩寫封信，在日記裡有些自我批判的話，就被李主任誣之為「偽君子」，「靈魂骯髒透頂」。

到底誰骯髒透頂？

這問題問得好極了！老鬼仍在「到底誰骯髒透頂」這個邏輯圈子裡打轉。他沒有去想一下：既然你當初寫情信與靈魂髒不髒無關，爲什麼李主任那麼個屯墾邊疆的軍隊幹部喜歡「變態」地接近女性，就一定是「靈魂骯髒」的問題了呢？還有，「靈魂骯髒」是否便構成「反革命罪」呢？倘若「孩兒們」也總是以這樣的邏輯來反抗「政治——文化長輩」們，那麼等他們也做「長輩」以後呢？

小說最後部份「痛定思痛」的思路大致有兩條線索。一條如上所述是主人翁想從道德角度辯明是非分清善惡並以此尋文革動亂之源——這大致相當於「新時期」從傷痕文學到反官僚主義的一條思路，從劉賓雁、古華、魯彥周到柯雲路。另一條「反思」線索在《血色黃昏》裡主要借別人議論展開，最有代表性便是作風正派的連長對老鬼被「整」眞正原因的一段分析：

> 我看有個很重要的原因，就是你群衆關係太差。除了摔跤，從不關心別人。表面上，你好像很強，把王連富打得喊爹叫娘，其實你弱着哩！因為你沒群衆，誰都團結不了。要是你能在群衆中站得住，有威信，那就不好打倒囉，你說是不是？

如果人們認同「群衆關係」「團結」「有威信」「不好打倒」這套語言邏輯的文化內涵，

那他一定和老鬼一樣連連點頭稱是（再從此學會「做人」「搞群衆關係」）。但如果換一套語義符號來表述同一個忠告，剛強如老鬼者，必定會反駁：「怎麼，難道人的個性自由的權利，就只存在於與旁人的感情關係中嗎？一個人有沒有罪，最終不依據法律而只取決於世俗人倫關係嗎？如果一個人將其全部生命放在與旁人搞好感情關係上，最後他的性格是否會扭曲變形？如果一個民族中的每一個人都這樣扭曲自己以求不犯罪，那麼久而久之這個民族又將會怎麼樣？」——一九八五年以後，韓少功等人從歷史——文化角度用隱喻象徵手法表達的差不多就是這種反詰；殘雪從心理——生理角度用官能感覺更透徹地發揮了這種懷疑。從這個意義上看，老鬼心路歷程的最後階段，事實上已經間接（或者從反面）開通了走向「文化尋根」的思路。連長那段意味深長的忠告，更使我們清楚看到「尋根」的意義所在——不是（至少不主要是）尋找傳統文化法寶，而是尋找令老鬼困惑不已的「萬惡之源」：文革之源。

但最後我仍有一個問題需要解答：既然「尋根」等新潮文學對文革的文化批判已相當深入，何以今天的讀者們反而對那個直到小說結束仍執迷不悟的老鬼心態更有興趣呢？可能有的答案是二個：一是因爲老鬼身上那種用家長給予的文化邏輯精神武器來反家長專制的造反情緒，以及那種仰頭請求「社會」理解的申辯心態，至今仍有意無意地爲青年人所認同；二是由於「尋根」等探索文學在缺乏足夠理性力量的情況下過份依賴玄乎哲理、新奇技巧去批判文革，人們覺得還不如先回頭仔細研究一下「感性」的原材料。以我個人的願望，我但願後一種可能性大一些才好。但是，這只是我的希望，而已經不是分析了。

一九八八、一〇、三一初稿
一九八八、一一、三〇修改

註釋

❶ 我是在文學的意義（而非歷史，新聞的意義）上使用所謂「非虛構性」的概念的，我堅持認爲本文分析的是作爲小說人物的老鬼的心路歷程，而不是作者老鬼本人的心路歷程。

國立中央圖書館出版品預行編目資料

中國現代文學新貌 /陳炳良編 -- 初版 -- 臺北市：臺灣學生，民79

16,281面；21公分 --（中國文學研究叢刊；30）

ISBN 957-15-0162-X（精裝）：新臺幣270元

-- ISBN 957-15-0163-8（平裝）：新臺幣220元

1.中國文學 - 歷史與批評 2.中國文學 - 論文，講詞等

829.8 79000687

中國現代文學新貌（全一冊）

編者：陳炳良

出版者：臺灣學生書局

發行人：丁文治

發行所：臺灣學生書局
台北市和平東路一段一九八號
郵政劃撥帳號〇〇〇二四六六八號
電話：三六三四一五六
FAX：三六三六三三四

本書局登記證字號：行政院新聞局局版臺業字第一一〇〇號

印刷所：淵明印刷廠
地址：永和市成功路一段43巷五號
電話：九二八七一四五

香港總經銷：藝文圖書公司
地址：九龍偉業街九十九號連順大厦五字樓及七字樓
電話：七九五九五九五

定價 精裝新臺幣二七〇元 平裝新臺幣二二〇元

中華民國七十九年十月初版

82802

ISBN 957-15-0162-x（精裝）
ISBN 957-15-0163-8（平裝）

中國文學研究叢刊

①詩經比較研究與欣賞	裴普賢著
②中國古典文學論叢	薛順雄著
③詩經名著評介	趙制陽著
④詩經評釋	朱守亮著
⑤中國文學論著譯叢	王秋桂著
⑥宋南渡詞人	黃文吉著
⑦范成大研究	張劍霞著
⑧文學批評論集	張健著
⑨詞曲選注	王熙元等編著
⑩敦煌兒童文學	雷僑雲著
⑪清代詩學初探	吳宏一著
⑫陶謝詩之比較	沈振奇著
⑬文氣論研究	朱榮智著
⑭詩史本色與妙悟	龔鵬程著
⑮明代傳奇之劇場及其藝術	王安祈著
⑯漢魏六朝賦家論略	何沛雄著
⑰古典文學散論	王熙元著
⑱晚清古典戲劇的歷史意義	陳芳著
⑲趙甌北研究	王建生著
⑳中國兒童文學研究	雷僑雲著
㉑中國文學的本源	王更生著
㉒中國文學的世界	前野直彬著 龔霓馨譯
㉓唐末五代散文研究	呂武志著
㉔元白新樂府研究	廖美雲著
㉕五四文學與文化變遷	中國古典文學研究會主編
㉖南宋詩人論	胡明著
㉗唐詩的傳承——明代復古詩論研究	陳國球著
㉘中外比較文學研究　第一冊	李達三 劉介民 主編
㉙文學與社會	中國古典文學研究會主編
㉚中國現代文學新貌	陳炳良編